W0329875

Sarah Pinborough est la nouvelle étoile du fantastique et de la terreur en Grande-Bretagne. Elle a également écrit de la fantasy pour la jeunesse, sous le nom de Sarah Silverwood, et travaille actuellement à plusieurs projets de séries télévisées.

De la même autrice :

La Maison des morts
13 Minutes

SARAH PINBOROUGH

La Maison des Morts

TRADUIT DE L'ANGLAIS (GRANDE-BRETAGNE)
PAR FLORENCE MOREAU

BIGBANG

Big Bang est une collection des éditions Castelmore

Titre original : *The Death House*

Originellement publié en Grande-Bretagne
par Gollancz, Ltd, Londres.

ISBN : 978-2-36231-625-8

Bragelonne – Castelmore
60-62, rue d'Hauteville – 75010 Paris
E-mail : info@castelmore.fr
Site Internet : www.castelmore.fr

Pour Johannes, mon partenaire de crime et de boisson,
avec tout mon amour.

« Réjouis-toi de cet instant, car cet instant, c’est ta vie. »
Omar Khayyám

I

— Ils disent que ça fait saigner les yeux. Qu'ils sortent presque de leurs orbites et qu'après du sang en coule.

— Qui dit ça ?

— Des gens. Je l'ai entendu.

— T'inventes.

— Non, pas du tout, proteste Will. Pourquoi j'inventerais un truc pareil ? Je te dis que je l'ai entendu quelque part. D'abord, on devient fou, puis les yeux se mettent à saigner. Je crois même que toute la peau saigne.

— C'est vraiment n'importe quoi !

— Taisez-vous et dormez ! dis-je en roulant sur le côté.

La couverture au lainage rêche me gratte la peau, tandis que les exagérations de Will m'irritent intérieurement. Je laisse échapper un soupir énervé et mon propre agacement me contrarie. Cette sensation d'exaspération m'est familière, ces derniers temps. Elle s'enflamme à partir de la boule que forme le soleil noir qui croît tranquillement au creux de mon estomac. À mon grand soulagement, les deux garçons redeviennent silencieux. C'est moi l'aîné. C'est moi qui commande. Je suis le chef, le père. Du moins en ce qui concerne le dortoir 4. Mes paroles portent, ici.

Je remonte le drap amidonné jusqu'à ce qu'il recouvre le bord de la vieille couverture. Il ne fait pas vraiment froid dans le dortoir, plutôt frais. Le genre de fraîcheur incrustée dans les briques et le mortier de bâtiments vieux de plusieurs siècles, une fraîcheur fantomatique, mélancolique, liée à ce qui a existé autrefois et qui est aujourd'hui en partie perdu. *Cette maison est faite pour nous*, me dis-je, et à cette pensée, la boule au fond de mon être se contracte. Je tremble et remonte les jambes sous le menton. Ma vessie m'élance. Génial.

— J'arrive pas à dormir, dit Will d'un ton geignard. Pas avec ce qui se passe.

Il se met à bâiller et je l'aperçois dans la pénombre, assis en tailleur et touchant nerveusement les barres métalliques, au pied de son lit. C'est le plus jeune de notre dortoir, et pour son âge, il est de petite taille. Il est souvent puéril.

Un murmure constant s'élève du lit situé en face de celui de Will, de l'autre côté de la pièce. Ashley, le cinglé de la chambrée, est agenouillé à côté, en train de prier. C'est son rituel du soir, après l'extinction des feux. Un rituel religieux. Je soupire.

— Je crois pas que Dieu t'entende. Étant donné la situation…

— Dieu est toujours à l'écoute, me répond sa voix affectée, qui semble flotter dans l'atmosphère peu conviviale du dortoir, tel un roseau ployant mais ne cassant pas sous la brise. Il est partout.

Ma vessie se tord de nouveau, et cette fois, je cède à mon envie et repousse les couvertures. Les lattes du plancher sont froides – je me demande bien dans quel fichu état sont les genoux d'Ashley – mais je ne mets pas mes chaussons. Je ne suis pas un grand-père.

— Alors prier n'a aucun sens, déclare Louis d'un ton neutre.

Son lit est le plus proche de la porte et le garçon regarde le plafond, les cheveux en bataille. Il gesticule en parlant bien qu'il soit allongé.

— Parce que si ton Dieu est partout, alors il est aussi en toi, et par conséquent, tu devrais pouvoir communiquer avec lui par l'esprit. Votre échange pourrait durer toute la nuit sans qu'on entende le moindre son. Mais bien sûr, il n'y a absolument aucune preuve de l'existence d'une forme supérieure quelconque, ni qu'on soit plus qu'un amas de cellules et d'eau. Donc ton Dieu sort tout droit de l'imagination de quelqu'un, et toi, tu as adopté cette invention. En fait, tu perds ton temps.

Le murmure devient plus insistant.

— Peut-être qu'il est en train de se branler sous sa couverture pour couvrir les bruits, dis-je en atteignant la porte. *Fap, fap, fap.*

Je souris en mimant le geste.

Louis s'étrangle de rire.

Will se met à glousser.

Mon irritation retombe. J'aime bien Will et Louis. Je préférerais que non, mais c'est plus fort que moi. Je jette un coup d'œil sur eux tous en refermant la porte. Ils semblent bien petits, dans cette vaste chambre. Il y a trop de lits pour nous quatre : six sont en effet alignés de chaque côté du mur. C'est comme si les autres étaient rentrés chez eux et qu'on nous avait oubliés ici. La porte claque sèchement derrière moi et je me glisse le long du couloir. Le chemin jusqu'aux toilettes me semble interminable, et même si des phénomènes bien plus impressionnants que des ombres et le vide de ce vieux manoir sont susceptibles de m'effrayer, je me déplace rapidement. Les dernières rondes n'ont pas encore eu lieu.

Je dévale le large escalier en bois, me cramponnant à la rampe dans l'obscurité comme si c'était le bastingage d'un bateau fendant les flots. Tout le bâtiment est plongé dans le silence, à part les petits craquements et plaintes propres à la bâtisse. Je pense aux autres gamins qui occupent les dortoirs répartis dans les différentes ailes et exposés aux quatre vents, aux infirmières et aux professeurs dans leurs appartements, et mon esprit ne peut s'empêcher de vagabonder jusqu'au dernier étage. Celui où seul monte l'ascenseur. Là où disparaissent dans la nuit les enfants malades, après avoir été enlevés en silence, tandis que le reste de la maison dort. Avalés par l'ascenseur et emmenés au sanatorium. Nous n'évoquons jamais ce lieu entre nous. Plus maintenant. Personne ne quitte la maison et personne ne revient jamais du sanatorium. Nous le savons tous. Tout comme nous sommes conscients que chacun de nous effectuera le voyage. Un jour, je serai ce gamin qui disparaît dans la nuit.

J'urine sans fermer la porte ni allumer la lumière, savourant le soulagement que cela me procure, même si le jet qui éclabousse la céramique est bruyant. Je ne tire pas la chasse d'eau, car c'est la nuit – cette règle, que maman m'a inculquée, est toujours ancrée en moi –, puis je bâille devant le miroir sans me laver les mains. Ce principe, en revanche, a changé. Ici, les germes ne sont pas notre priorité numéro un, même si, pour être honnête, je ne me souviens pas qu'ils l'aient été *avant*.

« *Ils disent que ça fait saigner les yeux.* »

Je me penche et scrute mes yeux avec attention. Normalement, ils sont bleu clair, mais par cette obscurité crasseuse, ils sont noyés de gris. Je tire sur l'une de mes paupières inférieures et j'aperçois de minuscules vaisseaux qui vont se perdre à l'intérieur de mon corps. Pourtant, je ne distingue pas la moindre trace de sang. Ce n'est probablement pas vrai, cette histoire de saignement, juste une invention sortie tout droit de l'imagination stupide de Will. Je vais bien, on va bien. Pour l'instant.

— Tu devrais être au lit.

La voix est basse et pourtant je sursaute. Matrone se tient dans le couloir, devant la fenêtre, et le clair de lune qui se déverse par les carreaux fait briller son uniforme blanc. Son visage pâle en devient presque invisible.

— Tu n'es pas fatigué ?

— J'avais envie d'aller aux toilettes.

— Lave-toi les mains et retourne te coucher.

Je fais couler de l'eau froide sur mes paumes, puis je passe rapidement devant elle, montant les marches deux par deux. C'est la première fois qu'elle me parle autant depuis mon arrivée. Je ne veux pas qu'elle s'adresse à moi. Je ne veux pas qu'elle me remarque... Comme si ça pouvait changer quelque chose.

— Matrone arrive, dis-je aux autres dans un murmure, une fois dans la chambre.

— Ils sont endormis, me répond Louis.

Il a du mal à articuler, ce qui ne me surprend pas. À cette heure-ci, tout le monde finit par céder au sommeil.

— Je comprends pas pourquoi ils nous donnent des vitamines avant d'aller au lit, ajoute-t-il, la bouche pâteuse.

J'esquisse un demi-sourire sous ma couverture rugueuse et mes draps trop propres. Louis, avec ses six baccalauréats obtenus à l'âge de treize ans et qui aurait pu entrer à la faculté très jeune s'il n'avait pas été bêtement arrêté en pleine course, est sans doute une sorte de génie, mais comme les autres, il ne voit pas l'évidence. Pourtant, je ne lui fais pas remarquer que ce ne sont pas des vitamines, mais des somnifères qu'on nous distribue. Matrone et les infirmières apprécient que la maison soit silencieuse, la nuit.

Tendu, j'attends encore dix minutes environ, avant d'entendre la poignée de la porte s'ouvrir et le léger frottement des chaussures durant l'inspection de chaque lit. C'est la dernière ronde de Matrone avant le matin. Une fois qu'elle est repartie, j'ouvre les yeux et me remets à respirer plus facilement.

C'est un vendredi qu'ils sont venus. Il faisait chaud, plus chaud que la normale, et il avait pris son temps pour rentrer de l'école. Il avait acheté un Coca chez l'épicier du coin, mais comme son réfrigérateur ne fonctionnait pas, la boisson était tiède et poisseuse. Il la but malgré tout, puis rota bruyamment avant de jeter la canette par terre et de donner un coup de pied dedans. Il passa en revue sa journée. M. Settle dissertant inlassablement sur l'instabilité globale et croissante du climat, pendant qu'ils bouillaient de chaleur et bâillaient, morts d'ennui. Le devoir d'histoire qu'il devait rendre. La dispute avec Billy. Tout ça allait finir par lui retomber dessus. Il ne savait même plus comment l'affaire avait commencé. Il se rappelait juste que Julie McKendrick l'avait regardé, et qu'il avait l'impression qu'elle le regardait depuis quelques jours à présent, même s'il n'arrivait pas vraiment à y croire. Demain soir, il y aurait la fête. Demain soir, tout pourrait changer.

Julie McKendrick occupait toujours une place dans ses pensées. Il faisait trop chaud pour travailler, trop chaud pour être concentré en cours. Mais la température ne l'empêchait pas de songer à Julie McKendrick et au fait qu'elle l'aimait peut-être bien, elle aussi. Il était si absorbé par son propre monde qu'il ne se rendit pas compte que la rue était devenue étrangement calme, que tous les enfants, d'ordinaire assis sur les trottoirs ou juchés sur leur bicyclette, étaient rentrés chez eux. Billy et son devoir d'histoire s'étaient également estompés et il était surtout concentré sur ce qu'il éprouvait pour Julie : était-ce vraiment de l'amour ? Ou bien l'attirait-elle parce que c'était la fille la mieux foutue de l'école, et qu'il avait de grandes chances de l'embrasser ? Voire de glisser la main dans son soutien-gorge... Rien que d'y penser, sa bouche en devenait toute sèche et les battements de son cœur s'accéléraient. Il se demandait ce qu'il ressentirait alors. Le saurait-il le lendemain, lors de la fête ? Même quand il vit la camionnette stationnée devant chez lui, à l'endroit où son père se garerait en rentrant du travail, il ne fit pas le rapport. Ce fut lorsqu'il entendit les cris de sa mère qu'il comprit enfin. Trop tard. De toute façon, il faisait trop chaud pour courir.

2

— Je mise sur un des jumeaux, déclare Louis en me regardant. Tu prends toujours les paris, Toby ?

C'est l'heure du petit déjeuner, la cloche nous ayant convoqués dans un immense espace lambrissé qui était sans doute autrefois une salle de dessin, mais qui nous sert aujourd'hui de réfectoire. La cheminée en pierre sculptée n'est jamais allumée, et les seules traces d'une occupation précédente du manoir s'incarnent dans une chaise longue plaquée contre le mur et recouverte d'un tissu en velours violet défraîchi, ainsi que dans des marques plus claires sur la peinture jaune fané, correspondant aux endroits où devaient être accrochés des tableaux. Le soleil perce momentanément les nuages qui s'amoncellent à l'extérieur, et de la lumière se déverse par les grandes fenêtres, entraînant dans une curieuse farandole les grains de poussière qui flottent dans l'air. La caresse tiède du soleil me fait le plus grand bien et, tout en finissant mon thé, je me demande si Matrone et les infirmières ne versent pas aussi un narcotique dans les boissons de notre petit déjeuner, comme c'est le cas, paraît-il, dans les prisons, pour calmer les ardeurs sexuelles ou bagarreuses des détenus.

Louis s'applique à manger un sandwich aux œufs frits, constitué de pain de mie trop friable et de jaune trop coulant qui macule son tee-shirt, mais il ne semble pas s'en préoccuper. Nous sommes tout seuls à notre table – celle qui est la nôtre depuis notre arrivée ; les nouvelles habitudes se prennent vite. Il y a seize autres tables, mais seules huit sont utilisées, chacune étant attribuée à un dortoir. Nous ne parlons plus trop avec les garçons des autres chambres, même si nous ne sommes plus que vingt-cinq en tout. Les filles, Harriet et Eleanor, sont assises seules, au fond. Je ne sais pas vraiment quel âge elles ont, mais Eleanor semble encore jeune et Harriet, qui est un peu plus âgée, n'a rien d'excitant. Elle est boulotte et trop sérieuse, et sa bouche est déformée presque en permanence par une moue déplaisante. Elles se sont exclues d'elles-mêmes depuis le début, et la plupart du temps, j'oublie qu'elles sont là.

— Ouais. Tu mises sur lequel ?

— Le truc, c'est que je n'arrive pas à les différencier… Celui qui est en train de faire style de ne pas renifler, c'est Ellory ou Joe ? En tout cas, il est malade et il essaie de le cacher depuis des jours.

Il s'agit des jumeaux du dortoir 7. Comme le nôtre, ce dernier comporte encore tous ses occupants, et entre nous une sorte de rivalité silencieuse s'est instaurée : lequel se videra le moins vite ? De tous les dortoirs, seul le numéro 7 m'intéresse. Je considère la table en face de la nôtre et me rends compte que Louis a raison. Un des deux garçons, aussi identiques que dégingandés et boutonneux, s'essuie furtivement le nez, du dos de la main. Il n'utilise pas de mouchoir, même s'il y a des serviettes en papier sur les tables. Je l'observe. Difficile d'émettre un quelconque pronostic. Les symptômes peuvent être si différents.

— OK, je prends le pari. Deux tours de vaisselle ?

— Deal, acquiesce Louis en souriant. Et je dirais même plus : quitte ou double. Si celui-ci s'en va, l'autre sera le suivant.

— Pourquoi ? demande Will.

Il s'assied à la table en posant devant lui un deuxième bol de céréales. Il a beau être minuscule, je n'ai jamais vu quelqu'un manger autant que lui.

— Parce qu'ils se connaissent ? enchaîne-t-il.

— Non, pour des raisons scientifiques. Ils sont pareils. Si l'un est atteint, logique que l'autre le soit juste après. C'est génétique, après tout.

— Oh, c'est vrai ! approuve Will.

— Au fait…, ajoute Louis.

Et sans plus de détour, il se lève, du jaune d'œuf encore collé au menton ; avant que je n'aie le temps de réagir, il se retrouve à la table du dortoir 7, en train de sourire à Jake.

— Et merde ! dis-je entre mes dents.

— Jake, lance Louis, je me demandais si tu ne pouvais pas m'aider à résoudre un petit problème. Je suis en train de faire des recherches sur l'endroit d'où on vient et le temps qu'il nous a fallu pour arriver jusqu'ici. Au tout début, je voulais en déduire où on se trouvait exactement, mais comme on est à peu près fixés sur la question, maintenant, je…

— Je sens que ça va mal finir, commente Will en regardant par-dessus ses lunettes.

Je retiens un grognement. Louis et ses stupides collectes d'informations ! Personne dans cette pièce ne vient de la même région. Nous le savons tous. Alors pourquoi Louis a-t-il tellement soif de détails ? D'où lui vient ce nouveau besoin de précision ? La semaine passée, il s'est efforcé de rassembler autant de données que possible sur nous, ses codétenus, comme il nous appelle. Mais ça ne l'a mené à rien. Car pour commencer, il n'a pas pris en compte le facteur du mensonge. Moi, par exemple, je lui ai menti. Et je parie que les autres aussi. Personne n'a plus envie de parler de sa vie privée, celle d'*avant*, et certainement pas à un garçon d'un autre dortoir. La camaraderie fébrile dont nous faisions preuve au début s'est évaporée. Les dortoirs s'apparentent désormais à des bandes et chacun reste dans la sienne.

— Tu peux me dire en quoi ça te regarde, putain ?

Jake se lève avec lenteur. Il s'est exprimé sans hausser le ton, car des infirmières se tiennent près du buffet, mais la menace qui plane dans l'air est palpable. Chacun a posé ses couverts et tourné la tête.

— J'ai pensé que ce serait intéressant de…

Louis le génie, le petit prodige, ne perçoit rien de la tension montante.

— Pourquoi tu n'irais pas juste te faire foutre ? articule Jake.

Il a le même âge que moi, mais de nouvelles rumeurs à son sujet se répandent chaque jour, à coups de hochements de tête et de murmures. Il était dans une maison de redressement. Il a volé des voitures. J'accorde peu de crédit aux histoires extravagantes sur nos vies d'*avant*, que j'ai entendu raconter ici, mais le cas de Jake est différent. Il a des cicatrices aux doigts, et à notre arrivée ici, le dos de sa tête portait le symbole d'un gang, rasé dans sa chevelure. Si on l'observe de près, on peut encore en deviner la forme dans ses cheveux qui ont repoussé. Je n'ai aucune intention de me mesurer à lui, il n'a rien à voir avec Billy, de ma classe de terminale.

— Est-ce que Jake va lui mettre un coup de poing ? demande Will en me regardant.

Le pire, c'est qu'Ashley l'imite, et braque sur moi des yeux suppliants. Si je veux conserver le respect que je leur inspire encore, je n'ai pas le choix…

— Je vais lui parler.

Notre thé contient peut-être une drogue soporifique, mais je n'en perçois actuellement pas les effets. Les nerfs en pelote, je m'avance vers Jake et Louis. Je ne crains pas tant ce qui va se produire ici – bien que les infirmières ne se mêlent pas en général de nos histoires, il est peu probable qu'elles demeurent impassibles en cas de bagarre – que ce qu'il adviendra plus tard. La correction que Billy n'a pas eu le temps de m'administrer, il n'est pas exclu que je la reçoive de Jake.

— Désolé, Jake, dis-je en adoptant un ton décontracté. Louis pensait pas ce qu'il a dit.

Je regarde alors ce dernier qui se tient entre nous, les cheveux en pétard, et poursuis :

— Va essuyer le reste d'œuf collé à ton menton. T'as l'air d'un gland.

— On dirait plutôt qu'il vient d'en sucer un, oui, reprend Jake.

Sa tablée se met à ricaner et tous lèvent les yeux vers lui comme s'il était un dieu.

Je m'efforce de sourire.

— Ouais, peut-être.

Mais le pire, c'est que, tout bien considéré, Jake n'a pas tort : une traînée de blanc d'œuf pas assez cuit est restée collée au menton de Louis.

Ce dernier semble un peu contrarié et blessé ; il s'essuie bien vite.

— C'est de l'œuf, dit-il.

— Ferme-la et assieds-toi !

Je lui ai crié dessus, et Louis, choqué par mon ton, baisse la tête et revient d'un pas traînant vers Will et Ashley, se rendant finalement compte que tous les yeux sont rivés sur lui. Je regarde Jake, ne sachant pas trop comment poursuivre.

— Comme je te l'ai dit, je suis désolé.

Puis je fais volte-face et m'éloigne.

— Bande d'attardés ! lance Jake dans mon dos.

Non, Jake, pas des attardés. Ici, on est tous des Déficients.

Évidemment, je ne formule pas mes pensées à haute voix. Je me contente de m'asseoir et de siroter mon thé, en espérant que l'affaire soit close. Personne ne prononce un mot tandis que nous détaillons le dortoir 7 qui rassemble ses assiettes, le plus jeune, Daniel, un garçon potelé d'environ onze ans se chargeant de celle de Jake. Puis ils se dirigent vers la sortie bien en rang derrière leur chef, et reniflent quand ils passent devant moi, comme s'ils pensaient pouvoir tous m'impressionner, comme Jake. Je ne leur prête pas attention.

Une fois qu'ils sont passés, Louis redresse la tête.

— T'es pas obligé d'être d'accord avec lui, me dit-il, piqué au vif.

— Si, il l'est ! répond Ashley, tout en beurrant soigneusement un toast. Sous prétexte que t'es intelligent, tu crois que tu sais tout. Mais non. Parfois, t'es carrément stupide.

Il s'exprime avec suffisance, sans doute encore irrité contre Louis pour la façon dont il s'est moqué de sa prière, la veille au soir.

— Laissez tomber, dis-je.

J'ai envie que le petit déjeuner se termine.

En fait, j'aimerais être l'ami de Jake : non que je l'apprécie, mais au moins, nous avons le même âge. Si je me liais d'amitié avec lui, je n'aurais plus la sensation d'être cantonné la plupart du temps à un fichu rôle de nounou.

— On aura peut-être du courrier, aujourd'hui, dit Will. Ils ont dit que nos parents pouvaient nous écrire. On devrait recevoir leurs lettres, maintenant, ça fait des semaines qu'on est ici. Peut-être même qu'ils pourront nous rendre visite.

— Est-ce que tu veux toujours apprendre à jouer aux échecs ? lui demande alors Louis. Je peux te montrer, si tu en as envie.

Will lui sourit, oubliant momentanément le courrier. Je suis peut-être le chef du dortoir, mais il n'empêche que celui qui fascine Will, c'est Louis, et même si leurs cerveaux se situent à des lustres l'un de l'autre, il est manifeste que Louis aime bien Will, lui aussi. À quoi pouvait ressembler la vie de Louis, avant qu'il n'arrive ici ? En raison de son intelligence supérieure, il était toujours de plusieurs années plus jeune que ses camarades de classe. Ceux-ci ne pouvaient donc pas être de vrais amis. Ils devaient toujours un peu le traiter comme un phénomène de foire. Je soupçonne Louis d'avoir proposé les échecs à Will pour lui faire oublier les lettres, car celles-ci n'arriveront jamais, pas plus que nous ne recevrons de visite. C'était clairement écrit sur le visage de ma mère quand elle hurlait mon prénom, alors qu'ils m'obligeaient à monter dans la camionnette. De cette façon, personne ne saura quand ça arrivera. C'est plus *propre*.

Du moins pour nos familles.

3

Après le petit déjeuner, il y a les cours. On nous les dispense par groupes correspondant à nos dortoirs, et les professeurs naviguent entre les différentes salles qui étaient sans doute autrefois des chambres à coucher ou des salles à manger, ou autre ; bref, quelles que soient les activités auxquelles l'ancien propriétaire de la demeure les consacrait, elles servent aujourd'hui de salles de classe. Même si certains dortoirs ne comptent plus que deux personnes, la séparation initiale est maintenue et nous ne nous mélangeons pas.

Étant donné la différence d'âge entre nous, nous travaillons essentiellement à partir de nos manuels scolaires, répondant à des questions de compréhension ou apprenant le français, langue que nous ne pratiquerons jamais. Il arrive aussi que nous nous contentions de regarder par la fenêtre, en attendant que le professeur suivant arrive. Nous avons dix minutes de récréation, mais aucune cour où nous pourrions nous dégourdir les jambes. Cette pause est surtout destinée à nous permettre d'aller aux toilettes. Il n'y a pas de retenue : si on ne travaille pas, mais qu'on se contente de rester assis sans perturber le cours, les professeurs ne font aucune remarque. Cependant, chacun finit par se mettre au travail, pour que la matinée passe plus vite. Rester simplement assis sur une chaise et s'abandonner à ses pensées pendant quatre heures, c'est long, surtout quand celles qu'on médite sont peu joyeuses.

Les enseignants sont tous d'âge moyen, et cela m'intrigue. Mais peut-être leur est-il plus facile d'entretenir une distance avec nous que cela ne le serait pour de plus jeunes professeurs. Nous ne connaissons pas leur nom – « *Appelez-moi simplement Monsieur ou Madame, si vous avez besoin d'aide* » – et j'ai l'impression qu'ils s'ennuient autant que nous. Ils sont assis à leur bureau et nous scrutent, attendant que nous posions une question, mais la plupart du temps, quand nous butons sur une difficulté, nous passons à l'exercice suivant. Ou bien, une fois dans notre dortoir, nous nous adressons à Louis. Les livres scolaires que nous utilisons sont vieux ; leur publication remonte à plus de vingt ou trente ans par rapport à ceux dont nous nous servions à l'école, et je crois que ce n'est pas fortuit. Nous sommes en classe, sans y être vraiment, tout comme ce manoir est la vie sans l'être. Les professeurs, eux, qui regagnent leurs quartiers dès la fin des cours, finiront par sortir de cet endroit. Parfois, je les surprends en train de nous observer, comme si nous étions des animaux dans un zoo. Je n'arrive jamais à déchiffrer leur regard : est-ce de la fascination ou de la peur ? Peut-être un peu des deux. J'imagine qu'ils guettent également l'apparition des symptômes. Tout comme les infirmières. Les professeurs parlent-ils de nous, le soir ? Parient-ils sur celui qui sera le suivant à partir ? Ou bien désignent-ils ceux dont ils souhaitent se débarrasser ? J'ai souvent envie de lancer des boulettes de papier dans la direction d'Ashley, pour voir si j'arrive à le viser, mais je n'en ai jamais le cran. Outre mon peu de goût pour le désordre, je suppose que salir la classe est le plus sûr moyen d'attirer l'attention de Matrone. Or, je ne souhaite pas être un fauteur de troubles, ni me faire remarquer. À la place, je griffonne des questions sur du papier, et j'attends que la matinée s'écoule.

Le soleil s'est caché lorsque nous avons terminé notre déjeuner et que nous nous précipitons comme une armée de rats dans les vastes corridors de la demeure ; vers 14 heures, il tombe des trombes d'eau du ciel lourd et gris. Il ne fait pas froid, mais il pleut depuis des jours, maintenant. Non que j'aie envie de sortir. Je suis fatigué.

Will et Louis se sont installés à une petite table dans un coin de la salle commune par ailleurs peu fréquentée, et sont penchés sur un échiquier en plastique. Louis explique consciencieusement comment chaque pièce se déplace, tandis que Will le regarde déjà d'un air perdu. La pièce commune est un lieu étrange, hors du temps, comme le reste du manoir, d'ailleurs. Elle comporte des étagères remplies de cartons abîmés, contenant eux-mêmes des jeux de société, ainsi qu'un vieux tourne-disque dont personne ne sait se servir. Il y a quatre ou cinq autres gamins dans la pièce. Ni Louis ni Will ne tournent les yeux vers moi quand je m'arrête sur le seuil. Cela n'a rien de surprenant. Lorsque Louis se lance dans un projet, toute son attention est accaparée. Même si nous nous connaissons depuis peu, nous apprenons rapidement à nous découvrir.

Un peu plus loin, dans la bibliothèque, Eleanor est recroquevillée devant le radiateur, un livre à la main ; deux garçons jouent aux cartes assis en tailleur par terre près d'elle, sans lui prêter attention. Elle lit une édition poche à la couverture colorée et aux pages jaunies, tout en tirant sur une mèche de ses cheveux ; elle est complètement absorbée par le monde qui prend vie sur le papier. Je suis tenté de choisir un livre, moi aussi, mais aucun ne retient mon attention. Je lisais peu *avant*, même pour l'école, et maintenant, la lecture me semble une épreuve. Et puis je n'ai pas envie de lire des choses que je ne connaîtrai jamais. Cela ne servirait qu'à nourrir la boule noire, au fond de mon estomac.

Ashley se trouve dans la salle d'arts plastiques, penché sur une feuille de papier Canson couleur comme celles qu'on utilise à l'école primaire, une boîte de feutres à côté de lui. Harriet est en train de peindre un vase vide qu'elle a représenté sur une table, entouré de livres. Elle tire la langue, concentrée sur l'univers qu'elle est en train de créer, ajoutant des fleurs dans la porcelaine béante. Ashley me jette des coups d'œil et hoche la tête d'un air sérieux ; je me demande bien ce qu'il est en train de dessiner. Quoi que cela puisse être, je suis persuadé qu'il serait avisé d'en confier la touche finale à Harriet. Elle est douée pour la peinture. Je les abandonne à leurs occupations.

Je reste quelques instants dans le couloir, à regarder la pluie tomber, appuyé sur le rebord de la fenêtre à la peinture écaillée. Les jardins sont vides. Le vieux chêne au milieu est immobile, aucun souffle de vent ne fait onduler ses feuilles ; on dirait qu'il m'observe et attend quelque chose. Dans le calme qui règne autour de moi, j'entends mon cœur battre, égrenant avec rage les secondes du temps qui s'écoule. Les yeux me piquent, j'ai besoin de dormir. Je me fiche d'être fatigué ou de m'ennuyer, puisque de toute façon je m'ennuie toujours. Je me demande parfois si je n'aime pas l'ennui parce que cette sensation donne l'impression que le temps passe plus lentement.

La poitrine généreuse de Julie McKendrick s'impose à mon esprit et je me réfugie aux toilettes. Je me plonge dans le souvenir de ses tee-shirts au décolleté suggestif et de ses shorts si courts qu'ils dévoilent la naissance de ses fesses. Parfois, je m'inquiète, car je n'arrive pas à me rappeler clairement son visage, alors que je ne suis ici que depuis un mois ou à peu près ; je me concentre sur ses seins et son postérieur, sur sa peau chaude, et je glisse dans un monde imaginaire où elle est presque nue et s'enroule autour de moi... Soudain, mes doigts sont en elle et je sens son souffle tiède caresser mon oreille tandis qu'elle me répète combien elle aime ça et m'énumère tout ce qu'elle compte me faire. Sans prévenir, elle me prend dans sa bouche. J'ignore si Julie McKendrick a déjà fait une fellation, mais désormais, elle est pour moi à moitié Julie, à moitié une actrice porno du monde d'*avant*, dans un film que j'avais vu et dont j'avais ri en compagnie des garçons de l'école ; je l'avais aussi visionné tout seul, en haletant. Qu'importe ce que je peux faire avec Julie en imagination ? Elle ne le saura jamais.

Après quoi, la fatigue me submerge vraiment et je me dirige vers le dortoir ; j'en ferme la porte et grimpe dans mon lit. Je ne me mets pas sous la couverture, car la chaleur est telle, dans la journée au manoir, qu'elle vous rend somnolent quel que soit le temps. Je bâille et mes yeux se ferment. J'écoute le bruissement de la pluie contre la vitre et le laisse étouffer mes pensées tandis que je sombre dans le sommeil. Je dors toujours après le déjeuner. C'est une habitude et les autres ne me dérangent jamais. De toute façon, je n'ai pas envie de les fréquenter. À quoi bon ?

Cela n'aurait aucun sens. Et soudain, juste avant que je ne glisse dans le néant, une phrase s'imprime dans mes pensées : « *Ils disent que ça fait saigner les yeux.* »

Je suis si profondément endormi que lorsque la cloche me réveille, je crois, l'espace d'un instant, que je suis de retour à l'école et qu'une alarme incendie s'est déclenchée. Je me précipite hors du lit, regarde autour de moi, confus, jusqu'à ce que je comprenne où je suis. Je cligne des yeux, pas encore prêt à sortir de la chambre, et la cloche se tait.

J'ai la bouche sèche et je suis encore trop somnolent pour avoir faim ; pourtant, je sais que je dois aller prendre la collation. Matrone et les infirmières ont beau donner l'impression de se volatiliser une bonne partie de la journée, comme happées par les murs du manoir, elles n'en restent pas moins responsables de chaque enfant et, tels des fantômes, elles nous observent tranquillement sans que nous percevions réellement leur présence. Je m'étire et me dirige vers la porte. Dans l'escalier, à mi-chemin, je croise l'ensemble des gamins qui arrivent dans l'autre sens, bavardant avec excitation ; je ne suis pas encore assez réveillé pour saisir le sens de leurs paroles.

— Nous devons rester dans nos chambres ! annonce Will. Jusqu'à ce qu'on nous appelle pour le thé.

Il passe en courant devant moi, Louis sur ses talons, et la fatigue que je ressens s'évanouit face à l'énergie qu'il dégage. L'escalier résonne des pas des élèves regagnant leur dortoir : pendant quelques instants, le manoir est vivant. Les infirmières surgissent et se postent à chaque palier, nous scrutant en silence tandis que nous les croisons. Elles nous suivent attentivement des yeux, sans nous sourire ni même nous prodiguer quelques mots d'encouragement. Ce n'est pas leur rôle.

Ashley est le dernier, et quand il referme la porte du dortoir, le reste d'entre nous est déjà scotché à la fenêtre.

— Regardez, dit Louis, si proche de la vitre que son haleine y forme de la buée. Il y a des nouveaux qui arrivent. C'est l'explication.

Deux vans noirs sont garés à l'extérieur, juste devant l'entrée du manoir. Une personne se tient sur les marches, sous un grand parapluie, et nous savons tous que c'est Matrone. C'est elle qui nous a accueillis lorsque nous sommes arrivés. Il y avait un bien plus grand nombre de vans, alors. Ils formaient un cortège interminable, huit ou neuf d'entre eux stationnant derrière les hautes grilles électriques, au bout de l'allée.

— De nouveaux gamins ! commente Will, la respiration bruyante, les yeux écarquillés.

Nous sommes habitués à ce que notre effectif baisse, pas le contraire.

— Tu peux voir combien ils sont ? demande Ashley en touchant la vitre de ses doigts maculés de feutre vert.

Même lui est intrigué. Bien que tous trouvent des activités pour remplir leurs après-midi, en réalité, ils s'ennuient autant que moi.

— Pas beaucoup, apparemment.

En bas, la portière d'une camionnette se referme, mais Matrone, avec son immense parapluie, nous obstrue la vue.

— Je me demande bien d'où ils viennent, s'interroge Louis, pensant manifestement déjà à son inutile collecte de données.

— On va leur servir le discours d'arrivée dans une minute, j'imagine, déclare Will. Comme à nous.

Ses jambes étaient toutes raides quand il est descendu du van. Les hommes en uniforme qui l'avaient arraché aux bras de sa mère en pleurs et attaché au siège lui avaient injecté un produit, tandis que la camionnette s'éloignait à toute vitesse, de sorte que le voyage s'était déroulé comme dans un brouillard. Il n'avait pas dormi, mais il n'avait pas non plus éprouvé le besoin de parler. À un moment, il avait eu la sensation de faire un mauvais rêve, et peu à peu les effets de la drogue s'étaient dissipés. Le véhicule ne comportait aucune fenêtre, mais il avait entendu le vrombissement d'un moteur plus puissant, puis le clapotis des vagues. Enfin, le van avait redémarré et de l'air plus frais s'était faufilé à l'intérieur, par les interstices. Il avait alors posé des questions aux hommes qui l'accompagnaient, mais ceux-ci n'avaient pas répondu, regardant droit devant eux, comme s'il n'existait pas. Il avait fini par renoncer.

Les hommes n'étaient pas descendus de la camionnette avec lui, et dès qu'il s'était retrouvé à l'extérieur, clignant des yeux, il avait entendu la portière coulissante se refermer derrière lui. Ils étaient repartis, le laissant seul dans l'ombre d'un manoir qui le surplombait. Puis d'autres vans étaient arrivés ; trois enfants étaient descendus du premier, et en les regardant, il s'était demandé si son propre visage reflétait le même masque de nervosité que le leur. En face d'eux, se trouvait une femme vêtue d'un uniforme blanc amidonné ; une fois le dernier véhicule vidé, elle les avait tous conduits à l'intérieur de la demeure.

On les avait ressemblés dans la salle à manger, une quinzaine de réfugiés sans valise, avec pour seuls vêtements ceux qu'ils portaient sur eux, autrement dit un méli-mélo de styles. La femme plantée devant eux attendit patiemment qu'on leur serve des verres de jus d'orange qu'ils burent tous. Puis elle requit le silence.

— Il doit y avoir une erreur, avait dit le garçon qui se trouvait à côté de lui. Mes résultats ont été confondus avec ceux d'un autre.

Il avait environ treize ans, il était mince et portait un tee-shirt noir trop grand pour lui, un logo de SF sur le devant. Il s'appelait Henry et serait le premier à être emporté durant la nuit. Il n'y avait pas d'erreur à son sujet. Sa voix tremblait tandis qu'il essayait de montrer de l'assurance, mais il était manifestement effrayé. Quelqu'un pouffa derrière lui et d'autres l'imitèrent, Toby y compris. Des regards furent échangés et des liens se créèrent sur-le-champ, même si chacun au fond de lui-même pensait exactement ce que Henry venait de formuler à haute voix.

— Vous m'appellerez Matrone, lança la femme, comme si elle n'avait pas entendu les revendications de Henry. Vous êtes ici parce que vos tests sanguins ont montré que vous étiez porteur actif du gène Déficient. Vous êtes des Déficients. Est-ce que je dois vous expliquer ce que cela signifie ?

Son ton n'était ni affable ni revêche, mais correspondait tout à fait à son visage et son expression neutres. Un autre gloussement nerveux parcourut l'audience. Tous savaient ce que cela signifiait même s'ils n'arrivaient pas à croire que c'était tombé sur eux. Toby n'avait jamais connu personne dont le test était positif. C'était si rare de nos jours, lui répétait souvent sa mère. Cela ne concernait pas vos connaissances, comme les accidents d'avion.

Matrone poursuivait son discours.

— Désormais, votre foyer est ici. Les vêtements et la nourriture vous seront fournis, tout comme on vous proposera des activités pour vous distraire. Vous pourrez jouer dans le parc du manoir si vous le souhaitez. Vous devrez vous acquitter de certaines tâches, tout comme à la maison, et une liste affichée dans le hall vous permettra de connaître celles qui vous ont été attribuées. Vous changerez vos draps une fois par semaine. Le drap du dessus deviendra celui du dessous et celui du dessous sera déposé dans un sac à linge dédié à cet effet. Des cours vous seront dispensés chaque matin.

— Putain ! C'est pas vrai ! s'exclama quelqu'un.

De nouveau, des rires éclatèrent. Toby regarda celui qui venait de s'exprimer, et remarqua que ses yeux brillaient. Contrairement à lui, ce garçon n'affichait aucun signe de nervosité ; c'était une grande gueule, ça se voyait rien que dans sa façon de se tenir. Il avait fourré un paquet de cigarettes dans la poche arrière de son jean. Toby n'avait pas encore remarqué le symbole inscrit par rasage dans ses cheveux, mais Jake revendiquait déjà nettement le droit de faire la pluie et le beau temps parmi cette armée de jeunes condamnés.

—Ni les infirmières ni moi–sauf en cas d'urgence–ne nous mêlerons de la façon dont vous passez le temps. Notre rôle consiste à nous assurer que vous ne manquez de rien et que vous êtes installés confortablement. Nous veillerons à ce que vous restiez en bonne santé autant que nous le pourrons.

« Autant que nous le pourrons… »

Les ricanements cessèrent tandis qu'une sorte de surréalité se coulait tout autour de nous. Ce n'était pas de la panique–et pour la première fois, Toby se demanda s'il n'y avait pas de la drogue, dans le jus d'orange–, mais plutôt comme s'ils venaient d'être effleurés par l'écume d'un océan de peur, qui se déployait soudain devant eux.

4

— Comment tu t'appelles ? demande Louis.

— T'as quel âge ? ajoute Will, encore une fois assis en tailleur sur son lit. T'as l'air plus vieux que Toby.

Le nouveau venu nous fait l'effet d'un agent infiltré dans le calme du dortoir 4. Il a le teint pâle, mais les yeux et les cheveux d'un noir de jais, et sa bouche est si crispée que ses mâchoires semblent encore plus carrées qu'elles ne le sont en réalité. Des vêtements sont étendus sur son lit : des jeans, des tee-shirts, des sweat-shirts à capuche. Tous de la bonne taille. Chacun est mesuré et pesé à son arrivée au manoir. Les infirmières ont été très occupées aujourd'hui.

— Je m'appelle Tom, marmonne le nouveau garçon, et j'ai dix-sept ans. (Il s'interrompt et le noir de ses yeux s'intensifie.) Et demi.

— Et merde ! s'exclame Louis.

Un silence s'ensuit, ponctué par les battements de la pluie à l'extérieur. Nous absorbons ses paroles. Je comprends mieux à présent l'amertume du garçon, et je sens mon estomac se nouer. Si ce n'est pas arrivé avant dix-huit ans, cela ne se produira pas. Aucun de nous n'a eu de chance, mais la déveine de Tom nous fiche un sacré coup dans le ventre.

— Parle-nous des autres, demande Ashley.

Il est appuyé contre le radiateur, soucieux de ne pas froisser son lit en s'asseyant dessus.

— Il ne me restait plus que six mois.

Tom parle sans les regarder, il scrute les habits sur le lit, des vêtements inconnus qui lui appartiennent désormais.

— Six foutus mois à tenir ! ajoute-t-il.

— Parfois le pire arrive.

C'est la première fois que je prends la parole depuis l'arrivée de Tom. Je ne l'aime pas. Je ne le connais pas, mais je ne l'aime pas. Et si sa présence semait la pagaille dans notre bande ? Ma peur est irrationnelle, mais bien réelle. Le dortoir 4 n'est plus ce qu'il était encore ce matin. Tom représente une fêlure sur un roc.

— Oui, parle-nous des autres, reprend Louis.

— Vous savez comment on surnomme cet endroit, n'est-ce pas ? demande alors le nouveau venu en tournant enfin les yeux vers nous. La maison des morts.

— Mais qu'est-ce qu'on en a à foutre de comment on l'appelle ? dis-je. C'est *notre* maison, maintenant.

Je suis légèrement hérissé. Nous avons tous appris à gérer nos peurs, à vivre avec. Maintenant, il faut aussi s'occuper de celles de Tom.

— C'est comme ça qu'on la désigne à Londres, insiste Tom. Pas que celle-ci, mais toutes les autres.

— Donc, tu viens de Londres, c'est ça ?

Les yeux de Louis se mettent à briller et il sort de sa poche un petit carnet dans lequel il s'empresse de noter l'information.

— De quel quartier ? insiste-t-il.

— Comme si c'était important ! lui répond sèchement Tom.

— Et les autres ?

Will est le troisième à poser la question. Nous ne sommes pas cruels de manière intentionnelle, mais à quoi bon faire preuve de sympathie ? La compassion s'adresse à des personnes qui se trouvent dans une situation pire que la vôtre ; or, en l'occurrence, nous sommes tous dans la même galère. À égalité. Et au moins, Tom a atteint dix-sept ans et demi.

— Il y a juste une fille, dit Tom. Elle a l'air OK.

Il regarda alors de côté.

— Une fille ? répète Will. Il n'y en a pas beaucoup.

Il esquisse une légère grimace.

— Je me demande si leurs yeux se mettent aussi à saigner.

À ces mots, Louis ricane, à moins que ce ne soit à cause de l'expression choquée qu'affiche Tom ; je n'arrive pas à deviner si Will a dit ça exprès pour effrayer le nouveau. Son humour est cruel, mais drôle.

— On retourne jouer ? propose Louis.

Will sourit. L'effet de nouveauté s'est dissipé, et de toute façon, Tom n'ira nulle part. Ils auront tout le temps de faire sa connaissance, et s'ils ne l'avaient pas, alors pourquoi chercher à mieux le connaître ?

— Comment se déplacent les chevaux, déjà ? demande Will à Louis.

— On les appelle des cavaliers, pas des chevaux, et ils se déplacent en « L ». Deux cases, puis une.

Louis poursuit ses explications tout en refermant la porte du dortoir derrière eux.

— Je ne retourne pas dans la salle d'arts plastiques, décrète Ashley.

Puis il se détache du radiateur et s'empare d'une Bible posée sur une commode en bois. Même lui, pourtant empreint d'une charité chrétienne exemplaire, ne propose pas à Tom une visite du manoir.

Nous nous retrouvons face à face, lui et moi.

— C'est toi Toby, j'imagine, dit Tom.

Je ferme les yeux. Je ne veux pas parler, mais je n'ai pas non plus envie de me rendormir. Pourtant, ce serait préférable. Je vais m'habituer à Tom, mais à mon propre rythme.

— Tu es plus vieux que les autres, tente de nouveau Tom.

Je ne réponds pas. Je pense aux grands espoirs que j'avais nourris concernant Jake : j'avais tellement envie de devenir son ami, afin d'avoir quelqu'un de mon âge avec qui traîner. Et maintenant, Tom est arrivé, et je me renferme sur moi-même. Mais Tom n'est pas un des nôtres, et ne le sera jamais. Jake si, en dépit de toutes les crasses qu'il nous fait. Tom est lui aussi plus âgé que moi. Il va falloir que je m'arrange pour conserver ma place de chef du dortoir 4. Même si je reste apparemment impassible sur mon lit, ces nouveaux arrivants m'ont beaucoup perturbé.

Tom ne cherche pas à m'adresser de nouveau la parole, mais il pousse un soupir éloquent, puis il ouvre et ferme les tiroirs afin d'y ranger ses vêtements. Il est en train de s'installer. Il n'a pas le choix.

La soirée passe lentement, et mon malaise grandit. À l'heure du thé, toute l'attention se focalise sur Tom et la nouvelle fille, qui s'appelle Clara. Je fais comme si elle n'existait pas. Sa table est trop loin de la mienne pour que je puisse l'observer, et de surcroît, elle me tourne le dos. Je ne vois que sa queue-de-cheval ébouriffée. Il y a plus de rires que d'ordinaire à la table des filles ; le visage d'Eleanor s'illumine de temps à autre et même Harriet a l'air moins austère. Jake fanfaronne, jure à voix haute. Bien que Tom soit assis à notre table, lorsqu'il va chercher son thé il s'arrête à celle de Clara, le visage soudain empourpré. Il ne faut pas longtemps pour que Jake le rejoigne. Si Tom pense qu'il a des droits sur la fille parce qu'ils sont arrivés en même temps, il a encore beaucoup à apprendre sur les pratiques de la maison. Will et Louis gloussent face aux deux garçons plus âgés qui rivalisent visiblement pour attirer l'attention de Clara. Je laisse couler. Elle doit vraiment être une idiote pour sourire et rire à tout-va, comme si elle venait d'arriver dans une colonie de vacances ou qu'elle était en voyage scolaire. Je ne me joindrai pas aux flatteries communes.

À la place, je me concentre sur les jumeaux. Ce sont eux qui incarnent la réalité de cette demeure, pas cette stupide fille pour laquelle tous se tordent sur leur siège dans l'espoir de l'apercevoir. Ellory et Joe sont identiques. Enfin, étaient serait plus exact. L'un des deux – je crois que c'est Ellory, car il a plus d'acné que son frère – transpire abondamment. Même à trois mètres de lui, je m'en rends compte. Son visage brille sous la sueur presque graisseuse qui suinte de ses pores. Il renifle bruyamment, et de temps à autre, son torse se contracte et ses traits se plissent, comme s'il cherchait désespérément à retenir une quinte de toux. C'est son frère qui mange sa nourriture, le corps légèrement tourné afin que les infirmières ne voient pas les bouchées qu'il prend dans l'assiette de son jumeau. Je l'observe, mû par une frayeur mêlée de fascination. Les infirmières aussi l'ont repéré, les prunelles aussi froides et noires que celles d'un aigle fixant sa proie. Les occupants du dortoir 7 se sont légèrement éloignés de leurs camarades de chambre, comme si la même maladie ne s'était pas déjà propagée en eux. Ils discutent sans inclure les jumeaux dans leur conversation, donnant l'impression que ceux-ci n'existent déjà plus. Je sens que je vais devoir des tours de vaisselle à Louis.

— Tu crois qu'ils vont venir les chercher ce soir ?

À la question d'Ashley, je me rends compte que je ne suis pas le seul à regarder Ellory. Lui aussi a les yeux rivés sur le jumeau, les lèvres pincées.

— C'est possible.

— Je prierai pour lui.

— C'est ça, oui, ça va l'aider.

Je me concentre à présent sur ma nourriture. Je prends une bouchée de purée que je mastique consciencieusement pour en éliminer tous les grumeaux. Je n'ai pas envie d'entamer une discussion avec Ashley. Il peut garder sa piété arrogante pour lui.

Après notre collation, les infirmières nous proposent un vieux film, et bien que Will et Louis cherchent à m'entraîner avec eux, je refuse d'assister à la projection. Au lieu de quoi, je prends un long bain chaud, puis je m'allonge sur mon lit, les yeux rivés au plafond. La pluie tombe toujours. À quoi Ellory peut-il bien penser ? Est-il allé voir le film ? Je sens mon estomac se contracter à l'idée qu'un jour prochain je serai à sa place. J'aimerais tellement ne plus me poser autant de questions. Même le souvenir de Julie McKendrick ne parvient pas à me distraire, et j'arrive juste à me demander si elle se souvient de moi, si elle s'est mise à sourire à Billy, si elle va l'autoriser à glisser sa main dans son soutien-gorge, au lieu de fantasmer sur cette éventualité me concernant.

Finalement, les autres reviennent et le rituel du brossage des dents et de la toilette commence. Quand nous sommes prêts à nous mettre au lit, une infirmière entre dans notre chambre munie d'un plateau de verres d'eau et de comprimés que nous devons avaler scrupuleusement avant qu'elle ne ferme les rideaux et n'éteigne la lumière, en lançant un « bonne nuit » d'un ton hâtif et terne.

— Le père de Clara est un Costume Noir, déclare Will. Pas vrai, Tom ? Un ministre du gouvernement, rien que ça !

— Exact, répond ce dernier.

Un silence s'ensuit, bientôt rompu par des murmures.

— Mais qu'est-ce qu'il fait, au juste ? s'enquiert Tom en désignant Ashley.

— Il prie, répond Will. Fais comme si de rien n'était, il va s'arrêter tout seul. Un Costume Noir ! Ça, c'est cool. Et toi, il faisait quoi ton père ?

Je me demande si Will se rend compte qu'il a parlé au passé, comme si nos familles avaient disparu, comme si elles ne continuaient pas à vivre leur vie sans nous, là-bas, dans le monde réel.

— Rien d'extraordinaire. Il était employé dans une boîte de haute technologie, il travaillait beaucoup.

Tom est arrivé depuis quelques heures seulement et, déjà, il se renferme sur lui-même. Il se distancie de l'*avant*. Il nous emboîte le pas et se retranche en lui.

— J'ai bien aimé le film, dit Louis. Mais je ne peux pas m'empêcher de me demander pourquoi ils ont choisi de nous le montrer.

— Les vampires, c'est cool, intervient Will. Et le chien aussi était cool. Mais je n'aime pas le passage où il mord l'homme en plein dans le crâne.

— Quand même, reprend Louis d'un air songeur, nous projeter un film comme *Génération perdue*, sur une bande d'ados immortels, qu'une force intérieure contraint à se métamorphoser en démons… Je me pose des questions sur Matrone. Soit elle a un sens de l'humour très pervers, soit elle en est totalement dépourvue.

— Ah oui, bien vu !

Will éclate de rire, mais il est clair qu'il ne comprend pas l'ironie de la situation.

— Nous pouvons tous vivre ensemble avec la présence de Dieu, affirme Ashley. C'est la seule vie éternelle.

— Il est toujours comme ça ? interroge Tom d'un ton clairement méprisant.

Tom a beau être le dernier arrivé, Ashley sera toujours l'outsider.

— Eh oui ! répond Louis en se blottissant sous les couvertures.

Le froissement des draps se mêle alors au regain de murmures.

— Tout va bien, Toby ? (Will me regarde dans la pénombre.) Tu es bien silencieux. Je croyais que tu viendrais voir le film pour rencontrer la nouvelle.

— Ça va, je suis juste fatigué.

— Mais tu es toujours fatigué ! Pourtant, tu dors la moitié de la journée. (Sa respiration s'accélère.) Tu n'es pas… ?

— Non, dis-je sans le laisser terminer sa question. Je ne suis pas malade.

— Tant mieux, dit Will. (Il remonte sa couverture.) Ça me plairait pas.

Je sens mon cœur se serrer, se contracter durement. Quelque chose dans son ton m'a touché.

— Bonne nuit, Will.

C'est tout ce que je trouve à lui répondre. Finalement, le silence envahit notre dortoir, même Ashley se tait, et les respirations deviennent régulières. Un autre jour est passé. S'est évaporé et éloigné de nous. Je ferme les yeux.

5

Presque deux heures se sont écoulées depuis les ultimes rondes de Matrone lorsque j'entends l'éructation étouffée de l'ascenseur qui commence son voyage descendant, semblable à un long grondement, vers le cœur de la maison. Je savais qu'il viendrait cette nuit, et une partie de moi-même a envie d'enfouir la tête sous l'oreiller jusqu'à ce que ce soit terminé, mais mes pieds me démangent et m'incitent à me lever, tandis que mes boyaux forment un entrelacs de nœuds autour de la boule noire logée au fond de mon estomac. Il faut que je voie. Il est préférable de regarder la réalité en face plutôt que de rester étendu dans le noir, à se contenter d'écouter. L'air frais me picote la peau quand j'avance jusqu'à la porte sans faire de bruit et l'ouvre. Les autres garçons ne remuent pas. Tom ronfle, et le reste du dortoir est silencieux.

Sur le palier, mon cœur cogne si fort que ses battements résonnent jusque dans ma gorge. L'ascenseur s'est arrêté à un étage supérieur et le doux glissement de ses larges portes en métal – que leur modernité est déplacée ici ! – s'apparente à un soupir poussé dans la nuit. Je monte subrepticement la moitié des marches de l'escalier, et me plaque contre l'ombre noire qui épouse le mur. Je suis extrêmement silencieux. D'où je suis, je ne peux pas distinguer l'ascenseur, mais j'apercevrai les infirmières sur le palier, quand elles reviendront vers l'appareil. J'attends, et soudain, le grincement tranquille de vieilles roues en marche perce l'obscurité. Ellory est en train de sortir pour la dernière fois du dortoir 7 et, comme il est endormi, il ne s'en rend pas compte. Peut-être le savait-il quand il s'est mis au lit. Ou peut-être pensait-il qu'il bénéficierait d'une journée supplémentaire. Il est difficile d'imaginer qu'on ne verra pas un nouveau jour se lever.

Des chaussures blanches et souples entrent dans mon champ de vision, chaussons de gymnastique à semelles épaisses que portent les infirmières du sanatorium qui roulent le lit vers l'ascenseur. Je ne vois pas Ellory, mais je sais que c'est lui. Personne d'autre n'est malade, ou du moins ne présente de symptômes. Les infirmières ne se pressent pas, elles avancent à un rythme régulier. Ellory ne va nulle part, et le sanatorium n'ira nulle part non plus. Ce ne sont pas les mêmes infirmières que celles qui s'occupent de nous pendant la journée. Je les ai vues assez souvent pour le savoir. Tels des anges de la mort, elles ne surgissent que la nuit et viennent chercher les enfants malades et endormis. Parfois, j'imagine le sanatorium comme une affreuse créature qui se nourrit de nous. En un sens, c'est presque préférable à l'inconnu du néant. À l'étage au-dessus, je vois le lit rouler, tandis que je reste immobile. Je connais la routine, elles n'ont pas encore terminé. Environ une minute plus tard, deux autres paires de pieds glissent sur le sol, entonnant une mélopée chuchotée, ponctuée du froissement des sacs plastique destinés aux vêtements et affaires de toilette d'Ellory. Il ne restera rien de lui qui permettrait à Joe de se le rappeler. Il est banni avec efficacité de notre communauté. Que font-ils des effets personnels des exorcisés ? Est-ce qu'on porte tous des habits de garçons morts, recyclés à partir de la vague précédente de Déficients ? Y a-t-il un stock quelque part dans la maison qui attend les enfants de toutes les tailles et de tous les poids imaginables ? Les portes de l'ascenseur se referment, et je pousse un soupir tremblant, tandis qu'un flux d'adrénaline parcourt mes veines.

Au revoir, Ellory. C'était bien de ne pas t'avoir connu.

J'ai presque mal au cœur, le goût de la nausée dans la bouche. Il faut que je me rende à la salle de bains, j'ai besoin de boire un verre d'eau. Je rebrousse chemin, et c'est alors que mon regard tombe deux étages en dessous. Une masse épaisse de je ne sais quoi vient de se détacher de la rampe et flotte dans l'air comme des algues happées par les bas-fonds. Je retiens de justesse un cri devant cette vision inattendue, mais ma respiration a dû se faire plus courte, plus forte, quand j'ai ouvert la bouche de surprise.

Ce sont des cheveux.

Quelqu'un d'autre est réveillé.

Je me fige, puis je fronce les sourcils, tandis que mes pensées s'éloignent d'Ellory, de la maladie, du néant épouvantable qui nous attend là-haut. Des pensées que je ne saurais définir, mais qui sont enveloppées dans la boule, au creux de mon estomac, et me laissent un goût aigre sur la langue. Elles se dissipent en un instant. Normalement, nul autre que moi n'est jamais réveillé, la nuit.

L'ombre se déplace, et l'apparition capillaire s'éloigne au fur et à mesure que la personne bat en retraite. L'escalier craque. Je retourne à toute vitesse dans ma chambre et plaque l'œil contre une fissure, dans la porte, pour tenter d'apercevoir encore la silhouette. Qui est-ce ? Que se passe-t-il ? Encore du changement. D'abord Tom, puis ça… J'envisage sérieusement de me remettre au lit et de ne plus bouger, mais je ne suis pas fatigué, alors pourquoi est-ce que je me recoucherais, merde ? Les nuits m'appartiennent.

C'est dans la cuisine que je la retrouve. Elle a sorti des tranches de jambon et de fromage, et est en train de se confectionner un sandwich.

— Tu en veux un ? me demande-t-elle, comme s'il n'y avait rien de plus naturel au monde que cette rencontre dans l'obscurité, à 2 heures du matin.

Je ne réponds pas, me contentant de la regarder du seuil de la cuisine, tandis que le vent à l'extérieur fouette la bâtisse et s'engouffre sous l'interstice de la porte de derrière.

Elle tartine un morceau de beurre sur une tranche de pain blanc.

— Ma mère ne me laissait jamais manger de beurre. Ce n'est pas bon pour les hanches, apparemment, et sûrement pas pour une danseuse. Eh bien, j'en profite maintenant ! Avoir de grosses cuisses ne fait désormais plus partie de mes préoccupations, qu'en penses-tu ?

Elle me sourit tout en refermant son sandwich, puis elle s'installe d'un geste gracieux à la table en Inox de la cuisine, s'apprêtant à le déguster. Elle a des dents blanches et régulières, et sa chevelure aussi rousse qu'épaisse retombe en désordre sur ses épaules.

Je considère son sandwich et je sens mon estomac se serrer. Désormais, les nuits ne seront plus placées sous mon seul contrôle. Je devrai aussi me préoccuper des éventuelles erreurs d'un tiers. Elle suit mon regard.

— Ne t'inquiète pas, j'ai été prudente et je nettoierai tout. Ils ne remarqueront jamais que je suis venue dans la cuisine.

— Tu es arrivée avec Tom, dis-je.

Elle hoche la tête.

— Pauvre Tom. Tout le met en rogne.

Elle balance les jambes d'avant en arrière, et sous sa chemise de nuit, je peux voir qu'elles sont minces et bronzées. Ses orteils sont laqués de rose. Un écho de sa vie d'*avant*. Elle pétille d'énergie. Elle croque de nouveau dans son sandwich et me regarde. J'ai soudain envie moi aussi d'un sandwich, de quelque chose à manger... Mais je ne vais rien me préparer. À bien y réfléchir, elle m'a coupé l'appétit.

— Tu n'as pas pris les vitamines.

J'avance d'un pas vers elle, c'est tout ; je ne m'approcherai pas davantage. Je prends un air menaçant, mais elle ne semble pas s'en apercevoir. D'ailleurs, elle a même un petit rire. Un rire chaleureux et amical. Qu'est-ce qui lui prend ? Ne sait-elle donc pas où elle se trouve ?

— Des vitamines ? Mon œil ! Ma mère aussi a pris des prétendues vitamines pendant des années. En général avec du whisky.

Elle repose son sandwich, comme si elle l'avait subitement oublié.

— Pourquoi tu ne prends pas les tiennes ? ajoute-t-elle.

J'ai appris à coincer rapidement les comprimés entre ma lèvre supérieure et mes gencives afin que les infirmières ne remarquent rien, je me suis entraîné avec les petits pois qu'on nous sert au réfectoire. Je les mets ensuite dans la boule qui surmonte la colonne de mon lit, enveloppés dans du papier toilette. J'accomplis cette routine tous les soirs. Il serait sans doute préférable que je les jette dans l'évier, mais cela me permet ainsi de compter les jours qui passent. De baliser ma survie.

— J'aime la nuit, dis-je.

— Alors, qu'est-ce qu'on va faire ?

Elle me sourit de nouveau, d'un air à la fois espiègle et ravi.

— Maintenant que la maison est à nous, précise-t-elle.

— Fais ce que tu veux, mais ne viens pas m'emmerder.

Son sourire s'évanouit.

— Dommage. Ce serait plus drôle si…

— J'ai pas envie de rire !

Tout à coup, je la déteste. Elle n'a pas le droit d'être réveillée. Ce temps-ci m'appartient. La boule en moi s'embrase jusqu'à ma langue et je crache des mots enflammés de colère.

— À partir de maintenant, tu peux oublier ta putain de petite vie parfaite avec ton ministre de père, dans ta grande maison, entourée de tous tes privilèges. Tu es une Déficiente, comme nous. Tu peux bien venir rire dans la cuisine et croire que tout ça est sacrément drôle, ça n'empêche pas que tu vas tomber malade et mourir, comme Ellory, comme moi, et comme tous les crétins qui sont ici. Tu n'es pas différente des autres. Alors ne te mets pas en travers de mon chemin et habitue-toi à ta nouvelle réalité.

Je rive mon regard au sien, haletant d'une rage qui fait trembler tout mon corps. Ses jambes sont devenues immobiles. Elle ne sourit plus. Je lui tourne le dos, je ne veux plus la voir. Je ne veux plus me sentir mal. La demeure est vaste, rien ne m'oblige à la croiser. D'ailleurs, peut-être prendra-t-elle ses comprimés maintenant qu'elle sait qu'elle n'est pas la bienvenue, la nuit.

— Non, réplique-t-elle d'une voix douce et blessée tandis que je m'éloigne. Je crois plutôt que c'est toi qui dois te faire à cette « nouvelle réalité ».

Salope ! Qu'est-ce qu'elle en sait, hein ?

Son test eut lieu après le cours d'éducation physique, un mardi, et il s'en réjouissait pour deux raisons. Tout d'abord, cela lui permettait de manquer dix minutes de sciences, peut-être vingt d'ailleurs, s'il traînait sur le chemin du retour, et deuxièmement, ils effectuaient toujours les tests par ordre alphabétique, de sorte que Julie McKendrick passait en même temps que lui. Le revers de la médaille, c'était que Billy Matthews serait également présent, aussi était-il peu probable qu'il parvienne à parler à Julie, si tant était qu'il trouve des sujets intéressants à aborder avec elle. Néanmoins, il serait en mesure de l'admirer, et c'était mieux que rien.

Il régnait une chaleur étouffante dans le couloir qui menait à l'infirmerie ; à l'extérieur, le soleil semblait magnifié par les baies, et même si Toby avait pris une douche après le cours de gymnastique, il était en nage quand il arriva dans la file d'attente, où des enfants de tout âge bavardaient ensemble. Aucun ne semblait inquiet. Après tout, chacun avait l'habitude de passer le test. Il observa la queue, mais n'y vit pas Julie. Il sentit son cœur fléchir. Elle lui avait adressé la parole hier, pendant le cours de maths, le seul cours qu'ils avaient en commun, et il avait réussi à discuter avec elle de l'ennui que lui inspirait l'algèbre sans balbutier ni loucher une seule fois vers sa poitrine. Elle avait ri à propos de ce qu'il avait dit de M. Grey et lui avait affirmé qu'il était drôle. Peut-être que sa réputation de blagueur au sein de la classe allait finir par payer.

—Salut, Toby.

Elle était juste derrière lui, en compagnie d'Amanda, dont le nom de famille ne commençait pas par un « M », mais qui avait dû tricher pour passer avec sa copine. Julie et Amanda étaient toutes deux blondes et jolies, mais la seconde ne possédait pas le petit plus qui constituait tout le charme de la première. Qui plus était, sa poitrine était plate et ses jambes trop maigres.

—Salut.

Le mot avait failli ne pas sortir de sa bouche, soudain asséchée. Il fourra la main dans sa poche et tenta de prendre un air décontracté, alors qu'il avait la sensation que toutes les articulations de son corps avaient cessé de fonctionner normalement.

— Quel cours t'es en train de rater ? poursuivit-il.

— Anglais. Et en plus, on a un devoir sur table.

— Coucou !

C'était Billy, qui venait de se matérialiser derrière l'épaule gracile de Julie. Génial…

— Amanda organise une fête, samedi. Tu habites tout près, Toby, non ? enchaîna Julie. Pourquoi tu viendrais pas ?

Amanda leva les yeux au ciel, mais elle ne parut pas s'en rendre compte. Le visage de Toby se mit à le brûler si fort qu'il craignit que ses os ne se liquéfient. Julie en personne venait de l'inviter à une fête ! Une fête branchée. Comme tout ce que Julie et Amanda faisaient.

— D'accord. Je crois pas que j'ai quoi que ce soit de prévu, samedi, dit-il.

En fait, il comptait passer la soirée avec Jonesy au terrain de jeux, mais son ami pourrait tout à fait attendre. Il avait d'abord pensé l'emmener avec lui, avant de se raviser. Jonesy n'était pas assez branché pour participer à une fête organisée par Amanda. Lui non plus, d'ailleurs, mais il n'allait certainement pas manquer une si belle occasion.

— Évidemment qu'il n'a rien de prévu, commenta Amanda d'un ton traînant. Il n'a jamais rien de prévu.

— Ferme-la, Mandy.

Sans prêter attention au net mécontentement de son amie, Julie lui avait souri. Juste à lui. Elle avait un grain de peau parfait, et ses yeux brillaient sous le mascara et l'eye-liner que les filles à la pointe de la mode utilisaient abondamment, même si on leur avait enjoint mille fois de se démaquiller. Toby se demanda soudain s'il était possible d'aimer une fille aussi fort qu'il aimait Julie McKendrick.

— Génial, lui dit-elle. À samedi, alors. Vers 20 heures.

Il hocha la tête, n'osant rien ajouter, puis se retourna et regarda droit devant lui. Billy émit un commentaire peu discret et les deux filles éclatèrent de rire : de toute évidence, le trio était en train de se moquer de lui. Mais il s'en fichait. Tout son corps vibrait d'excitation. Il allait se rendre à une fête à laquelle Julie assistait et c'était même elle qui l'y avait invité. Il avait hâte de raconter ça à Jonesy.

Il affichait toujours un sourire béat quand il était entré donner son sang. L'avenir s'ouvrait à lui.

— Quitte ou double, tu te souviens ? dis-je alors que nous sortons du réfectoire où nous avons pris le petit déjeuner.

Louis s'avance vers le tableau de service, prêt à effacer son nom et le remplacer par le mien, mais je l'arrête et ajoute :

— Tu n'as pas encore gagné.

C'est la première allusion à Ellory, ce matin. Clara et moi sommes les seuls à avoir assisté à son transfert vers l'ascenseur, mais personne n'est surpris par son absence ce matin. Le dortoir 7 avait l'air bouleversé à son entrée au réfectoire, mais à part Joe, les autres ont adopté une expression arrogante, menton relevé, Jake affichant un air particulièrement effronté. Désormais, il y a une chaise en moins autour de leur table, et les autres ont été rapprochées. Même les signes de l'absence d'Ellory ont été effacés.

Postés près du tableau d'affichage, nous les regardons à présent passer devant nous et se diriger vers l'escalier.

— Ce n'est que partie remise, dit Louis, l'œil rivé sur Joe.

Le jumeau abandonné a l'air vaincu, les épaules affaissées et les yeux cernés de pourpre. Il est possible qu'il ait des rougeurs sur les joues, mais elles sont difficiles à distinguer en raison de l'acné qui les parsème.

— Qu'est-ce que vous regardez ? aboie Jake.

Je hausse les épaules, et ne réponds pas. Le sortilège du dortoir 7 est brisé.

Maintenant, seul le dortoir 4 est encore intact.

6

À l'extérieur, la pluie a cessé, mais l'air demeure brumeux et humide, comme si les nuages, une fois crevés, se dégonflaient lentement et s'effilochaient jusqu'au sol. Tom regarde par la fenêtre de la cuisine tandis que je rince les dernières assiettes du déjeuner et que je les pose sur l'égouttoir, avec les autres.

—À ton tour, vieux, marmonné-je, la vapeur formant des gouttes sur mon visage.

Tom s'empare d'une assiette et commence à l'essuyer, les yeux toujours fixés sur le jardin. J'ai pris la résolution de ne pas me laisser distraire par la fenêtre, mais c'est une décision bien difficile à tenir, car elle est juste au-dessus de l'évier, précisément dans notre champ de vision. Eleanor est assise sur une vieille souche d'arbre, étreignant un livre sans le lire ; elle est en train de contempler Clara qui essaie d'apprendre à Harriet comment tenir en équilibre sur les mains, contre le mur en briques rouges. Harriet échoue chaque fois lamentablement, mais toutes les deux sourient quand ses jambes se mettent à trembler et que Clara s'efforce de les saisir pour les maintenir droites.

Elles se concentrent ensuite sur la roue, Clara tournant parfaitement sur la pelouse, les membres bien droits et musclés. Elle a des taches de son sur le nez et ses cheveux brillent d'un cuivre éclatant, en dépit de l'humidité grise qui ternit toutes les couleurs alentour. Quand elle a la tête en bas, durant l'espace de quelques secondes, son haut remonte et on aperçoit son estomac pâle et ferme. Tom déglutit de manière audible.

— C'est peut-être une gymnaste, dit-il.

Je ne lui demande pas de qui il parle, parce que, bon sang, il ne fait aucun doute que ce n'est pas de Harriet qu'il s'agit, celle-ci s'efforçant pourtant de son mieux d'imiter la fille plus âgée, malgré son corps peu gracieux.

— C'est une danseuse.

— Comment tu le sais ? demande Tom.

Et il braque vers moi un regard empli de curiosité.

Je hausse les épaules, gêné.

— J'ai dû l'entendre dire.

L'impolitesse dont j'ai fait preuve envers elle, deux nuits auparavant, ne l'a pas convaincue d'avaler ses somnifères, et bien que j'aie tenté de m'en tenir à la résolution de ne pas la croiser, il m'est difficile de savoir qu'une autre personne demeure elle aussi éveillée, la nuit. En réalité, je la guette, attendant qu'elle quitte un endroit de la maison avant de m'y rendre, et de vérifier qu'elle n'a pas laissé des traces de son passage susceptibles d'éveiller des soupçons. La nuit dernière, je m'apprêtais à entrer dans la salle de jeux – quand les nuits sont à moi, j'aime m'asseoir sur un pouf, près de la fenêtre, et contempler le ciel – lorsque je l'ai aperçue par l'entrebâillement de la porte. Le tourne-disque était allumé, mais on entendait juste le craquement de l'aiguille, dans le silence. Clara se tenait debout devant l'appareil, un casque sur les oreilles ; elle dansait au son de la musique, visiblement détendue, les yeux clos. Elle était perdue dans son propre espace intérieur, elle avait oublié le reste de la maison. Le clair de lune qui filtrait à travers les rideaux ouverts formait une flaque sur le sol, rond de lumière dans lequel elle évoluait. Elle n'effectuait pas à proprement parler des pas de danse, mais elle bougeait au rythme de la musique que je n'entendais pas et souriait tandis qu'elle levait les bras au-dessus de la tête, tout en remuant les hanches.

Ma bouche était devenue sèche et le trouble s'était emparé de moi. Au début, je n'ai pas trop compris pourquoi. Ce n'était tout de même pas à cause de ses bras ou de ses jambes nus, pas plus qu'en raison des contours de son corps visible à travers sa chemise de nuit. Certes, ces détails me mettaient mal à l'aise, mais ils n'enflammaient pas la boule compacte, au creux de mon estomac. Et c'est alors que l'envie naquit en moi. Oui, je ressentis l'aigreur de la jalousie. Elle souriait, parfaitement heureuse. Elle savourait un moment de liberté dans la musique. Comment pouvait-elle éprouver de la joie ?

Finalement, elle arrêta le tourne-disque et sortit de la salle de jeux. J'attendis dans l'ombre jusqu'à ce qu'elle disparaisse en haut de l'escalier, puis j'entrai à mon tour dans la pièce pour aller voir ce qu'elle écoutait. C'était un album qui remontait à des années, et que je ne connaissais pas. Mes doigts posés sur le casque, j'hésitai une seconde, puis m'éloignai. Non, je n'allais pas mettre le disque. Je n'allais pas me laisser happer par la musique. Je refusais d'être curieux.

Je retournai au lit, mais sans parvenir à retrouver mon calme intérieur. Je m'efforçai de penser à ma famille, puis à Julie McKendrick... Mais la peur s'était immiscée en moi, et semblait enserrer ma colonne vertébrale. Tout ce que j'entendais résonner à l'intérieur de moi, c'était les roues du lit d'Ellory quand on le poussait vers l'ascenseur, tout ce que je voyais, c'était le visage plaintif de Henry disant : « Il doit y avoir une erreur », et je ne pouvais me détacher de la pensée que je ne voulais pas mourir et être réduit à un néant terrifiant : ni maintenant, ni jamais.

— Comment tu le sais ? répète Tom, me ramenant brusquement au présent.

Je jette un coup d'œil par la fenêtre.

— J'ai dû entendre les filles en parler entre elles.

Elle n'a pas le droit de sembler aussi insouciante. Aucun de nous ne le peut. Je passe le chiffon sur les surfaces en Inox tandis que Tom finit d'essuyer la vaisselle ; soudain, une infirmière surgit de nulle part et vérifie notre travail avant de hocher la tête en signe d'approbation et de nous autoriser à sortir de la cuisine, nos tâches étant terminées.

Je n'attends pas Tom qui contemple toujours le jardin, mais je prends la direction du dortoir 4 pour essayer de dormir. J'ai à peine monté la moitié du premier escalier que je vois Ashley s'avancer dans le couloir, en bas, et s'arrêter devant le bureau de Matrone. Je m'immobilise. Passés les premiers jours de notre arrivée ici, personne n'est plus jamais allé la voir pour lui demander quoi que ce soit. Matrone ne détient aucune réponse, ou si c'est le cas, elle les garde pour elle ; elle nous a clairement fait comprendre qu'elle n'avait pas du tout envie d'avoir affaire à nous davantage que son job ne le requiert. Qui serait assez fou pour attirer l'attention de Matrone sur lui ? Elle prend toutes les décisions dans la maison… et je me demande parfois si elle ne choisit pas non plus le prochain à transférer au sanatorium. J'ignore ce qu'il y a dans la nourriture qu'on nous donne, mais nous préférons qu'elle ne nous remarque pas.

Ashley prend une profonde inspiration avant de frapper trois coups à la porte, puis il remonte les feuilles cartonnées et roulées qu'il tient sous le bras. Elles sont épaisses, de la taille d'une affiche et de différentes couleurs. J'aperçois des mots tracés d'une écriture appliquée à l'intérieur de l'une d'elles, mais je ne parviens pas à les déchiffrer. Je m'appuie sur la rampe pour mieux voir… Soudain, Matrone ouvre la porte et Ashley s'engouffre à l'intérieur du bureau.

Je reste quelques instants là où je me trouve. En haut de l'escalier aussi immense que vétuste m'attendent le dortoir et mon lit. Ce qu'Ashley vient demander à Matrone ne devrait pas me tracasser – d'ailleurs, je m'en fiche –, et pourtant je veux savoir. Je gravis deux marches et m'arrête encore. Je scrute de nouveau l'endroit où Ashley se tenait si nerveusement quelques secondes plus tôt. Mes pieds me picotent soudain dans mes baskets : dois-je continuer mon chemin ou revenir sur mes pas ? Ashley est dans le bureau de Matrone, me redis-je, et malgré moi, mon cerveau passe en revue toutes les raisons possibles de cette visite.

Certes, je ne veux pas avoir de relation amicale avec les autres – à quoi bon ? – et, à part Will et Louis qui me sont trop proches pour que je puisse les éviter, je me suis assez bien débrouillé pour rester seul avec moi-même et ne pas être mêlé aux affaires d'autrui. Après tout, nous allons tous mourir seuls, alors il vaut mieux que je vive seul. Et puis de toute façon, il n'y a rien à faire ici.

Et pourtant, Ashley se trouve actuellement dans le bureau de Matrone et j'aimerais comprendre pourquoi. Il n'a pas l'air malade, et d'ailleurs s'il l'était, il est fort peu probable qu'il irait voir Matrone pour le lui annoncer. Mais que signifient ces feuilles cartonnées ? Il est impossible qu'il ait établi une liste de plaintes relatives à l'établissement, même une tête de nœud comme lui ne peut pas être aussi stupide. Je fronce les sourcils. Et si je me trompais ? Sa démarche aurait-elle finalement quelque chose à voir avec le dortoir ? Peut-être qu'au fond, ça me regarde.

Je me détourne de l'escalier lugubre et béant qui se déploie telle une épine dorsale tordue et sinueuse à travers la vaste demeure, et je rebrousse chemin. Le vestibule est vide et je vérifie les différents couloirs qui y débouchent pour m'assurer que personne ne vient, avant de coller mon oreille contre la porte. Je ne distingue pas ce qui se dit à l'intérieur, je perçois juste le murmure assourdi des voix. Aucune ne semble en colère, mais il est vrai que Matrone n'est jamais furieuse – ni heureuse ni bouleversée, d'ailleurs. Elle est juste Matrone, impassible et impersonnelle. Je ne serais pas surpris si sous sa peau, il y avait simplement un réseau métallique de fils et de puces.

Je ne m'attarde pas, ayant déjà l'impression d'espionner ; surtout, je ne veux pas qu'on me surprenne. Je retrouve Louis et Will dans la salle de jeux, seuls dans un coin, à l'écart des garçons qui s'affairent autour du tourne-disque et essaient de trouver des titres qu'ils reconnaissent ou apprécient dans la pile de vieux disques, avant de se chamailler pour imposer leur choix.

— Je viens juste de voir Ashley entrer dans le bureau de Matrone, dis-je. Vous savez ce que ça signifie ?

— Regarde ! Elle vient de monter sur une branche encore plus haute ! Comment est-ce qu'elle a fait ?

Le jeu d'échecs est sorti, et à en juger par le peu de pièces blanches qui restent, je parie que c'est Louis qui a les noires. Pourtant, aucun des garçons n'est penché sur l'échiquier.

— On devrait sortir pour aller jouer avec les autres ! s'exclame Will en trépignant d'excitation. Il ne pleut plus.

— Jake aussi est dehors, précise Louis.

— Oui, et Tom, ajoute Will.

Il a fallu peu de temps pour qu'ils adoptent Tom comme un des leurs. Pour l'inclure dans la bande. Mais cela n'engage qu'eux deux.

— Elle lui a vraiment tapé dans l'œil, dit Louis. Et il essaie de jouer les mecs cool.

— Échec spectaculaire, commente Will.

Et le duo fait entendre un rire moqueur.

— Je disais, reprends-je pour attirer leur attention, qu'Ashley est dans le bureau de Matrone. Vous savez pourquoi ?

Ils finissent par tourner la tête vers moi.

— Euh, non ! répond Will. Je ne l'ai pas vu.

— Il n'a pas dit des choses bizarres, par hasard ?

— Pas plus qu'à son habitude, réplique Louis.

Et il m'adresse alors un petit sourire, se rendant visiblement compte que j'ai dérogé aux miennes…

— Tu n'as pas envie de dormir ? poursuit-il. Et si on allait tous dans le jardin ?

J'émets un vague grognement désapprobateur.

— Pourquoi ? dis-je. Y'a rien à foutre, dehors.

— Clara est en train de grimper dans l'arbre, m'annonce Will.

Et il me désigne la fenêtre, comme si je pouvais voir quoi que ce soit depuis le seuil de la porte.

— Je ne te retiens pas si tu veux aller jouer avec les gosses, marmonné-je.

Finalement, j'aurais dû me mettre au lit et ne pas m'inquiéter au sujet des courbettes qu'Ashley est en train de faire devant Matrone.

— Mais nous sommes tous des gosses ! se récrie Will.

— Eh bien, fiche le camp et va jouer ! Pourquoi t'as besoin de moi ?

— Viens ! insiste-t-il. On va bien rigoler si on y va tous ensemble. En plus, il ne pleut pas.

— On peut pas dire non plus que le soleil brille.

Louis regarde ses pieds. L'une de ses chaussures est délacée, mais il ne semble pas s'en apercevoir. Elles étaient neuves, quand il est arrivé – sa mère venait juste de les lui acheter, avait-il dit d'une voix plaintive, le premier soir –, mais maintenant le cuir brun est éraflé et usé. Comment a-t-il bien pu les abîmer, alors que nous passons notre temps à errer dans cette demeure, tels des fantômes ? Je n'en ai aucune idée, mais il est vrai que Louis est maladroit et agité, comme si son esprit bougeait trop vite pour que son corps puisse suivre. Des taches rouges lui recouvrent les joues et il enfonce les mains dans les poches de son jean, avant de lever les yeux vers moi.

— Jake est dehors, redit-il d'un ton plus tranquille, mais visiblement gêné.

— Tom aussi, enchaîné-je.

C'est un test. Tom est plus âgé que moi et les plus petits pourraient voir un nouveau protecteur en lui.

— Oui, mais…

Louis a si vivement haussé l'épaule pour masquer sa gêne, qu'il en a presque touché son oreille, également rouge.

— Enfin, Tom ne nous… Bref, il ne va pas faire attention à nous.

— S'il te plaît, Toby ! implore Will.

Et tous deux braquent sur moi leurs grands yeux pleins d'espoir.

Je les regarde tour à tour, et je me demande comment j'ai fait pour atterrir avec eux. Je pousse un soupir. De toute façon, avant d'aller au lit, je veux savoir ce qui s'est passé entre Ashley et Matrone. Donc j'ai du temps à tuer. Pourquoi pas le passer à l'extérieur ?

— OK, dix minutes, alors, dis-je, et je me fais soudain l'effet de mon père. Pas plus.

— Espèce de trouduc, commente Louis.

L'injure sonne faux dans sa bouche.

— Merci, Toby, dit Will en enfilant déjà son pull, si bien que ses mots sont étouffés.

Quand sa tête ressort du col, il arbore un air radieux.

— Allons-y ! ajoute-t-il.

Alors que je les suis dans le corridor qui mène à la porte de derrière, j'essaie de comprendre depuis quand une sortie au jardin s'apparente à un grand événement. Si on s'y amuse tant que ça, pourquoi on n'y est pas allés avant, merde ? À bien y réfléchir, je ne suis peut-être pas le seul à me soustraire à notre « situation ». Moi, j'y échappe en dormant, et il se peut que les autres le fassent en restant à l'intérieur du manoir, car l'extérieur représente le monde réel de façon trop criante, un univers auquel nous n'appartenons plus. À moins que ce ne soit la pluie qui les attire tant, aujourd'hui.

Je mets un pied dehors, et pour une fois, je me dis qu'il serait préférable que je réfléchisse moins. Il faut sans doute que je boive davantage de thé, au petit déjeuner.

— Regardez ! Elle est tout en haut ! s'écrie Will tandis que nous levons les yeux vers l'arbre.

De l'intérieur, le vieux chêne ne semblait pas aussi imposant, mais maintenant que nous sommes dans le parc, que nous en respirons l'air humide, il paraît immense ; son tronc tout noueux est si large et épais qu'il faudrait que nous l'entourions tous les trois à la fois pour que nos doigts se touchent. L'herbe trop haute brille d'un vert étincelant et nous mouille les pieds ; je sens l'humidité pénétrer le tissu de mes baskets. Pourtant, il ne fait pas froid. Même s'il y a du vent, les murs élevés qui entourent la propriété nous en protègent. Je n'avance pas vite, et Will et Louis règlent leur pas sur le mien. S'il ne s'était agi que de Jake et des garçons du dortoir 7, je ne serais pas sorti ; mais les filles sont elles aussi dans le jardin, ainsi que d'autres enfants, comme si tout à coup tout le monde s'était mélangé, du moins en apparence.

Clara est assise dans les branchages, la tête légèrement tournée vers le ciel et le corps à moitié caché par les feuilles. Tout le monde est dehors à cause d'elle. Avec les filles, c'est toujours le même problème ! On dirait qu'elles détiennent un pouvoir secret qui se déclenche aux environs de quatorze ans. Will et Louis peuvent se croire immunisés, mais en réalité, c'est juste le début. N'ont-ils pas insisté pour sortir ? Je repense à Julie McKendrick et au mélange de terreur, de gêne et d'excitation abjecte qu'elle suscitait en moi dès que je m'approchais.

Le parc est bien plus vaste que je ne l'imaginais, sa superficie est presque égale à celle de la maison, et s'étend sur ses deux côtés. Il y a une balançoire bringuebalante à bascule sur la gauche ; Joe s'y balance sans conviction, donnant des coups de pied dans l'herbe quand ses jambes trop longues touchent le sol. Il a la tête baissée, et les mâchoires serrées. Je n'ai pas envie de le regarder, car sa vue fait résonner en moi le grincement affreux des roues du lit, dans la nuit.

Quelqu'un a trouvé un ballon, et Jake et Tom échangent des passes tandis que Daniel, le petit potelé, court autour, tentant de s'intégrer au jeu.

— Par ici, Jake ! Lance-le-moi ! dit-il, le visage empourpré sous l'effort.

Peut-être qu'il se sent plus intégré, maintenant que Joe reste à l'écart et qu'Ellory est parti ; si c'est le cas, il est vraiment stupide. Jake lui envoie le ballon. Il a visé trop haut de façon intentionnelle, si bien que celui-ci passe au-dessus de sa tête, et rebondit sur le mur, derrière lui.

Daniel court pour le rattraper et Jake éclate de rire. Ce n'est pas un rire très charitable ; en effet, le gros postérieur de Daniel dépasse de son jean, et quand il se penche pour ramasser le ballon, on voit nettement la raie de ses fesses, tout comme sa graisse qui roule au-dessus de sa ceinture. Moi aussi j'ai envie de rire.

Malgré tout, je reste à bonne distance d'eux ; il y a beaucoup d'espace, et je n'ai pas envie de leur parler. Will, pour sa part, scrute avec insistance les branches du chêne.

— Comment tu as fait pour grimper tout là-haut ? demande-t-il à Clara dont il ne voit que les jambes qui se balancent.

— Elle a sauté pour attraper une branche, puis elle s'est hissée dans l'arbre, lui explique Eleanor.

Harriet et elle ressemblent à des nymphes des bois, avec leurs visages qui apparaissent des deux côtés du tronc.

— Et elle a continué à escalader, ajoute-t-elle.

Will saute lui aussi, mais n'arrive pas à atteindre la branche la plus basse. Il regarde Louis.

— Tu me fais la courte échelle ? lui demande-t-il.

— C'est trop haut.

Il a raison. Peut-être pas pour Tom, ni Joe, ni moi, mais ça l'est indiscutablement pour tous les autres. J'examine les branches. Je comprends pourquoi ni Tom ni Jake n'ont essayé. Même s'ils réussissaient à attraper la première branche sans se ridiculiser, les autres sont visiblement moins solides. Il faut être léger pour ne pas redouter qu'elles cèdent sous votre poids ; et puis Clara doit être particulièrement agile pour s'être hissée à une telle hauteur.

— On ne le saura pas tant qu'on n'aura pas essayé, décrète Will. Allez, Louis, fais-moi la courte échelle, puis je te tirerai. Je suis jamais grimpé dans un arbre !

Louis n'est toujours pas convaincu.

— Je ne suis pas très doué pour me soulever dans les airs.

— Alors pourquoi tu regardes là-haut comme si t'avais l'air intéressé ? demande Will.

À cet instant, Jake attrape le ballon et, le calant sous son bras, fonce vers l'arbre avant de le lancer à Tom, qui s'en saisit alors et fait mine de trébucher légèrement. Mais cette petite mise en scène est vaine, car Clara ne leur prête aucune attention. Elle observe fixement un point, dans le lointain.

— D'ici, je peux voir la mer, déclare-t-elle tout à trac.

Elle est assise sur une branche, et a l'air aussi décontractée que si elle se trouvait à dix centimètres du sol. Elle ne se tient même pas, écartant la frondaison pour bénéficier d'une meilleure vue.

— C'est beau…

— C'est loin d'ici ? s'enquiert Louis.

— Non, pas très. Je crois qu'il y a des rochers. Cela dit, je ne vois pas de maison. J'ai l'impression qu'on est seuls.

— Oui, on est seuls, confirme Louis. Il n'y a personne sur l'île.

— Comment tu le sais ?

— Deux gamins ont essayé de s'enfuir, une fois, intervient Jake, saisissant l'occasion de se faire remarquer. Mais ils ont été pris. Ils pouvaient aller nulle part.

— Qu'est-ce qui leur est arrivé ? questionne Clara, les yeux toujours tournés vers la ligne d'horizon.

— Matrone, répond Jake. Matrone est arrivée. Elle a sorti une pièce de monnaie et leur a demandé de choisir pile ou face. C'était face. Le garçon qui avait dit pile a été directement conduit vers l'ascenseur. Ou plus exactement traîné jusque-là, malgré ses cris et ses supplications. Il n'est jamais redescendu. Pourtant, il était pas malade, il avait rien du tout. Elle a dit que l'exemple devait servir de leçon à tous.

Nous avions tous entendu cette histoire, même si aucun de nous n'était encore présent lorsque l'événement s'était produit. C'étaient les garçons qui étaient là avant nous qui nous l'avaient racontée, tout comme leurs prédécesseurs la leur avait rapportée. Je ne sais pas si elle est authentique, mais personne, pas même Jake, ne prendrait le risque de s'enfuir s'il n'y a aucun endroit où se réfugier. Et puis, Matrone nous semble tout à fait capable d'infliger un tel châtiment.

— Peut-être que je devrais t'imiter et monter pour admirer la vue, reprend Jake.

Je crois qu'il a envie de changer de sujet, lui aussi. Nous n'arrêtons pas de penser au sanatorium, tous autant que nous sommes, alors nous n'allons pas nous mettre à en parler ! Il attrape la première branche et s'y balance comme un chimpanzé. *A priori*, on croirait que c'est facile, mais à bien l'observer, je me rends compte qu'il s'efforce de paraître naturel pour ne pas avoir l'air d'un idiot.

— Si j'étais toi, je n'essaierais pas, le prévient Clara. Cette branche n'est pas très solide.

— Joe a éternué ! crie soudain Daniel.

Je l'avais oublié, celui-là ! À présent, il se trouve près de la balançoire ; il a remonté son pantalon, mais son ventre pointe encore sous son pull. Il désigne le jumeau à l'air éperdu.

— Jake ! Joe est malade ! insiste-t-il.

— Tais-toi, sale teigne ! marmonne Joe.

Le petit gros se précipite alors vers le groupe qui se tient autour de l'arbre.

— Il est malade, répète-t-il.

— Laisse-le tranquille ! ordonne Harriet en sortant de derrière le tronc qui lui servait de protection. Et ne hurle pas des choses pareilles.

Vue de près, elle n'est pas aussi froide que ça ; bon, elle n'est pas non plus jolie.

— Les infirmières pourraient nous entendre.

— Mais je disais juste à Jake que…

— Oh, ferme-la, Daniel ! s'énerve ce dernier en lâchant la branche. J'ai pas besoin d'entendre tes conneries !

Piggy ! Voilà qui me rappelle ce fichu Daniel ! C'est un personnage du roman que je lis pendant les cours du matin : il veut désespérément avoir la cote, mais n'y arrive pas.

— Désolé, Jake, je pensais juste que…

— Je t'ai dit de la fermer !

Louis a observé toute la scène avec fascination, et ses yeux se mettent à briller quand Daniel, tout en marmonnant pitoyablement, s'éloigne pour disparaître à l'intérieur du manoir. Quand il se rend compte que Jake a les yeux braqués sur lui, Louis détourne les siens. Le souvenir du blanc d'œuf resté collé sur son menton chatouille toujours son orgueil.

— Est-ce que c'est un marronnier ? demande Will, sourcils froncés, en désignant un deuxième arbre qui se trouve près du mur, à droite. Mon grand-père jouait aux marrons avec moi, quand j'étais petit.

Une ombre passa alors sur son visage.

— T'as déjà joué aux marrons, Louis ? ajoute-t-il.

— Non.

— C'est plus facile que les échecs, dit-il en le tirant par la manche. Viens. Il y en a sûrement des gros.

— Je viens aussi, s'écrie Eleanor, qui surgit de derrière le tronc, son livre toujours serré contre sa poitrine.

Et elle s'élance derrière eux.

Harriet hésite, puis finit par se diriger vers la balançoire. Elle s'assoit sur le siège vide, et adresse un petit sourire à Joe. Il ne le lui rend pas.

On sent une certaine tension, entre Jake et Tom, comme dans un western, lorsqu'on se demande si la scène va dégénérer entre les héros ; aucun d'eux ne paraît vouloir s'en aller, et je m'apprête à rentrer maintenant que Will et Louis sont occupés, lorsque Clara prend la parole.

— La mer est si belle. Je me demande à quoi elle ressemble, la nuit.

Elle s'allonge sur sa branche et incline la tête de sorte à me voir. Sa longue chevelure rousse tombe en cascade d'un côté de son visage, tel un rideau de flammes.

— Pas toi, Toby ? ajoute-t-elle avec un sourire.

Jake et Tom tournent en même temps la tête vers moi. Je ne réponds pas et nous l'observons tous tandis qu'elle descend de l'arbre avec l'agilité d'un chat. Elle a toujours les yeux rivés sur moi, et je le regrette. De l'électricité crépite à présent dans l'air entre Jake, Tom et moi, et Clara en est la cause.

— Je crois savoir où choper des clopes et de quoi picoler, déclare soudain Jake.

— Quoi ? demande Tom. Ici ?

En dépit de cette annonce spectaculaire, Clara ne me lâche pas du regard, les mains fourrées dans les poches de son jean, et légèrement déhanchée. De toute évidence, elle me défie. Elle se moque de moi. Soudain, je me sens mal à l'aise et un peu stupide, sans savoir pourquoi. Je ne vais tout de même pas me bagarrer comme un petit coq de village avec Tom et Jake, à propos d'une fille que j'apprécie d'ailleurs peu.

— Ouais, continue Jake en haussant le ton. À l'étage des profs. J'ai remarqué que certains sentaient la clope. Enfin, c'est un euphémisme : ils empestent le tabac, oui ! Je parie qu'ils ont aussi de l'alcool en réserve. Ils doivent s'ennuyer à mort ici. Comme moi.

Il tourne alors les yeux vers Clara.

— Et toi, qu'est-ce que t'en penses ?

Elle finit par lui jeter un coup d'œil et hausse les épaules.

— Si tu peux en avoir, je suis partante, dit-elle.

Il lui décoche alors un sourire carnassier.

— Je vais t'aider, déclare Tom, qui ne veut pas être en reste. Et toi, Toby ? T'es avec nous ?

Jake braque ses prunelles sur moi, tout comme Clara. Je regrette alors de ne pas m'être mis au lit, ou de ne pas être monté deux minutes plus tôt, ce qui m'aurait d'ailleurs permis de ne pas surprendre Ashley en train d'entrer chez Matrone. Je pense aux airs de jazz ou de blues que j'entends parfois en provenance des appartements des profs, quand j'erre dans la demeure, la nuit. Jake a sans doute raison. Moi aussi je boirais si j'étais prisonnier ici, alors que je pourrais être ailleurs.

— Peut-être.

— Ohé !

La voix vient de la porte de derrière, et quelques secondes plus tard, Daniel s'avance vers nous en se dandinant comme un canard sur l'herbe humide.

— Putain, qu'est-ce qui se passe encore ? marmonne Jake.

Et tout à coup, je ressens comme de la sympathie à son égard : lui aussi fait office de nounou.

— Il faut que tu viennes voir ça ! s'écrie Daniel.

Il affiche un large sourire, impatient de rentrer dans les bonnes grâces de Jake.

— Venez tous ! ajoute-t-il à la cantonade.

7

Nous nous tenons à présent devant une affiche collée avec de l'adhésif sur le mur du vestibule, au-dessous de la cloche.

— Et c'est pas tout, assure Daniel, toujours essoufflé. Il y en a une autre dans la salle de jeux, et une à l'étage.

— Mais c'est quoi, ce bordel ? s'exclame Jake, m'enlevant les mots de la bouche.

C'était donc ce que préparait Ashley ! Les lettres sont tracées soigneusement au marqueur noir :

La chapelle est ouverte !
Dernière salle au deuxième étage, près du quartier des infirmières.
Office : chaque soir à 19 h 30.
Vous êtes tous les bienvenus !

Tout autour du texte à l'écriture appliquée figurent des dessins enfantins représentant des anges et des croix, et un bout de papier a été scotché au bas de l'affiche :

Ce soir, nous prierons pour Ellory.

— Bon Dieu.

Et Louis pouffe de rire en entendant mon ironie fortuite.

— Espérons au moins qu'il arrêtera de prier dans le dortoir, commente Tom.

Touché. C'est alors que Jake ricane et je me remets à détester Ashley et sa fichue piété. Joe ne dit rien, il regarde fixement le petit bout de papier.

— Allons voir ! propose Will, toujours curieux de tout.

L'espace d'un instant, nous oublions nos dissensions et montons à l'étage. Les filles nous emboîtent le pas en silence, et nous laissons dans notre sillage des empreintes humides sur le parquet. Pour une fois qu'il y a une attraction !

— Par ici, indique Daniel comme si nous ne pouvions pas le deviner nous-mêmes.

Le long couloir est lugubre, mais de la lumière se déverse d'une porte ouverte. Je ne me suis jamais aventuré aussi loin lors de mes errances nocturnes, car c'est bien trop proche du QG des infirmières. Ashley a choisi un endroit stratégique : même Jake n'osera pas venir ici lui chercher des crosses, puisqu'il suffirait à Ashley de crier pour attirer l'attention du personnel.

— Entrez, entrez, dit ce dernier alors que nous nous entassons sur le seuil de la porte.

Je n'ai pas l'intention de le franchir, mais Harriet et Eleanor me contournent pour passer tandis que Will et Louis les suivent. À la place des lits, douze chaises sont alignées par rangées de trois ; un bureau recouvert d'un drap blanc leur fait face. Ashley transpire en raison des efforts qu'il a fournis pour l'aménagement de l'espace, mais il est tout sourires.

— Tout le monde est le bienvenu, ajoute-t-il.

Quelqu'un pouffe de rire, et son sourire s'estompe un peu, mais il continue à s'affairer autour d'une pile de papiers disposée sur une chaise.

— T'es vraiment dingue, toi ! déclare Jake.

Daniel éclate de rire. Je jette un coup d'œil par-dessus mon épaule, et je vois Clara qui s'esquive. Je ne pense pas qu'elle soit très religieuse, mais elle ne doit pas non plus apprécier notre attitude agressive envers Ashley. Peut-être qu'après une semaine passée ici, elle comprendra mieux nos réactions.

— Quelle belle fenêtre ! s'exclame Harriet en levant les yeux.

Elle a raison. Elle dessine un arc parfait au milieu du mur.

— C'est pour ça que je tenais à avoir cette pièce, explique Ashley. C'est comme une fenêtre d'église.

Il fait une pause.

— Tu pourras la décorer avec de la peinture, si tu veux. Matrone n'y voit pas d'inconvénient.

— On dirait que Matrone et toi, ça marche bien, hein ? lance Jake. Ça changera rien, tu sais.

Ashley ne répond pas.

— T'es toujours un Déficient, précise Daniel. Tu n'es pas différent de nous.

— Je sais, dit Ashley.

— Qu'il aille se faire voir ! dis-je soudain, complètement divisé.

Je déteste Ashley pour son initiative, mais il fait partie de notre dortoir. Alors j'ajoute :

— Au moins ici, il se sentira chez lui. Ce sera mieux que traîner avec nous à tout prix.

Je pivote sur moi-même et Tom m'imite.

— Oui, qu'il aille se faire voir ! répète-t-il.

Je comprends alors que je suis toujours le chef du dortoir 4. Après quoi, le groupe se désagrège, chacun allant où bon lui semble. Will et Louis se mettent à courir en quête d'une cordelette pour leurs marrons, et quant à moi, je me dirige vers notre dortoir. Dormir, voilà ce dont j'ai besoin.

L'air est plus froid, cette nuit, il s'immisce dans les vieilles pierres comme une brume invisible ; je dois mettre mes chaussettes lorsque je me relève pour déambuler dans le noir, même si le parquet poli est glissant et que le bruit d'une éventuelle chute au milieu de la nuit ne manquerait pas de réveiller les infirmières. Je suis resté au lit plus longtemps que de coutume, me demandant si on viendrait chercher Joe, mais l'ascenseur ne gronde pas comme l'estomac affamé du sanatorium et le plus grand calme règne dans le manoir.

Dans la cuisine vide, je me prépare une tartine au beurre que je mange en contemplant le chêne de la cour. À présent, c'est une grande masse sombre sous le clair de lune. Le rez-de-chaussée est silencieux, la salle de jeux est vide, elle aussi, et je me demande si Clara s'est finalement décidée à prendre son comprimé pour dormir, comme tous les autres, et a renoncé à explorer la nuit. Cette pensée devrait me soulager, et pourtant, je sens mon estomac se nouer. J'ai envie d'aller écouter de la musique au casque, comme Clara, la nuit dernière, mais finalement, je ne le fais pas. Je ne suis pas Clara. À l'idée de danser seul dans le noir, je me sens un peu crétin ; je veux être capable d'entendre quelqu'un arriver.

Je remonte l'escalier et mes pas me portent presque malgré moi vers la chapelle d'Ashley. Il affichait un sourire satisfait quand il est revenu au dortoir, tout à l'heure, et bien qu'aucun de nous ne l'ait questionné sur son stupide office, il était visiblement content de lui. Je ne sais pas pourquoi, mais une partie de moi a envie de renverser les chaises de cette fichue chapelle… Et si finalement je les disposais différemment, histoire de faire peur à Ashley?

Alors que je m'approche de la porte, j'aperçois une minuscule lumière tremblotante; je comprends tout de suite que Clara m'a devancé. Cette fois, je ne rebrousse pas chemin. La nuit m'appartient, c'est elle l'intruse: si quelqu'un doit partir, ce sera elle.

—Où t'as trouvé cette bougie?

Elle me tourne le dos, penchée sur un morceau de papier qu'elle essaie de déchiffrer à la lueur de la flamme jaune. La bougie est fixée dans une coupelle placée sur le bureau recouvert de la nappe blanche, et qui tente si pathétiquement de passer pour un autel.

—Elle était déjà là. J'ai juste apporté des allumettes de la cuisine.

Elle n'a même pas sursauté quand je lui ai posé ma question. M'a-t-elle entendu venir, ou bien s'en fiche-t-elle carrément? Elle pivote légèrement vers moi, toujours concentrée sur le papier qu'elle tient à la main.

—« Pour Ellory », lit-elle, « le frère bien-aimé de Joe, le fils de Mary et de Stephen, membre du dortoir 7. "Il essuiera toute larme de mes yeux et la mort ne sera plus, il n'y aura plus ni deuil, ni cri, ni douleur, car les premières choses ont disparu." Apocalypse 21, verset 4. » C'est très beau quand on y pense, sauf que c'est triste, aussi.

—Ne me dis pas que tu crois à ces conneries mystiques! dis-je en reniflant.

Elle secoue la tête et ses cheveux cuivrés brillent à la lueur de la bougie.

—Non, je crois en la nature. Nous mourons, nous nous décomposons, nous nourrissons la terre, les plantes, les insectes et voilà.

— C'est joyeux ! dis-je d'un ton à la fois dédaigneux et décontracté.

Cependant, ses paroles m'ont glacé et je regrette de ne pas être resté dans la cuisine.

— Mais on est encore vivants, pour l'instant, rétorque-t-elle en haussant les épaules. On n'est pas différents des autres.

— Bien sûr que si ! Je crois d'ailleurs que c'est pour ça qu'on nous appelle les Déficients.

Mon ton est délibérément sarcastique, mais elle ne semble pas le remarquer.

— Non, on n'est pas vraiment différents, insiste-t-elle. Chaque jour est un nouveau jour pour tout le monde.

Elle m'adresse un sourire, les yeux brillants, et poursuit :

— Qui sait ? Demain, ils trouveront peut-être un remède à notre mal. Ou bien cette maison sera frappée par la foudre et nous mourrons tous brûlés. Il se peut aussi qu'un séisme détruise Londres, demain, et tous mes anciens amis d'école partiront avant moi. Tu comprends ?

Je lui souris malgré moi : son discours n'est pas dépourvu d'une certaine logique, il m'évoque un bout de bois flotté auquel se raccrocher dans cet océan d'effroi.

Elle regarde de nouveau le bout de papier.

— Enfin, pour Ellory, c'est râpé, ajoute-t-elle d'une voix douce. Harriet est allée à l'office et a dit qu'il n'y avait que Joe, du dortoir 7. C'est triste, tu trouves pas ? Ils auraient tous dû y aller, pour le soutenir.

— Ça ne marche pas comme ça, ici.

Mon sourire s'estompe. Elle ne comprend décidément pas le fonctionnement de la maison. Elle pense toujours que c'est comme *avant*. Mais ce n'est pas le cas. Seulement, je ne suis pas certain que je pourrais expliquer les différences, quand bien même je le voudrais : il faut les *apprendre* par soi-même. Je sens que je vais dire quelque chose de mesquin, la pique se forme sur ma langue, quand retentit soudain le son d'une cloche, toute proche. Je me fige, le cœur battant à tout rompre.

— Qu'est-ce que c'est ? demande Clara.

— Une alarme.

Je me précipite pour éteindre sa bougie avec les doigts, sans prêter attention à la douleur que me vaut le contact avec la flamme. Puis, sur une impulsion, je lui saisis la main.

— Viens.

Nous fonçons vers le couloir et, tout en courant vers l'escalier, nous entendons des bruits de pas. Les infirmières du sanatorium et Matrone sont réveillées.

— Qu'est-ce qui se passe ? demande Clara dans un murmure, alors que nous nous plaquons contre le mur sombre.

— Je sais pas.

— Par ici, dit-elle alors. Vite.

Elle me tire par la manche et nous gravissons une nouvelle volée de marches. Son dortoir est le plus près : elle m'entraîne à l'intérieur et referme la porte derrière nous. Ni Eleanor, ni Harriet ne bougent quand nous nous réfugions, le souffle court, à l'autre bout de la pièce. Ouf ! Il était temps. Nous entendons un claquement de talons devant la porte, à l'extérieur.

Par la fenêtre, de la lumière se déverse alors dans la chambre, et le crissement de roues s'enfonçant dans les graviers est nettement perceptible. Le dortoir de Clara est bien plus éloigné de l'entrée principale que le mien, mais nous scrutons derrière les rideaux ce qui se passe dehors. À la limite de notre champ de vision, nous distinguons un gros camion qui s'arrête dans la cour, ses énormes phares pareils à deux lunes éclairant la nuit. Sans couper le moteur, le chauffeur en descend et se dirige vers l'arrière. S'ensuit le glissement de portes métalliques, puis des voix s'élèvent sans que nous puissions distinguer ce qui se dit.

Je me demande à haute voix ce que ça peut bien être.

Il est impossible que ce soit de nouveaux enfants qui arrivent. Pas dans un camion comme celui-ci. Nous avons tous été conduits jusqu'ici dans des vans noirs.

— Peut-être du ravitaillement, suggère Clara.

Nous sommes si près l'un de l'autre que je distingue l'écart entre chacun de ses cils pâles. Elle a la bouche entrouverte, et la vapeur qui en sort quand elle parle forme de la buée sur la vitre.

— On est au milieu de nulle part, poursuit-elle. J'imagine qu'ils se font livrer la nourriture et tout ce qui est nécessaire à notre entretien et celui de la maison. Tu n'as jamais vu ce camion, avant ?

Je secoue la tête.

— Non, c'est la première fois.

— À ton avis, le déchargement va prendre combien de temps ?

— Un certain temps, c'est un gros camion.

— Donc, on est coincés ici jusqu'à ce qu'il reparte et que tout le monde soit retourné au lit.

— Sauf si personne ne se recouche. Dans ce cas, c'est la panade…

— On s'inquiétera le moment venu, tranche Clara. Si ça arrive. (Elle frissonne.) Il fait froid.

Sur cette constatation, elle relâche le rideau et se dirige vers son lit, puis repousse les couvertures afin de grimper dedans. Elle a raison. Maintenant qu'on est immobiles, on sent le froid ; seulement, les lits vides ne sont pas garnis. J'hésite, embarrassé, ne sachant que faire.

— Alors, tu viens ! murmure-t-elle. Rejoins-moi.

Elle me regarde, impatiente.

Je suis content qu'il fasse nuit et qu'elle ne puisse pas voir mon visage, car je sais que je suis tout rouge, quand je m'approche du lit. J'ai l'impression que mes jambes et mes bras sont trop grands, ma bouche est complètement sèche, et alors que je frissonnais quelques secondes auparavant, ma peau est maintenant brûlante... Clara se pousse sur le côté pour me faire de la place et nous restons étendus l'un à côté de l'autre, à contempler le plafond. Sa chevelure, bien trop longue et épaisse pour tenir sur une seule moitié de l'oreiller, me chatouille le visage ; sa texture est soyeuse et presque chaude.

— C'est mieux, dit-elle. Non ?

Et elle tourne légèrement la tête vers moi pour vérifier si je suis d'accord.

— Oui.

J'ai eu du mal à articuler, et je déglutis bruyamment. C'est la première fois que je me retrouve au lit avec une fille. Mon corps se résume à un affreux mélange d'angoisse et d'excitation sur lequel je n'ai aucun contrôle. Je prends de profondes inspirations, aussi tranquillement que possible. Ma réaction est stupide. Mon côté droit est collé contre son flanc gauche, et je sens ses orteils au niveau de ma cheville. Sa peau est incroyablement chaude, à travers son pyjama... Je me rends soudain compte que cela fait des semaines que je n'ai pas été aussi près de quelqu'un d'autre. Je perçois le moindre mouvement de son corps quand elle respire, de façon lente et régulière. Elle est manifestement très décontractée, alors que je bataille pour faire circuler l'air dans mes poumons.

— Quand j'étais petite, commence-t-elle à voix basse en penchant la tête vers moi au point que nos crânes se touchent, vers dix ou onze ans, je voulais que mes parents me mettent en pension, dans un pensionnat pour filles. J'avais lu dans des livres pour enfants qu'on y faisait la fête à minuit, qu'on enfreignait les règles, qu'on s'y trouvait des amis pour la vie, et qu'on vivait de grandes aventures. Et maintenant que j'y suis, ça ne ressemble pas vraiment à ce que j'imaginais. C'est drôle, non ?

Elle a toujours les yeux rivés au plafond, de sorte que ma terrible gêne régresse un peu.

— Oh, je te garantis que tu ne pourras pas trouver de meilleurs amis pour la vie que ceux que tu te feras ici !

Elle se met à glousser, et pendant quelques instants, j'ai la sensation d'être redevenu le Toby d'*avant*, le petit rigolo de la classe, même si je viens d'exprimer une forme d'humour très noir.

— T'as raison, dit-elle. C'est un peu bizarre.

— Blague à part, ça m'étonne que tu ne sois pas allée dans un pensionnat huppé, enchaîné-je, désireux de changer de sujet. J'ai entendu dire que ton père est un Costume Noir.

— Oh si ! Mon lycée était clairement sélect.

Elle se met à jouer avec une mèche de cheveux. Elle est si longue que son bras pâle en est presque droit lorsqu'elle tire dessus.

— L'un des meilleurs, bien sûr, poursuit-elle. Mais je n'étais pas pensionnaire. On ne peut pas contrôler un gamin qui est au pensionnat, n'est-ce pas ? En revanche, si on le garde chez soi, il se doit d'être parfait. S'ils m'y avaient inscrite, j'aurais été libre de devenir moi-même.

Elle sourit.

— Mais ils ont été bien piégés, tu ne crois pas ? Je suis enfermée très loin d'eux, à présent, et je suis Déficiente. Mon pauvre père ! T'aurais dû voir sa tête, quand ils sont venus me chercher. Franchement, ça en valait la peine. Il devait déjà penser à ce qu'il allait inventer pour le cacher au reste du monde. Il a sûrement raconté que j'étais morte dans un accident tragique. D'ailleurs, il a dû finir par le croire.

Elle fait une pause. Moi qui avais imaginé que sa vie ressemblait à celle d'une princesse de contes de fées…

— Il n'a pas l'air très sympa, finis-je par dire.

— C'est un homme politique, c'est tout, réplique-t-elle en soupirant. Il n'a pas toujours été aussi mauvais. En fait, il était super jusqu'à mes cinq ans. Ma mère aussi, d'ailleurs. Ils avaient tant d'ambitions pour moi.

Je l'observe à la dérobée : elle a l'air tendue et sérieuse, perdue dans ses souvenirs. Puis soudain, son froncement de sourcils disparaît.

— À quoi ressemblait ton école ? demande-t-elle alors.

— Tout à fait ordinaire, dis-je, tandis que Jonesy, Billy et Julie McKendrick surgissent dans mon esprit, tels des fantômes. Normale. Je m'y ennuyais souvent.

Je ne veux pas y repenser.

Je ne veux pas repenser à ces longues et chaudes journées, à jouer au football et à traîner.

Dans la nuit froide, même avec Clara à mes côtés et mes sens qui frémissent sans que je puisse les contrôler, je donnerais tout pour revenir en arrière. Je m'en irais et les laisserais tous mourir ici sans le moindre remords, si seulement je pouvais rentrer chez moi, sain et sauf. J'oublierais leurs noms en quelques jours.

« *Ils disent que ça fait saigner les yeux.* »

« *Il doit y avoir une erreur.* »

À l'extérieur, on entend le moteur du camion tourner, et les gens aller et venir sur les graviers.

— Le camion a dû arriver par bateau, comme nous, dis-je. S'il y avait une route, on l'aurait prise. Louis pense qu'on est sur une île. Il a sûrement raison.

— On devrait l'explorer, une nuit. Faire le mur !

Cette fois, c'est moi qui tourne la tête pour la regarder.

— Ouais, c'est ça, dis-je d'un ton désabusé.

— Je suis sérieuse ! riposte-t-elle en plongeant ses yeux brillants dans les miens. Personne ne s'en apercevrait.

— T'as pas entendu ce que Jake a raconté sur les deux garçons qui ont essayé de foutre le camp ?

— Si, mais nous, on n'a pas l'intention de filer. On ira juste faire un tour avant de revenir. Et personne ne nous verra.

Nos visages sont si proches l'un de l'autre que nos nez se touchent presque. De nouveau, mon estomac se contracte violemment. Je sais très bien le processus qui est en train de se déclencher en moi et je voudrais l'arrêter. Clara n'a pourtant rien d'extraordinaire, elle n'est pas aussi sexy que Julie McKendrick, et il y a à peine deux heures, je ne l'appréciais pas du tout. D'ailleurs, je ne suis pas certain que ce ne soit pas toujours le cas. Elle me fait l'effet d'une créature vivant au fond d'un océan stagnant, qui essaie de draguer la vase tout en l'agitant, et finit par embrouiller toute chose. La vie ici était claire comme de l'eau de roche, avant son arrivée. Elle a tout bouleversé.

— On devrait sortir, demain soir, dit-elle en braquant de nouveau les yeux vers le plafond. Il faut attraper le moment quand il vient, non ? Vivre dans l'instant, il n'y a que ça de vrai.

— T'es complètement folle…

Nous demeurons silencieux pendant un bon moment, puis nous finissons par nous assoupir. Lorsque je rouvre les yeux, une lumière grise a fait place à la nuit et le camion est parti. La maison est toujours plongée dans le silence. Je me glisse doucement hors du lit, soucieux de ne pas réveiller Clara. Mais au dernier moment, pris de remords, je reviens sur mes pas pour remonter la couverture jusqu'à son menton, afin qu'elle reste bien au chaud. Un demi-sourire naît alors sur ses lèvres quand elle se pelotonne en dessous, yeux clos.

— Je te l'avais dit, susurre-t-elle d'un ton tranquille.

— Tu m'avais dit quoi ?

— Que ce serait plus drôle, à deux.

Je la quitte pour rejoindre sans bruit mon dortoir. Aucune trace des infirmières ni de Matrone, pas plus que de leurs activités nocturnes ; le manoir a retrouvé son état imperturbable, retranché du monde. Mon lit me semble froid et peu familier quand j'enlève mes chaussettes pour me glisser entre les draps. Elle est folle, me dis-je. Ce serait vraiment du délire de faire le mur. Et pourtant, mon cœur cogne très fort et je n'arrive pas à trouver le sommeil.

Même si Clara n'a pas dormi une seule nuit depuis son arrivée ici, c'est la première fois, au petit déjeuner, que j'ai l'impression de partager un secret avec elle, au lieu d'avoir le sentiment qu'elle m'en vole un. Nous n'échangeons pas un regard tandis que les élèves des différents dortoirs arrivent au réfectoire ; de son côté, elle rit et plaisante avec Tom quand ils se retrouvent tous les deux en même temps au buffet. Il en revient un peu rouge, et visiblement satisfait de lui-même. Et d'une certaine façon, je le suis moi aussi.

— Quelqu'un veut du lait ? demande Tom.

— Pourquoi t'en as pris, si t'en veux pas ? rétorque Louis.

— Parce qu'il est dans la lune à cause de Clara, dit Will en ricanant.

— Pas du tout, se défend Tom. J'ai juste changé d'avis en cours de route.

— Ouais, c'est ça.

Tom est soudain si rouge qu'on jurerait qu'il a de la fièvre. Je n'y prête pas attention : Will n'a rien dit que je ne soupçonnais déjà.

— Eh, regardez plutôt Joe ! s'exclame Louis en désignant du menton la table du dortoir 7.

Je me mets à l'observer et Tom se retourne sur son siège pour l'examiner, lui aussi. Les trois autres garçons du dortoir 7 se sont regroupés à un bout de la table, le laissant tout seul à l'extrémité opposée. Ils discutent entre eux comme s'il n'existait pas, Jake au centre, encadré de Daniel – qui rayonne d'être soudain tout près de lui – et d'un garçon noir qui s'appelle Albi et qui passe son temps à jouer du jazz sur un saxo, dans la salle de musique. Si les infirmières ne s'étaient pas encore rendu compte que Joe était malade, elles doivent être au courant, maintenant.

Non seulement Joe est isolé de ses compagnons de dortoir, mais il a les épaules affaissées, et il prend avec apathie des bouchées successives de céréales. Il tressaille quand il avale et son nez est si bouché, qu'il doit reprendre sa respiration par la bouche pour mastiquer. On a l'impression de revoir Ellory, sauf que personne, cette fois-ci, n'est là pour protéger Joe.

— Prépare tes gants de vaisselle, Toby, me dit Louis en mordant dans son toast. Tu vas avoir des corvées supplémentaires à effectuer.

Une chaise grince près de moi alors qu'on la repousse en arrière : c'est Ashley qui se lève. Au début, je crois qu'il va se resservir au buffet, mais il se saisit de son assiette et de sa tasse de thé, bouche pincée.

— T'as fini ?

Il ne me répond pas. Raide comme un piquet, il se dirige vers la table occupée par le dortoir 7. Ils cessent tout de suite de bavarder et se mettent à le regarder fixement, mais Ashley n'y prête pas attention, et s'assoit en face de Joe.

— Pourquoi il peut pas se comporter normalement ? gémit Will. Il va nous créer des embrouilles avec Jake. Pourquoi il fait ça ?

— Et pourquoi au petit déjeuner ? dis-je à mon tour entre mes dents, sentant ma bonne humeur s'évaporer d'un coup. J'ai pas besoin de ce genre de conneries au réveil.

À l'autre table, Joe adresse un sourire reconnaissant à Ashley et redresse un peu les épaules. Je scrute tour à tour Joe et Jake, et je remarque que Daniel et Albi observent ce dernier avec intensité, les yeux brillants, certains qu'il va passer à l'attaque. C'est une question de survie, il n'y a pas de place pour les faibles, ici ; or, les jumeaux ont porté atteinte à la bonne fortune du dortoir 7. Jake serre les mâchoires et se lève lorsque Harriet surgit tout à coup, et prend la chaise qui se trouve au bout de la table, entre Joe et Ashley. Elle a apporté une assiette de toasts qu'elle pose au milieu et sourit aux deux garçons.

Jake lance un coup d'œil à Clara et Eleanor qui continuent à manger comme si de rien n'était. Mon cœur se met à battre plus fort, et nous suivons tous la scène sans en perdre une miette. Depuis Henry et ses terribles sanglots, ses supplications quand il est tombé malade, nous préférons exclure ceux qui vont poser un problème ; c'est ainsi que nous fonctionnons, ici. Si les filles ne s'en étaient pas mêlées, Jake aurait dit son fait à Ashley, et je ne serais pas intervenu. Seulement voilà, désormais il y a Clara… Au bout d'un moment, Jake revient à sa place et ne s'occupe plus des deux nouveaux occupants de sa table. On dirait que toute la pièce se remet à respirer.

— Pourquoi il n'a rien dit ? questionne Louis en fronçant les sourcils.

— Il n'y a pas que Tom qui a flashé sur la nouvelle, dis-je.

Celui-ci me décoche un regard noir tandis que Will pouffe. Je n'ai plus faim et je me sens déstabilisé. Les groupes sont en train d'évoluer. Ashley a sa petite bande, à présent, fédérée autour de Dieu, et même si c'est une entreprise condamnée à l'échec, c'est assez pour créer du remous. Clara n'est pas la seule à avoir introduit du changement. Moi, je voudrais que les choses demeurent telles qu'elles étaient. Quand rien ne change, on a l'impression que le temps s'immobilise. Je poursuis :

— De toute façon, on les emmerde. Il vaut mieux qu'Ashley jacasse avec eux, au lieu de jouer les petits saints avec nous. Il peut même déménager dans le dortoir 7, s'il préfère.

— T'imagines ? dit alors Will en souriant, les yeux emplis de malice. S'ils subissaient toutes ces prières…

Parfois, je regrette de ne plus avoir l'âge de Will. Il est trop jeune pour comprendre vraiment de quoi il s'agit, ici.

Il fait plus froid, aujourd'hui, et le professeur qui nous attend devant la classe porte un pull épais, en laine. Il a l'air fatigué, et je me demande si les enseignants n'ont pas dû se lever, cette nuit, pour aider à décharger le camion. Alors que nous entrons pour regagner nos places, Will dépose soigneusement quelque chose sur le dessus du radiateur.

— Je fais sécher mes marrons, nous explique-t-il quand il voit que tout le monde l'observe. Ça les rend plus durs.

— Tu ne m'en as pas parlé, lui reproche Louis, qui paraît mécontent.

— J'ai oublié, mais maintenant, tu le sais : ils sont plus durs quand on les fait sécher.

Louis en sort immédiatement deux de sa poche, et les place à l'autre bout du radiateur.

Will grimace.

— Tu me bats toujours pas.

— Asseyez-vous, les garçons, dit le professeur. Compréhension de texte, ce matin.

Lui-même s'installe derrière son bureau et nous observe sortir nos manuels et nos cahiers, puis laisse son regard dériver vers la fenêtre. Il contemple le paysage un bon moment avant de se lever, comme à regret, pour circuler entre les rangs et vérifier ce que nous faisons. Je ne suis même pas certain qu'il soit véritablement enseignant. Un vrai professeur prendrait la situation en mains. Le silence se fait peu à peu dans la classe et on peut entendre le crissement des stylos sur le papier. Je griffonne de façon distraite sur la couverture de mon livre, et je me rends soudain compte que je dessine des vagues, la mer… Alors je commence à penser à ce que nous avons évoqué, avec Clara. Le fera-t-on vraiment ? Et si on nous surprend ? Et puis peut-être qu'elle aura changé d'avis à la fin de la journée… Moi-même, je n'arrive pas à savoir si j'ai envie de tenter l'aventure ou non.

— Mettez-vous au travail, s'il vous plaît, m'ordonne le professeur.

Il me scrute avec insistance.

— Désolé, dis-je en baissant la tête.

Puis je considère le texte qui est devant moi, et les questions qui y correspondent. Piggy ne passe pas une bonne journée, dans *Sa Majesté des Mouches*.

Au bout de la première heure, le professeur effectue une nouvelle ronde. Quand il se penche vers moi, je sens que son pull est imprégné d'une forte odeur de tabac, mêlée à son après-rasage. Il est âgé, plus âgé que je ne le serai jamais. Sa barbe de quelques jours est clairsemée et presque grise.

Il a plus de quarante ans, c'est sûr. Il hoche la tête et passe à un autre élève ; il s'efforce, au prix d'un effort minime, de masquer la vacuité qui règne ici.

— Tu comptes t'asseoir avec Joe à tous les repas ? demande Louis à Ashley lors de la pause qui nous est accordée au bout de deux heures de cours et qui permet aux enseignants de se relayer. Pourquoi tu fais ça ? Il est malade.

— Je ne traverserai plus jamais la route pour passer outre, riposte-t-il avec hauteur, sans même le regarder.

Même sa façon de parler m'irrite. Sa voix ressemble à un gémissement qui jaillirait de quelque part derrière son nez.

Will tourne la tête vers moi, abasourdi.

— Qu'est-ce que ça veut dire ?

— Une fichue citation de la Bible, répond Louis. Il perd la boule.

— Personne ne devrait avoir peur quand il est tout seul, décrète Ashley en ouvrant son livre de maths.

J'ai envie de lui donner un coup de poing pour sa stupidité. Tout le monde a peur, tout seul. Si cela ne venait pas briser la bonne fortune de notre dortoir, je souhaiterais qu'il soit le prochain à partir. Vraiment.

Dans l'après-midi, je dors, comme d'habitude, heureux de retrouver ma routine et de ne pas croiser les autres. Je ne pense pas à Clara, ni à la nuit précédente ou à celle à venir ; à la place, j'essaie de me vider la tête de toute chose, sauf de ma fatigue. Ça marche, et je ne me réveille pas avant l'heure de notre dernière collation ; après quoi je m'accorde un bon bain. J'ai déjà pris une douche, ce matin, mais enfermé dans la salle de bains, je peux au moins échapper à la salle de jeux, à la chapelle, ou encore à la fascination redoutable qu'exerce sur moi le déclin constant de Joe. Je reste dans mon bain jusqu'à ce que l'eau refroidisse, puis j'inspecte mon corps, à l'affût d'un éventuel changement. J'en connais le moindre grain de beauté, la moindre marque. Je tâte mes aisselles, au cas où j'y découvrirais des grosseurs. Je vérifie également la plante de mes pieds, mon cou. Tout semble normal. Du moins pour l'instant.

Quand je reviens au dortoir, j'y trouve Louis, Will et Eleanor, en train d'enfiler des marrons ; Tom est allongé sur son lit faisant mine d'être absorbé par un livre de devinettes abîmé, qu'il a emprunté à la bibliothèque.

— Qu'est-ce que vous fichez tous ici ? dis-je d'un ton agacé.

J'ai juste noué une serviette autour de ma taille, je ne m'attendais pas à voir tout ce monde dans la chambre, et encore moins une fille.

— On ne peut pas jouer dans la salle de jeux, explique Louis en s'efforçant de faire un trou dans son marron.

Je regarde avec insistance Eleanor qui baisse la tête, et rassemble rapidement ses affaires ; elle ne prend pas son livre de poche, en bien mauvais état lui aussi.

— Tu pourras le lire si tu en as envie, Will, dit-elle. Je l'ai fini. C'est vraiment très bien.

— Cool, merci, répond-il avec un sourire radieux aux lèvres. Bonne nuit.

Elle se précipite alors vers la porte, et quand elle la referme derrière elle, je me détends enfin.

— Maintenant qu'Ashley et Harriet mangent à la table du dortoir 7, Eleanor pourrait peut-être se joindre à nous. Et Clara, déclare Will en me décochant un regard rempli d'espoir.

Je braque les yeux sur lui.

— Joe sera parti dans un jour ou deux, et Ashley reviendra à notre table.

— Quelle chance, commente Louis en enfilant un fil de laine dans le chas d'une grosse aiguille.

Je n'ai jamais vu de laine ni d'aiguille dans la salle de jeux. À qui les a-t-il demandées ? À Matrone ? Ont-ils tous oublié la raison de notre présence ici ?

— C'était juste une suggestion, marmonne Will.

— Eh bien, elle était idiote, dis-je.

Puis j'enfile le bas de mon pyjama en attendant de me rhabiller plus tard… Je ressens un frisson d'excitation au niveau de l'estomac, et l'espace d'une seconde ou deux, l'effroi disparaît. Cela ne me rassure pas pour autant. L'astre noir qui loge dans mon ventre est mon ancre, même si elle me ronge. Il faut que je l'apprivoise ; oui, il est nécessaire que je l'accepte, car il est inutile que je me souhaite autre chose.

Je leur demande alors :

— Pourquoi vous ne pouvez pas jouer dans la salle de jeux ?

— À cause de Jake, répond Louis. Il a même mis Tom à la porte.

— Surtout Tom ! renchérit Will. (Il soulève un marron qu'il examine attentivement.) Bon, je suis prêt quand tu veux, Louis.

— Pourquoi ? Parce qu'Ashley s'est assis à leur table ? Je suis sûr que Jake mijote sa vengeance, dis-je.

— Non, il a viré tout le monde, m'informe Louis. Il y en a qui sont allés dans la salle de musique, mais nous, on a décidé de venir dans le dortoir.

— Il s'est enfermé dans la salle de jeux avec Clara, déclare alors Tom. Ils matent une vieille comédie.

Il regarde fixement son livre, mais il est manifestement très énervé.

— Il ne voulait pas qu'il y ait d'autres personnes, précise-t-il.

— Je ne savais pas qu'elle l'aimait bien, dis-je d'un ton aussi dégagé que possible, les yeux rivés à mes pieds.

Je n'ai pas envie que les autres remarquent les rougeurs qui se sont formées, je le sens, sur mon visage. Jake et Clara sont donc en train de regarder un film tout seuls ? On dirait un rendez-vous. Oui, c'est comme ça que je le prends, et ça me fait bizarre.

— Ils ont fait la vaisselle ensemble. Ils sont ressortis de la cuisine couverts de mousse, et en riant, m'apprend Louis.

Son marron heurte alors celui de Will, sans l'abîmer, et ce dernier sourit.

— J'aime bien Clara, décrète-t-il. On s'ennuie moins depuis son arrivée.

J'approuve.

— Je pensais que la vaisselle se faisait entre gens du même dortoir, commente Tom. Qu'est-ce qu'elle fichait avec lui ?

Il faut que j'aille vérifier la liste des corvées pour savoir qui Jake a soudoyé pour échanger sa place avec lui, afin de partager sa tâche avec Clara. Étendu sur mon lit, j'écoute Will et Louis bavarder et rire tandis qu'ils fabriquent leurs colliers de marrons, tout en me demandant ce qui se passe, dans la salle de jeux. Est-ce que Jake partage lui aussi un secret avec Clara ? Est-ce qu'elle l'apprécie ? Après avoir d'abord souhaité qu'elle aille au diable, j'éprouve à présent une curieuse impression de trahison. Bien sûr, elle n'a pas lieu d'être. Je repense à Julie McKendrick et à Billy… Ah non, je ne vais quand même pas recommencer le même scénario ! Cependant… Va-t-elle lui conseiller d'arrêter de prendre les comprimés qu'on nous donne pour dormir ? Je me sens pâlir à l'idée que Jake surgisse dans la cuisine, la nuit, puis s'en aille parader avec Clara. Mais le pire, dans tout ça, c'est que Jake est incapable de garder un secret. Si elle lui confie que nous ne dormons pas la nuit, toute la maison sera au courant.

Je ferme les yeux. Peut-être que cette nuit, je ne me montrerai pas. Je me retrancherai simplement dans ma bulle rassurante de solitude. De toute façon, elle n'est pas si belle que ça. Qu'elle aille se faire voir ! Ils peuvent bien coucher ensemble, je m'en balance.

8

— N'écrase pas les sandwichs, murmure-t-elle, à califourchon sur le mur. Viens !

Elle passe la jambe par-dessus la muraille et disparaît. Nous avons rapproché le vieux banc de jardin pour faciliter notre escalade ; nous pourrons le remettre exactement à sa place, après, car l'empreinte de ses pieds dans l'herbe est bien visible. Je me hisse à la suite de Clara, mais mon manque d'exercice rend l'entreprise un peu ardue ; j'y parviens malgré tout, et je suis en sueur, en dépit du froid, lorsque je tombe lourdement de l'autre côté. Il me faut une bonne minute pour me remettre : mes bras et mes épaules hurlent de douleur. Je m'attends presque à ce que des projecteurs soient brusquement braqués sur nous et que Matrone se dresse devant nous, une pièce à la main, tout en hurlant : « Pile ou face ? Pile ou face ? » Mais il ne se passe rien ; seule l'obscurité nous enveloppe, tandis que l'air vif nous saisit.

— Eh bien, où on va, maintenant ? demandé-je en scrutant la pénombre.

— Suivons la route, dit-elle. Peut-être qu'on tombera sur un chemin qui mène à la mer. C'est par là-bas, je l'ai vue du haut de l'arbre. Elle ne doit pas être très loin.

Je me retourne pour regarder le manoir. Il est plongé dans le calme le plus total.

Il n'est pas aisé de s'en échapper, mais ce n'est pas non plus mission impossible. Louis avait raison : nous devons nous trouver sur une île. Ce qui n'est guère surprenant, car ils ne prendraient pas le risque que nous revenions nous fondre dans la population, si par hasard nous échappions à leur surveillance, sous peine de voir la maladie poursuivre son cours. Non, cela, c'est inenvisageable.

— On ne doit pas rester très longtemps dehors, dis-je en accélérant l'allure pour rattraper Clara qui avance d'un bon pas dans l'herbe abondante, afin de regagner la bande goudronnée.

— On a au moins deux heures devant nous, petit trouillard. Allez, détends-toi !

Ses dents blanches brillent dans la nuit et elle se met à rire.

— Tu trouves pas que c'est génial d'être libre ? ajoute-t-elle.

Lorsque nous atteignons l'asphalte, les nuages se dégagent au-dessus de nos têtes, et la lune, accrochée assez bas dans le ciel, nous éclaire fabuleusement, nous dévoilant le paysage sauvage et naturel qui nous entoure. J'aspire une profonde bouffée d'air froid. Tout mon corps me démange, j'ai envie de courir et de bondir, de crier comme un fou. Clara a raison, on se sent vraiment bien, ici. Pendant quelques instants, je peux tout laisser derrière moi : la demeure, la Déficience, la peur… À ce moment, nous sommes deux jeunes gens en route pour une aventure nocturne.

Nous marchons quelques minutes en silence, jusqu'à ce que la maison s'estompe derrière nous, et c'est alors que j'entends le léger bruissement de l'eau contre les galets. Le halètement tranquille des vagues quand la mer est assoupie.

Le sel me pique le nez, saturant l'air froid et recouvrant l'odeur de bruyère.

— Regarde ! s'exclame Clara en s'arrêtant brusquement, le doigt pointé. Ici… C'est un chemin, non ?

Elle me saisit la main et nous fonçons vers un sentier calcaire, envahi par les broussailles. Le vent souffle tout à coup plus fort, et la mer, à présent réveillée, se met à gronder de façon plus intense. Nous arrivons au bord d'une petite falaise ; les galets mouillés sur la plage, en dessous, brillent et semblent nous envoyer des signaux, sous le clair de lune.

— Putain, sois prudente !

Mais elle s'élance déjà vers la pente escarpée qui mène à la grève.

— Hé, attends-moi !

— Traînard !

Et elle éclate de rire. Son rire se réverbère agréablement en moi et je sens un sourire naître sur mes lèvres, un sourire digne de l'ancien Toby. J'avance avec prudence dans la pénombre, les oreilles gelées à cause de la brise qui monte de la mer, et pourtant, je me sens bien. Vraiment bien. Nous sommes à l'extérieur, seuls, et nous avons notre secret. Quoi qu'il se soit passé dans la salle de jeux, elle n'a rien révélé à Jake. Lorsque je suis finalement entré dans la cuisine tout à l'heure, me détestant pour ne pas avoir eu le cran de résister à l'envie de me montrer, je m'attendais à les trouver tous les deux. J'avais déjà les poings serrés, j'étais en colère et prêt à les incendier pour m'avoir volé ce qui m'appartenait, c'est-à-dire le royaume de la nuit, et l'avoir transformé en un bien public. Mais il n'y avait que Clara, bien emmitouflée et en train d'emballer des sandwichs dans du papier sulfurisé. Elle m'attendait. Pas de trace de Jake. Elle ne m'avait pas trahi.

Je continue à descendre, essayant de suivre le rythme de Clara tandis que le rebord de la falaise s'éloigne, au-dessus de moi. Je ne veux pas penser à Jake, Will, Louis et les autres. Ils font partie du manoir où se trouvent Matrone et les infirmières, ainsi que le sanatorium et l'effroi. Comme il est curieux de ne plus sentir le feu noir crépiter au creux de mon estomac ! Il me semble que je suis plus léger... Je sais que ça reviendra, mais pour le moment, j'ai la sensation de revivre, et je n'ai pas envie d'écouter la voix du pessimisme.

Lorsque j'atteins les galets, Clara se retourne vers moi, ses longs cheveux lui fouettant le visage. Alors je lui prends la main. Elle est petite mais vigoureuse dans la mienne, et mon cœur se met à battre très fort tandis que nous rions et courons maladroitement sur le sol pierreux puis sur le sable, jusqu'à l'écume des vagues qui s'avancent et se retirent vers l'étendue noire et infinie, au-delà. Nous nous arrêtons, essoufflés, le visage brûlant, et nous contemplons la mer : elle est calme et son immensité nous hypnotise. La nature est belle. La vie est belle. Je sens mon cœur se serrer légèrement devant le mystère monumental que tout cela représente, et j'étreins la main de Clara, me rappelant qu'en ce moment, ici, je suis vivant.

Nous nous promenons sur la grève, peu désireux toutefois de trop nous éloigner du sentier. Clara est soudain mue par l'envie de creuser le sable en quête d'un trésor. Tandis qu'elle s'adonne à cette activité, je scrute les alentours et repère une brèche dans la falaise, un minuscule passage.

— Regarde, lui dis-je en désignant ma découverte.

Clara repose le coquillage qu'elle était en train d'examiner – nous savons tous les deux sans même en avoir parlé qu'il est exclu de rapporter quoi que ce soit – et me suit. Nous allons inspecter la fente... Il s'agit en réalité d'une grotte, à la voûte parfaite, et au sol tapissé de limon, de sable et de tout ce que la mer a rejeté. Le vent se calme dès que nous sommes à l'intérieur, et immédiatement, mon visage se met à me brûler.

— C'est joli, dit Clara, et ses mots résonnent dans le silence de la grotte. On devrait apporter la bougie de la chapelle d'Ashley, ou bien essayer d'en trouver une dans la réserve de la cuisine. On pourrait aussi prendre des coussins et deux ou trois choses de la salle de jeux. Ce serait notre petit boudoir nocturne secret.

Je regarde les algues collées à mes chaussures.

— Non, ça marcherait pas. La marée doit entrer dans la grotte, tout serait abîmé.

Les murs sont humides et recouverts d'alluvion, mais nous trouvons deux grosses pierres plates près de l'entrée où nous nous asseyons pour manger nos sandwichs et contempler la mer.

— C'est beau, non ? dit-elle en mastiquant.

— Ouais, c'est beau.

Elle me regarde et m'adresse un sourire, l'air heureux ; j'ai alors du mal à avaler ma bouchée. En réalité, je ne parlais ni de la plage, ni de l'eau, mais du spectacle qu'elle m'offre. Sa longue chevelure ruisselle en épaisses boucles cuivrées autour de son visage ; à cause du vent salé, on dirait presque des dreadlocks. Elle a les joues rouges, les yeux brillants, pleins de vie. Comment se fait-il que sa beauté ne m'ait pas frappé, jusque-là ?

— T'as l'air d'une sirène, dis-je tout à trac. Une sirène qui vient sur le rivage la nuit et qui, assise devant sa grotte, se demande ce que c'est de devenir un être humain… Et puis la marée monte et la ramène vers son peuple, celui des profondeurs.

Je ne sais pas d'où me viennent ces mots ; j'aurais préféré me taire. Clara va se moquer de moi, c'est sûr. Mais non, elle ne se met pas à rire. Elle se contente de me scruter pendant qu'elle finit son sandwich.

— J'aime bien ton histoire, décrète-t-elle quand elle a avalé sa dernière bouchée.

Elle dirige de nouveau le regard là où le ciel constellé d'étoiles rejoint la mer bruissante.

— C'est magique, poursuit-elle. J'aimerais tant être une sirène.

— On devrait rentrer.

— Ouais, t'as raison, dit-elle.

— On reviendra.

Et je ne regarde pas derrière moi, je ne jette pas un dernier coup d'œil à la grotte quand nous nous en éloignons pour retrouver notre chemin. C'est inutile, elle est gravée dans ma mémoire.

Lorsque nous atteignons la route, nous nous secouons pour nous débarrasser du sable accroché à nos vêtements et à nos chaussures, peu désireux que des preuves de notre escapade soient repérées par les yeux d'aigle des infirmières. Puis, après nous être mutuellement brossé le dos, nous reprenons la direction du manoir qui, à mesure que naît l'aube, se dessine devant nous, tout comme le paysage alentour… Nous nous rendons compte que l'île n'est pas grande, elle ne mesure probablement pas plus d'un kilomètre, aussi bien en longueur qu'en largeur. Nous ne distinguons aucune maison, mais il n'est pas exclu qu'il y en ait une ou deux, blotties dans les ombres. Encore qu'à bien y réfléchir, ce n'est guère plausible. Qui voudrait vivre ici ? Qu'y feraient d'éventuels habitants ?

— Regarde, me dit doucement Clara.

Au début, je ne vois pas ce qu'elle a repéré, mais soudain, j'aperçois un éclat de peinture entre un monticule d'herbe et le sommet d'une falaise.

— Il faut qu'on rentre !

— Ça ne prendra qu'une minute, lance-t-elle.

Et elle s'avance de quelques pas en trottinant, afin d'avoir une meilleure vue. Je la suis.

— Ça doit être là qu'accostent les bateaux qui viennent du continent, dit-elle quand un petit bâtiment et une large digue solide, qui se jette dans la mer, se déploient dans notre champ de vision. D'ailleurs, c'est de là que part la route.

La pente qui descend jusqu'à la mer est plus douce, ici, et une étendue plate entoure la colline pour remonter vers l'endroit où nous nous trouvons.

— Tu crois que quelqu'un habite ici ? demande-t-elle. Un gardien, par exemple ?

À l'entendre, on croirait presque qu'on vit dans un château, et non dans la maison des morts.

— Peut-être. J'imagine qu'il faut quelqu'un pour guider les bateaux.

En fait, j'invente. Je n'y connais rien du tout aux bateaux.

— Il faudrait qu'on sache la date de la prochaine livraison, dit-elle.

Elle ne sourit plus, maintenant, elle a plissé les yeux, l'air songeur.

— On pourrait s'enfuir à partir d'ici. Aller quelque part où personne ne nous connaît et y passer le reste de notre vie tous les deux.

Je ne sais pas quoi lui répondre. Trop de pensées s'agitent dans ma tête pour que je puisse me concentrer sur l'une d'elles, mais maintenant que nous sommes dans l'ombre du manoir, une réalité s'impose à moi : nous pouvons échafauder tous les projets que nous voulons, ce qu'il faut avant tout, c'est que nous survivions jusqu'au retour du bateau.

— Viens, dis-je tranquillement, et je lui tire le bras comme un enfant.

Je ne veux pas qu'on nous surprenne, je ne veux pas devoir jouer à pile ou face avec Clara.

Le soleil lui chauffait le dos et sa peau le démangeait à cause du sel, car ils n'avaient cessé d'entrer et de sortir de la mer, poussant des cris perçants et joyeux ; l'eau était si froide qu'ils ne pouvaient pas s'empêcher de rire. Sa mère avait même poussé un ou deux jurons en entrant dans l'eau, avant de se jeter dans les vagues pour surmonter rapidement le choc, et cela l'avait fait hurler de rire.

Il avait treize ans, et sans doute était-il un peu trop âgé pour se réjouir autant de ces vacances en famille, mais l'école était un lointain souvenir, et ils venaient de passer deux semaines merveilleuses : longues journées à se prélasser sur la plage, excursion dans un parc aquatique, fête foraine, cirque, barbe à papa, glaces, fritures en tout genre, balades dans les rues pavées où toutes les boutiques étaient remplies de souvenirs et de bijoux artisanaux, de cafés où l'on servait du thé avec de la crème fouettée et des pâtisseries de Cornouailles. Dans la villa qu'ils avaient louée, il y avait une immense bibliothèque de DVD ; tous les soirs, s'ils ne jouaient pas aux cartes, ils s'asseyaient sur le canapé et regardaient des films jusqu'à tomber de sommeil.

Parfois, en grandissant, Toby aurait aimé avoir un frère – même une sœur, d'ailleurs – avec qui il aurait pu jouer, mais plus maintenant. L'idée que son père puisse ébouriffer les cheveux d'un deuxième enfant, ou que sa mère adresse à un autre que lui ce sourire rempli d'amour qui lui retroussait presque le nez, lui était tout simplement intolérable. Ses parents étaient à lui tout seul, et il était très heureux de sa situation. Ils l'aimaient et il les aimait, même si sa façon de leur montrer son affection allait changer, dans les années à venir. D'ailleurs, il sentait déjà une certaine froideur l'envahir parfois envers eux, et l'envie de traîner avec ses amis plutôt que de rester en famille. Mais durant ces vacances-là, il avait senti monter en lui un sentiment d'incertitude lié à l'avenir, et la meilleure façon de le conjurer, c'était de rester avec sa maman et son papa.

C'était le dernier jour, et alors que son père allongé dans un transat lisait un vieux roman d'espionnage, Toby et sa mère se promenaient sur la grève, en quête de coquillages à ramener à la maison.

— Ohé, Toby ! l'appela sa mère.

Il était en train de patauger dans l'eau, là où venaient mourir les vagues, ravi de sentir le sable glisser sur ses pieds, comme aspiré par la force de l'eau qui se retirait, admirant le scintillement du soleil à la surface, pensant à tout et à rien comme lorsqu'il fait beau et que pas un nuage n'assombrit le ciel, ou l'esprit.

— Viens voir, j'ai trouvé quelque chose, insista-t-elle.

C'était un rectangle en cuir noir, muni de quatre fines pointes, telles de petites langues recourbées, aux quatre coins.

— Qu'est-ce que c'est ? demanda-t-il en brossant le sable qui en recouvrait la surface.

— C'est ce qu'on appelle une bourse de sirène, dit-elle. On dit que celles-ci les laissent derrière elles quand elles échouent sur le rivage. Les marins avaient l'habitude de fouiller les plages pour en trouver. Ils pensaient que ça portait bonheur.

— Mais les sirènes n'existent pas ! s'exclama Toby.

— Qu'est-ce que tu en sais ?

— Tout le monde le sait !

Il avait treize ans. Il était trop âgé pour croire encore à toute la magie de l'enfance. Il savait que le père Noël n'existait pas, pas plus que la petite souris. La seule chose à laquelle il croyait encore un peu, c'était le père Fouettard, et encore seulement la nuit, dans le noir, quand il ne pouvait pas dormir.

— Qu'est-ce que c'est, en vrai ? demanda-t-il.

Les épaules de sa mère s'étaient légèrement affaissées, comme si elle était un peu désemparée par ce garçon qui grandissait.

— C'est un sac d'œufs. Les poissons y déposent leurs œufs et ceux-ci se développent à l'intérieur jusqu'à ce qu'ils soient assez grands pour en sortir et nager. Je préfère l'histoire des sirènes.

Toby considéra le sac un bon moment, et sa mère commença à s'éloigner.

— Hé, maman !

— Quoi ?

— On devrait peut-être le remettre où on l'a trouvé ! Tu sais, au cas où la sirène reviendrait le chercher.

Elle lui sourit, un sourire radieux qui lui donnait l'air d'une adolescente, plutôt que d'une femme dans la trentaine, et Toby se sentit heureux. Il avait la meilleure maman du monde, et il croirait en la magie si elle le voulait.

— Allons retrouver papa et acheter des glaces. Je suis sûre qu'il y a encore des parfums qu'on n'a pas goûtés ! lui dit-elle tandis qu'ils enfouissaient la bourse de sirène dans le sable mouillé. C'est notre dernier jour ici. On a qu'à s'empiffrer de glaces jusqu'à en être malades, d'accord ?

— D'accord !

Une fin parfaite pour des vacances parfaites.

9

Nous trouvons l'oiseau la nuit suivante, alors que nous nous apprêtons à entrer dans la maison par la fenêtre de la cuisine. Il est tombé tout près des grandes poubelles noires, pas loin de la porte arrière du jardin, fermée à clé ; l'une de ses ailes pend bizarrement de son corps, et une entaille est visible en son centre. Malgré tout, il respire toujours, et son petit corps est tout chaud sous les plumes. Une fois que Clara l'a ramassé, nous restons un bon moment sans savoir quoi en faire. Finalement, j'enlève mon sweat-shirt à capuche et nous l'enveloppons délicatement à l'intérieur.

— Allons le cacher quelque part, dis-je. Mais il faut faire vite.

Nous inspectons la cuisine à toute allure, et Clara finit par trouver une vieille boîte de nourriture que nous transformons en lit. Puis je trempe du pain dans du lait, dans une coupelle, et j'en remplis une deuxième d'eau. Nous emportons le tout.

Le manoir est toujours calme et silencieux, et nous, nous errons dans les couloirs jusqu'à ce que nous trouvions une pièce vide, à l'écart ; elle contient un placard vétuste, plaqué contre un mur. Nous posons la boîte à l'intérieur et Clara essuie soigneusement l'entaille de l'oiseau avant de le mettre dedans.

— C'est un bébé, déclare-t-elle en prenant un tout petit bout de pain trempé qu'elle approche de son bec pour le stimuler. Le pauvre !

— Il est sans doute sous le choc, dis-je. Si on le laisse tranquille, il va se calmer. Au moins, ici il est au chaud.

— Ne t'inquiète pas, petit oiseau, roucoule doucement Clara. On va te guérir et tu retrouveras ta mère.

Elle fait une pause.

— Espérons que c'est une meilleure mère que les nôtres, ajoute-t-elle.

Puis elle lève les yeux vers moi et remarque immédiatement ma confusion.

— Harriet m'a dit que ta mère était une… salope.

Je hausse les épaules, gêné. Je ne veux pas parler de ça. Je n'imaginais pas que les autres accordaient encore de l'importance aux conversations qu'on a pu avoir, les premiers temps, après notre arrivée. Néanmoins, la remarque de Clara prouve qu'elle a interrogé Harriet à mon sujet, et ça me fait chaud au cœur.

— Comment va-t-on l'appeler ? demande Clara alors que nous refermons le placard à regret et que nous nous relevons.

— Choisis ! Il n'est pas non plus exclu que ce soit une femelle.

— Alors ce sera Georgie ! décrète Clara. Ça marche pour les deux sexes. Il faut qu'on vienne le voir à tour de rôle, dans la journée. Je suis encore de corvée de vaisselle, alors tu iras le voir dans la matinée, d'accord ?

J'avais presque oublié Jake et la vaisselle… Je ressens immédiatement un élan de jalousie et puis je me rappelle vite qu'il ne partage ni le bateau, ni l'oiseau, ni la grotte avec Clara.

— OK.

— Très bien, alors à demain.

Elle me sourit, puis noue ses bras autour de mon cou avant de planter un baiser sur ma bouche. Elle pivote ensuite sur ses talons et sort de la pièce pour rejoindre son dortoir. J'en reste immobile et haletant, aussi abasourdi que l'oiseau enveloppé dans mon sweat-shirt. Mes lèvres vibrent encore du contact des siennes, ma tête m'élance. *Elle m'a embrassé.*

Au moment où je me mets au lit, j'ai fini par me convaincre que je suis stupide et que ce baiser ne signifie rien. En fait, on ne s'est pas emballés, c'était juste amical… Enfin… elle m'a tout de même embrassé, et cette pensée est suffisante pour maintenir la peur à distance lorsque la toux sèche de Joe perce le silence de l'aube.

10

— Mais qu'est-ce qu'ils fichent ? dis-je.

La température a baissé ces derniers jours, et je me suis bien couvert pour sortir ; malgré tout, mon nez coule chaque fois que je me penche pour creuser la terre. Je ne me rappelle pas qu'il ait fait si froid un jour et j'ai vraiment envie de rentrer et de dormir tout l'après-midi. J'ai trouvé trois vers que j'ai enveloppés dans du papier hygiénique et glissés dans la poche de ma veste. J'espère ne pas les écraser avant de pouvoir m'échapper et les porter à Georgie.

— Il est en train de le baptiser, marmonne Louis.

— Ils passent leur temps à la chapelle, maintenant, explique Will. À commenter les histoires de la Bible, des trucs dans ce genre.

Il ferme les poings pour les réchauffer.

— Mais toi, tu remarques plus rien, ajoute-t-il à mon adresse.

Je ne réponds pas, car il a raison. Non que j'accorde beaucoup d'attention à mon entourage avant, mais c'était différent. Maintenant, dès que je suis réveillé, je pense à Clara et à l'oiseau, à ce que la nuit apportera, et tout le reste me semble irréel. Ça me plaît. J'ai l'impression de ne plus faire partie de la maison. En ce moment, c'est l'oiseau qui mobilise mon énergie.

— Je suis pas sûr que rester dehors par ce fichu froid et lui verser de l'eau sur la tête va faire du bien à Joe, poursuit-il.

— Le but du baptême n'est pas de le rendre meilleur, déclare Louis. C'est pour le présenter à Dieu, ou quelque chose dans le genre.

— Il sont beaucoup…

Ashley, Joe, Harriet et deux garçons d'un autre dortoir à qui je n'ai jamais parlé se sont rassemblés autour de la balançoire.

— Réveille-toi, Toby ! dit Will. Ashley a sa propre bande, maintenant…

— T'appelles ça une bande ? Un tas de pauvres cons, oui.

Joe s'assoit sur une des balançoires et les autres baissent la tête pendant qu'Ashley parle doucement. Je n'entends pas ce qu'il dit, mais il a l'air sérieux et ses yeux sont clos. Le visage de Joe est couvert de taches à cause de la fièvre, et bien qu'il n'y ait pas de soleil, ses cheveux brillent parce qu'ils sont gras.

La voix d'Ashley s'élève dans la cour alors qu'il verse de l'eau, à partir d'une bouteille, sur la tête inclinée en arrière de Joe.

— Je te baptise au nom du Père, du Fils et du Saint-Esprit.

S'ensuivent trois éclaboussures d'eau. La petite congrégation échange des sourires comme s'il s'agissait d'un remède magique pour soigner les Déficients, puis Joe se lève et Harriet prend sa place. Je ne pensais pas que Joe pouvait encore maigrir, et pourtant ses vêtements pendent comme s'il n'avait plus que la peau sur les os.

— Pourquoi ils ne l'ont pas encore monté au sanatorium ? dis-je entre mes dents.

On dirait que Joe est malade depuis toujours. Je n'ai pas envie de voir la réalité de cette maison, ce qui nous attend. Pas maintenant. Pas après le baiser que Clara m'a donné.

— C'est évident, non ?

Tiens, je n'avais pas remarqué que Tom nous avait rejoints. Ce baptême a l'air de le contrarier autant que nous.

— Quelle que soit sa maladie, ce n'est pas ça.

Nous tournons tous les trois la tête vers lui. Même Louis, avec son supercerveau, n'y avait pas pensé.

Tom hausse les épaules.

— Pour moi, il porte le deuil de son frère, et bien sûr, ça l'a rendu malade. Quand mon frère est mort, j'ai attrapé la plus mauvaise grippe que j'aie jamais eue. Je suis resté cloué au lit pendant deux semaines.

Sur ces mots, il frissonne et pivote sur ses talons.

— Je rentre, maintenant, ajoute-t-il. Albi est en train d'apprendre un morceau de guitare à Jake, et après, il va m'initier à la batterie.

— La batterie n'a jamais aidé à séduire les filles, dis-je, incapable de me retenir.

J'ignore s'il m'a entendu ou pas, mais il ne réagit pas et s'éloigne.

— Tu savais que Tom avait un frère qui était mort ? demande Louis.

— Je plains sa pauvre maman, commente Will, le visage empreint de tristesse.

— On s'en fout !

Mon ton est plus dur que je n'aurais voulu. Mais aussi, pourquoi Tom nous a-t-il raconté un truc pareil ? Je n'ai pas besoin de connaître ses malheurs. Je ne veux pas être désolé pour lui, ni pour Joe. Je refuse qu'ils occupent mes pensées.

Je ne parviens pas à monter les vers à Georgie. Quand nous rentrons, j'ai les mains et les pieds tout engourdis pour avoir regardé Ashley se livrer à sa stupide comédie dans le jardin, et voilà que soudain, la cloche retentit : nous devons tous retourner dans nos dortoirs où nous attendent les infirmières. Même Ashley, avec le bouclier religieux qu'il brandit en permanence, n'y échappera pas.

— Prélèvement sanguin ! annonce l'infirmière en enfilant ses gants en caoutchouc.

Elle prépare une première seringue tandis que nous sommes assis sur nos lits, figés de peur. Pourquoi ont-ils besoin de nous faire des prises de sang ? Nous sommes tous des Déficients, ils le savent déjà. Sommes-nous des animaux de laboratoire, pour eux ? Nous étudient-ils pour tenter de mieux comprendre le phénomène ? Je regarde fixement l'infirmière tandis que mon cœur bat à cent à l'heure. Elle n'est pas très âgée, je parierais qu'elle n'a même pas trente ans ; de fines mèches couleur gingembre s'échappent de sa coiffe.

— Nous devons vérifier comment vous évoluez, dit-elle comme si elle lisait dans mes pensées.

Quand elle enfonce l'aiguille dans la veine d'Ashley, Will devient tout pâle et ferme très fort les yeux. Louis, assis près de lui, lui étreint la main. Je ne me souviens pas que l'un ou l'autre ait mentionné l'existence de frères ou sœurs, à l'extérieur, mais ici, ils sont frères. En tout cas, je ne veux pas que Will ait peur, et moi non plus, je ne souhaite pas me laisser impressionner, c'est pourquoi je décide de recourir à l'humour, histoire de détendre l'atmosphère.

— Est-ce que ceux dont les gènes sont les plus détériorés vont recevoir un badge ?

Et sur cette question, je décoche à l'infirmière le sourire le plus impertinent dont je sois capable, même si elle ne prend même pas la peine de relever la tête vers moi.

— Ou bien une étoile avec un beau A gravé dessus ? Un diplôme de Déficience ?

J'adresse un clin d'œil à Louis et à Will, et tous les deux esquissent un sourire.

— Tenez-vous tranquille, dit-elle en resserrant la pression sur mon bras tandis qu'elle y enfonce l'aiguille.

Je regarde mon sang rouge et épais remplir le petit tube. Il a l'air tout à fait normal. Je ne note aucune différence par rapport à tous les tests que j'ai subis précédemment, ou à toutes les égratignures ou coupures qui m'ont fait saigner. Mais il est vrai que lors du dernier prélèvement, j'étais bien trop obsédé par l'idée d'aller à la fête de Julie McKendrick pour remarquer quoi que ce soit. Peut-être que si mon nom avait commencé par une autre lettre, j'aurais eu le temps d'y assister avant de passer le test sanguin et d'être transféré ici. J'aurais eu encore quelques jours normaux à vivre.

— Je déteste les aiguilles, murmure Will. Je pensais que je n'aurais plus de prise de sang à subir.

— Je vais passer avant toi, dit Tom. Tu me suis, puis ce sera au tour de Louis, d'accord ?

Will acquiesce d'un signe de tête. J'ai un peu mal au ventre.

Quand l'infirmière en a terminé avec Tom, j'entends la respiration de Will s'accélérer. Tom saisit alors le livre qu'Eleanor a donné à son jeune camarade et l'ouvre à l'endroit où la page est cornée.

— Et si je te faisais la lecture ? lui propose-t-il.

— Tu vas trouver ça débile, répond Will, sur la défensive. C'est un livre pour enfants.

— J'ai envie d'entendre un passage, intervient Louis.

— Moi aussi, acquiesce Ashley.

Et pendant quelques instants, j'éprouve presque de la gratitude envers lui.

— Vas-y, Tom ! Lis à voix haute !

Nous formons une famille, à présent, même si je m'en défends. Nous sommes le dortoir 4. Nous sommes solidaires.

— OK, j'y vais.

Tom prend une grande inspiration et commence à lire.

« "Ce doit vraiment être une énorme garde-robe", pensait Lucy en continuant à avancer et à écarter les manteaux pour se frayer un passage. Puis elle remarqua que quelque chose venait de craquer sous son pied. "Est-ce que ce sont encore des mites ?" se demanda-t-elle en son for intérieur. Elle s'immobilisa alors pour tâter ce sur quoi elle venait de marcher. Mais au lieu de toucher le parquet dur et lisse de la garde-robe, elle entra en contact avec quelque chose de doux et poudreux, et extrêmement froid. "C'est très étrange", dit-elle, et elle avança d'un ou deux pas. »

— C'est qui, Lucy ? demande Tom.

Il regarde Will. L'infirmière a préparé son aiguille. Elle attend que ce dernier lève les yeux vers Tom.

— C'est une jeune fille qui, à cause de la guerre, a été envoyée dans une grande maison en pleine campagne, avec ses frères et sa sœur.

Will sursaute et je vois que Louis lui serre doucement la main.

— Un peu comme nous, dis-je.

Et Will hoche la tête. Sa lèvre supérieure tressaille légèrement, mais l'infirmière est rapide et elle retire bientôt l'aiguille, puis pose une étiquette sur son tube et le place avec les autres.

— Lucy est la plus jeune, dit Will en reniflant.

Tom lui redonne son livre et le regarde fixement, pendant que c'est à Louis de se faire prélever du sang. Je remarque que Will tremble toujours un peu. Je repense avec quelle décontraction je me soumettais aux tests de l'école, tous les six mois. Ça ne devait pas être la même chose pour Will. Je parie qu'il tremblait de peur un mois à l'avance !

L'infirmière rassemble ses affaires et s'apprête à partir. Arrivée sur le seuil, elle se retourne vers nous.

— C'est un livre intéressant, dit-elle. Ma grand-mère me le lisait, quand j'étais enfant.

Puis elle sort du dortoir, et nous en restons bouche bée, les yeux toujours rivés à la porte qu'elle vient de refermer. Les infirmières ne nous font jamais de telles confidences. Jamais.

— Tu sais, je crois qu'il va mieux, me dit Clara.

Georgie est en train de manger le dernier ver de terre que j'ai trouvé pour lui, cet après-midi. Il est un peu écrasé et du papier hygiénique est resté collé dessus. Ce soir, nous n'avons pas escaladé le mur. L'île est recouverte d'un épais manteau de brouillard glacé, et même s'il aurait été amusant d'aller l'explorer, nous préférons passer du temps auprès de notre oiseau. Nous avons posé la boîte sur le dessus des couvertures que nous avons apportées de nos dortoirs pour nous tenir chaud.

— Je suis désolée, mais je n'ai rien d'autre, lui dit Clara lorsqu'il ouvre son petit bec, en quête d'autre nourriture.

Elle lève la tête vers moi.

— Visiblement, il préfère les vers au pain, ajoute-t-elle.

J'effleure la tête fragile et chaude de Georgie ; ses plumes sont douces et il ne tremble plus comme le premier soir où nous l'avons déposé dans sa boîte. Il est toujours enveloppé dans mon sweat-shirt à capuche, mais il n'a plus peur de nous. Il darde ses yeux noirs sur Clara, puis sur moi, de nouveau sur elle, et quand il comprend qu'il n'obtiendra rien d'autre de nous, il s'installe confortablement dans la chaleur de son nid. Nous lui avons une nouvelle fois nettoyé l'aile avec un peu d'eau chaude et du savon pour enlever le pus qui sort de l'entaille et dont il ne cherche pas à se débarrasser. Je pense qu'on l'a un peu apprivoisé. Il a l'air plus heureux et il mange. Il se peut donc que Clara ait raison et qu'il aille mieux. L'idée me réchauffe le cœur, même si elle représente aussi une nouvelle craquelure dans les défenses que j'ai construites avec acharnement depuis mon arrivée ici. Je suis en train de redevenir « moi-même ». Je veux lutter contre, je *devrais* lutter contre, mais ici, au cœur de la nuit, en compagnie de Clara, c'est plus fort que moi, je ne m'y résous pas.

— Si seulement on pouvait demander de la pommade aux infirmières pour en appliquer sur sa plaie, dit-elle.

Nous avons déjà cherché un kit médical dans la maison, mais sans succès. La seule chose que nous ayons trouvée, ce sont des sparadraps bleus, dans la cuisine.

— Tu sais bien que c'est impossible.

Je caresse de nouveau la tête de Georgie.

— Tu avais des animaux chez toi ? demande-t-elle.

— Non.

Nous avons placé nos oreillers contre le mur, derrière nous, pour faire une sorte de canapé par terre, mais je sens malgré tout le froid qui s'immisce en moi. Je remonte un peu les couvertures et Clara se blottit contre moi.

— Ma mère était allergique à la fourrure des animaux, finis-je par préciser. Et toi, tu en avais ?

— Oh mon Dieu, non ! Un animal qui fait des saletés partout dans une maison ?

Elle a contrefait sa voix, qui en est du coup plus aiguë et affectée ; j'en déduis qu'elle imite sa mère.

— Impossible. Il aurait laissé des empreintes de pattes et des poils partout, poursuit-elle en riant. J'aurais un peu mieux compris la réaction de ma mère si c'était elle qui avait fait le ménage.

En l'écoutant, je me dis que j'aurais aimé haïr la mienne, moi aussi, ç'aurait été plus facile. Je suis obsédé par tout ce que je ne lui ai pas dit. Des choses gentilles.

— Eh bien tu vois, nous avons un animal domestique, maintenant !

Et comme s'il m'avait compris, Georgie agite son aile indemne.

— Mais je ne veux pas qu'il soit un animal domestique ! se récrie Clara. Je veux qu'il guérisse et qu'il s'envole. Il faut qu'on redouble les soins.

— Je me demande pourquoi elle nous a parlé. Elles ne nous parlent jamais.

La remarque de Clara m'a fait repenser à l'infirmière. Jusqu'à présent, elles ne se distinguaient pas les unes des autres, à mes yeux. Mais maintenant, l'une d'elles incarne une vraie personne. Après les prélèvements sanguins, Will a lu son livre jusqu'à l'extinction des feux, tandis que Louis, curieux, jetait de temps à autre un coup d'œil par-dessus son épaule. Je crois qu'il lisait les pages en quelques secondes alors qu'une éternité semblait s'écouler avant que nous n'entendions Will en tourner une. Ce n'était pas un livre très épais, mais je suppose que c'était plus que Will n'avait jamais lu de toute sa vie, *avant*. À présent, il ne le lit pas seulement parce que Eleanor l'a bien aimé, mais aussi à cause de l'infirmière. Le livre représente le lien qui l'unit à elle, à ce moment où dans le dortoir, elle s'est confiée à nous. Qui aurait cru que quelques mots de la part d'un adulte représenteraient une telle différence ?

— J'imagine qu'elle est désolée pour nous.

La voix de Clara est douce, mais pour la première fois, elle semble méditer sur notre situation.

— Ça doit être bizarre pour elles aussi, poursuit-elle. Je me demande sur quels critères elles sont choisies.

— J'ai toujours pensé que c'étaient des psychopathes. Tu sais, le genre sans sentiment.

Elle glousse.

— Matrone oui, peut-être. Et l'infirmière qui transporte les malades au sanatorium. Pour les autres, j'en suis moins sûre… Tu crois qu'elles font des fêtes, parfois, avec les profs ? Ou des jeux de rôle…

De nouveau, elle se met à rire.

— Ils échangent peut-être leurs uniformes, enchaîne-t-elle. « Tu portes le mien, et j'essaierai le tien. » Et après, hop, ils s'envoient en l'air.

Soudain, j'ai les joues qui me brûlent, et je me sens mal à l'aise. Clara est une fille, et les filles ne sont pas censées parler de ça, de ce genre de choses qu'on voit sur Internet. À l'idée qu'elle ait pu regarder des pornos, je ne sais pas où me mettre.

— Tu me montreras qui c'est, d'accord ? demande-t-elle.

— Qui ?

— L'infirmière, andouille !

— Oh… OK, lui dis-je, même si je me demande comment ce sera possible, étant donné que nous ne nous parlons pas durant la journée. Si je la vois. De toute façon, tu es toujours avec Jake.

Les mots ont surgi de nulle part ; je n'arrive plus à réfléchir, car mon cerveau bouillonne d'images de Clara et de photos pornographiques. Les filles ne pensent pas au sexe. Enfin, pas aussi souvent que les garçons.

— Tu passes tes journées au lit ! me reproche-t-elle alors. Tu devrais moins dormir. Je suis sûre qu'ils mettent des médicaments dans la nourriture ou la boisson pour qu'on reste calmes, mais quand même, ce n'est pas une raison pour dormir tout le temps. T'es pire qu'une tombe.

Et moi, je ne sais pas comment elle fait pour dormir si peu, alors qu'elle reste éveillée la plus grande partie de la nuit et doit fermer l'œil au grand maximum trois heures.

— De toute façon, ajoute-t-elle, c'est plus prudent comme ça.

— Prudent ?

— Je ne veux pas que les autres se rendent compte de quoi que ce soit. Si on passe trop de temps ensemble, on finira par se trahir.

Touché ! Il serait dangereux que les autres soupçonnent quelque chose, et pire encore s'il s'agissait des infirmières. Notamment celle qui nous a parlé. Je suis très méfiant envers elle. Pourquoi a-t-elle voulu être gentille ? Qu'a-t-elle en tête ? Il faut que j'essaie de ne plus penser à elle.

— Exact, dis-je. Jake est vraiment un salaud.

— Non, ce n'est pas vrai.

— Pas avec toi, peut-être, parce que tu lui plais.

J'ai prononcé ces mots d'un ton mi-moqueur, mi-accusateur, et maintenant, j'ai envie de rentrer sous terre : j'ai vraiment raté une occasion de la fermer.

— Enfin, avant que tu arrives, il l'était vraiment. Il voulait imposer sa loi.

— Je t'assure que ce n'est pas ce genre de mec, insiste-t-elle. Je crois juste qu'il a eu une vie merdique, je veux dire, avant d'atterrir ici.

Je pense soudain à ses parents, qui ne l'ont pas couverte d'affection.

— Toi aussi.

— Ce n'est pas pareil. La sienne était bien plus angoissante.

— Peut-être.

Je me demande alors en quoi cette demeure est différente de la maison de redressement qu'a fréquentée Jake. Il devait être très jeune quand il y est entré ; peut-être avait-il l'âge de Louis. Il n'a pas dû jouer les caïds, là-bas.

Mais au moins, il en est sorti.

La boule noire logée dans mon estomac se contracte…

— C'est quand même un con, dis-je entre mes dents.

— On dirait que t'es jaloux.

Elle se penche vers moi, l'air surpris.

— T'es jaloux de Jake ? insiste-t-elle.

Décidément, rien ne se passe comme je le voudrais, et alors que je bous à l'intérieur, je me contente de hausser les épaules.

— Pourquoi je serais jaloux ? Pour moi, c'est une tête de con, c'est tout.

— Au fond, t'as peut-être raison. Mais à quoi bon perdre du temps à détester les autres ? On devrait plutôt tous chercher à s'entendre.

Je suis à court de réponses. Pour être honnête, je ne vois pas l'intérêt de chercher à aimer les autres, ici. Et puis ce qui me tracasse surtout, c'est qu'elle n'a pas relevé, quand je lui ai dit qu'elle plaisait à Jake. Peut-être que c'est réciproque… Et peut-être que je devrais arrêter de penser à ce stupide baiser. D'ailleurs, ce n'était pas un véritable baiser, il aurait tout à fait pu être considéré comme amical. Oh, et puis qu'est-ce que j'en ai à faire ?

Dans sa boîte, Georgie se met à gazouiller, puis il sautille sur mes genoux, avant de braquer son regard sur moi. Il incline alors la tête de côté.

Je ne peux m'empêcher de rire.

— Tu vois, me dit Clara en souriant. Elle est d'accord avec moi.

— Peut-être aussi qu'*il* pense comme moi que Jake est un con.

L'oiseau tourne la tête dans l'autre sens et se met à pousser deux séries de pépiements. Cette fois, nous éclatons de rire en chœur. Comme contrariée, Georgie commence à donner de petits coups de bec à la couverture.

— Je savais que si je rencontrais quelqu'un, cette première nuit, ce serait toi, dit-elle en contemplant l'oiseau, un sourire aux lèvres. Je t'avais observé, à l'heure du thé. Tu étais le seul qui me regardait comme si j'étais une idiote, et pas une nouvelle. Et puis tu n'es pas venu dans la salle de jeux pour regarder le film, alors qu'ils étaient tous là, même ce pauvre Ellory. Tout le monde était curieux d'en savoir plus sur Tom et moi. Du sang neuf venait d'arriver.

Elle s'exprime tranquillement, se rappelant les faits.

Il n'en reste pas moins que ses propos m'électrisent : il ne m'était jamais venu à l'idée qu'elle m'avait remarqué avant qu'on se croise la nuit, dans la cuisine.

— J'étais contente que ce soit toi, poursuit-elle tandis que je l'écoute en silence, mais le cœur battant aussi vite que celui de l'oiseau, la peau brûlante. Même si ma présence avait vraiment l'air de te faire chier.

— Non, ce n'est pas ça, dis-je. C'est juste que…

— Arrête, j'ai bien vu que tu étais décidé à me haïr.

Elle me sourit, et je sens mon estomac m'élancer légèrement.

— Je savais que je finirais par t'amadouer, tu sais, ajoute-t-elle.

— Il ne faut pas vendre la peau de l'ours…

J'essaie d'être drôle, mais j'ai la gorge toute sèche.

— Georgie n'est pas un ours ! se récrie-t-elle.

Nous demeurons silencieux quelques instants, à regarder l'oiseau effectuer de petits bonds dans l'obscurité, tête penchée. Il est si léger que je le sens à peine, sur la couverture.

— Est-ce que t'as déjà eu une vraie copine ? me demande-t-elle.

J'ai envie de lui répondre que oui, j'en ai eu des tas, mais je me rappelle où nous sommes, et je ne vois pas l'intérêt d'inventer, d'autant que je déteste le mensonge.

— Pas vraiment. Rien de sérieux. Une ou deux, comme ça.

— Aucune fille ne t'a brisé le cœur ?

Comme il est étrange d'évoquer ce sujet ! Jonesy et moi ne parlions jamais de filles ; enfin, pas directement. On se confiait juste nos exploits ou nos échecs, ou à défaut, nos envies ou nos dégoûts.

— Et tu n'as laissé aucune malheureuse derrière toi ? insiste-t-elle.

Je pense à Julie McKendrick. Une fille qui appartient à mes rêves. Un fantôme.

— Non. Et toi ? T'as déjà eu un vrai copain ?

En réalité, je ne sais pas ce qu'elle entend par cette expression. Qu'est-ce qu'un vrai ou une vraie petit(e) ami(e) ? Ça signifie qu'on a fait quoi ensemble ?

— Avec le père que j'avais ? Et en fréquentant une école de filles ?

Elle secoue la tête.

— Non, comme pour toi, un ou deux a essayé… mais c'étaient des garçons qui plaisaient à mes parents, pas à moi.

— Ici au moins, t'as Jake.

Je déteste les imaginer ensemble. Jamais je n'ai ressenti un sentiment aussi vif depuis que je suis arrivé au manoir. Cela me déplaît bien plus que l'idée que Julie McKendrick puisse sortir avec Billy, car je n'ai plus l'impression que Julie soit une personne réelle.

— Oui, c'est vrai, dit-elle.

À ces mots, mon ventre se contracte violemment. Je regrette que nous n'ayons pas affronté le brouillard et ne soyons pas allés à la grotte, finalement. J'aurais préféré ne jamais avoir eu cette conversation, et même que Clara n'ait jamais mis les pieds ici. Je veux revenir au dortoir, et me retrouver seul… Soudain, elle éclate de rire.

— Alors toi, ce que tu peux être dur à la détente, parfois ! J'aime bien Jake, mais il ne me fait pas fantasmer. Ce n'est pas à lui que j'ai posé des questions sur ses copines.

Je la regarde, interloqué. On dirait que plus rien ne fonctionne dans ma tête. J'entends comme un bourdonnement à l'intérieur, j'ai l'impression que mon sang part dans toutes les directions, provoquant le tumulte de mes émotions. Avant que je n'aie le temps de prononcer un mot – encore que je ne sais pas si j'ai quoi que ce soit à dire – elle se penche vers moi et m'attire à elle par le col de mon pyjama. Nos nez s'entrechoquent, je suis trop maladroit pour éviter la collision, et puis elle incline la tête de côté et m'embrasse.

Ce baiser ne ressemble pas du tout à l'autre. Cette fois, bien que j'aie peur de ne pas être à la hauteur, je sens que je vais exploser… Tout mon corps tremble, son visage est chaud sous la paume de ma main, que je glisse nerveusement autour de sa taille. Elle sent bon ; son odeur rappelle le linge frais, conjugué à quelque chose de vivant et de terrestre. Sa langue est brûlante et charrie un léger goût mentholé de dentifrice quand elle l'emmêle à la mienne. On s'embrasse pendant une bonne minute – ou une éternité –, et quand on se détache l'un de l'autre, je n'arrive plus à respirer, j'ai le corps en feu, tout vibre en moi.

— Wow ! finis-je par articuler.

Elle glousse.

— T'embrasses bien, dit-elle.

— Toi aussi, tu te débrouilles pas mal, rétorqué-je en essayant de retrouver le contrôle de moi-même.

Soudain, un petit gémissement s'élève entre nous et casse l'ambiance.

— Oh, le pauvre Georgie !

En nous embrassant, on s'est rapprochés l'un de l'autre et la couverture l'a recouvert de sorte que seul son petit bec émerge, quelque part entre nos jambes. Clara le soulève délicatement et le replace dans sa boîte. Il tourne la tête d'un côté puis de l'autre, ailes hérissées, couinant comme s'il nous réprimandait de l'avoir oublié. On se met à rire de bon cœur. Je me sens bien, incroyablement bien. Vivant.

— Il ne faut pas qu'on tarde à regagner nos dortoirs, prévient-elle.

J'acquiesce d'un hochement de tête.

— Prends tes affaires et vas-y, dit-elle. Je vais remettre Georgie dans son placard.

Un vent de panique s'empare de moi : je ne peux pas me tenir debout devant elle, pas dans un pyjama aussi fin, étant donné l'état qui est le mien. Si nous étions allés dans la grotte, au moins, le problème ne se serait pas posé, car j'aurais mis mon jean.

— T'es sûre ? dis-je d'une voix hésitante.

Elle m'embrasse encore, un baiser doux et rapide, et tout mon corps me fait souffrir.

— Et puis, soit dit en passant, t'es plus mignon que Jake, déclare-t-elle. Et plus drôle.

— Toi aussi.

De nouveau, elle éclate de rire. J'aime le son de son rire. J'aime la façon dont ses cheveux retombent, telle une crinière, autour de son visage. J'aime l'énergie qui se dégage de sa personne. Et ce que j'aime par-dessus tout, c'est le fait qu'elle m'apprécie.

Elle plie rapidement sa couverture, prend son oreiller et se dirige vers la porte. Je la regarde s'éloigner, ses jambes nues ne m'aidant en rien à contrôler les pulsations de mon corps. Elle s'arrête sur le seuil.

— C'est bizarre, non ? dit-elle. Tu seras mon premier vrai copain, et aussi mon dernier.

Elle a soudain un air mélancolique et ajoute :

— C'est bizarre, mais merveilleux. Comme ça doit être.

Puis elle s'éclipse, happée par le corridor, me laissant tout tremblant et désemparé, seul dans la nuit.

« Mon premier vrai copain »…

Ce sont ses mots.

11

— J'ai entendu deux enfants du dortoir 2 en parler dans la salle de jeux, affirme Louis. Ils disaient que c'était un miracle. Et qu'ils allaient peut-être se faire baptiser, eux aussi.

— Quel ramassis de conneries ! dit Tom en reniflant.

Nous regardons tous la nouvelle affiche, dans le hall. Elle est très colorée, avec sa colle à paillettes aux quatre angles. Où est-ce qu'Ashley a déniché ça ? Pourquoi y a-t-il ce genre de matériel au manoir ? Qui l'a acheté ? L'écriture est large et presque artistique, les lettres formant une boucle à la fin de chaque mot ; le message annonce une « messe de célébration pour la guérison de Joe ! » Je me demande si ce n'est pas Harriet qui est maintenant en charge des affiches. Tom a raison, ce sont vraiment des foutaises, et ça n'a rien à voir avec un fichu miracle : Joe s'est remis de sa grippe, c'est tout.

— Vous croyez pas qu'on devrait l'enlever avant que Jake la voie ? demande Will.

— Pourquoi ? Jake ne va rien faire contre la chapelle d'Ashley, il n'est pas stupide, déclare Louis. Il sait que Matrone l'apprendrait. Et puis, qui s'intéresse à l'avis de Jake, de toute façon ? D'ailleurs, s'il veut s'attaquer à Ashley, on n'a pas à se mêler de cette histoire !

— Pourquoi les gens sont aussi stupides ? marmonne Tom.

Je hausse les épaules. En réalité, je ne suis pas vraiment avec eux, puisque je ne cesse de revivre encore et encore le moment merveilleux où Clara m'a appelé son copain ; je me concentre aussi pour ne pas arborer un sourire béat en permanence.

— Oublions tout ça et faisons autre chose, dis-je. Et si on regardait un film, par exemple ?

— Moi, j'ai envie d'aller traîner dans la salle de musique, décrète Tom d'un ton décontracté.

En réalité, il veut y aller parce que Clara s'y trouve. Je me mords la langue pour ne pas lui hurler qu'il perd son temps parce qu'elle est *ma* copine.

— Toi tu vas dormir, j'imagine, me dit Will en soupirant.

— Non.

Pour une fois, je ne suis pas fatigué ; bien au contraire, je me sens déborder d'énergie.

— Ah bon ? On a trouvé un vieux jeu de société, hier, enchaîne Will avec enthousiasme. Ça s'appelle *Escape from Colditz*, et c'est vraiment excellent.

— Jamais entendu parler !

Avant, je sortais mes jeux de société uniquement quand Grand-mère venait nous rendre visite, à Noël.

— Ce serait encore plus drôle d'y jouer à plus de deux, précise Will.

Et lui et Louis se mettent à me regarder avec insistance…

— OK, dis-je. Allons-y !

Au fond, pourquoi pas ? Qu'est-ce que je vais faire, sinon ? Rester allongé sur mon lit à compter les heures interminables avant que tout le monde soit endormi et que Clara et moi puissions nous retrouver ? Si je joue, le temps passera plus vite.

Finalement, ce n'est pas un jeu si nul que ça ; Louis et Will me font rire, et l'heure de la dernière collation arrive sans que nous ne nous en rendions compte. Du regard, Will cherche la fameuse infirmière, mais elle n'est pas au buffet, ce soir. Elle s'y trouvait, ce matin, et il lui a souri en allant chercher des toasts, avant de revenir convaincu qu'elle lui avait adressé un petit signe de reconnaissance. Je ne sais pas si c'est vraiment le cas, mais puisque Will y croit, c'est le principal. Il est jeune, sa mère lui manque. C'est le seul d'entre nous qui l'ait avoué, après que Henry est tombé malade, au début. Ce dernier nous a retiré toute envie de parler de nos mères ; ses cris cauchemardesques nous ont tous tétanisés.

À part l'effroi que la scène nous a causé, je ne me rappelle plus dans le détail ce qui est arrivé à Henry. J'ai l'impression que ça remonte à une éternité, alors que c'était il y a quelques semaines à peine. Je crois qu'à la suite de cet événement, ils ont augmenté les quantités de ce qu'ils versent dans nos boissons. Et je parie que le matin suivant, nous étions tous extrêmement calmes. Parfois, je me demande pourquoi ils ne nous donnent pas des doses plus fortes de tranquillisants, pour que nous soyons toujours dans cet état d'apathie. Mais peut-être qu'ils nous étudient comme des rats de laboratoire, nous, les quelques élus. Les rares Déficients. Les témoins d'une terrible époque qui a presque failli engloutir le monde.

Ces pensées engendrent généralement chez moi une sorte de panique tranquille et terrible à la fois, la peur du néant, du sanatorium, du changement, de la certitude de la non-existence qui m'attend – mais curieusement, cette fois, rien de tout ça ne se déclenche. Encore plus étrange, j'ai envie de rire : les forces obscures ne sont pas très attentives, elles ne savent rien de Clara et de Georgie, nous leur avons échappé. Je suis en vie et heureux, et c'est tout ce qui compte.

Lorsque nous nous mettons au lit, Ashley affiche son air suffisant. C'est vrai qu'il a de bonnes raisons de l'être. Comme je n'ai rien changé à mes habitudes et que j'ai pris un long bain après le thé, ce sont Louis et Will qui m'ont rapporté que la salle de jeux où l'on projetait le film était en partie désertée, en raison de la fameuse messe de célébration.

— J'ai entendu dire qu'il y avait un gamin malade, dans le dortoir 3, déclare Tom à l'adresse d'Ashley qui est en train d'étendre sa serviette sur le dos de sa chaise. Tu vas le guérir, Jésus ?

— Ne m'appelle pas comme ça ! C'est irrespectueux, dit-il sans regarder Tom. Et je n'ai jamais prétendu que j'avais guéri Joe. J'ai juste constaté qu'il allait mieux.

— C'est irrespectueux juste si on y croit, marmonne Louis.

Il écoute à moitié la conversation, tout en lisant par-dessus l'épaule de Will.

— Mais j'imagine que tu ne racontes pas à tes disciples que ce n'était pas un miracle, ajoute Tom.

Ses yeux sont assombris. Normalement, c'est moi que ce genre de balivernes insupporte, mais cette fois, Tom est bien plus remonté.

— Je ne leur dis pas non plus que c'en est un, se défend Ashley.

— Il a eu la grippe, c'est tout, réplique Tom. Et toi, tu clames à tout-va sa guérison. Tu donnes des espoirs à ces pauvres gosses parce que tu espères qu'ils vont croire à tes conneries.

Will plonge un peu plus le nez dans son livre. Il n'est pas doué pour les disputes. Il aime bien les plaisanteries, il peut se moquer en douce d'Ashley, mais pas de manière frontale.

— C'est toi qui dis que je le « clame ». Moi, je voulais juste souligner le fait qu'il allait mieux. Quel mal il y a à ça ? Et puis pourquoi ne pas donner de l'espoir aux gens, si ça apaise leurs peurs ?

Ashley est plus malin que je ne le pensais, même si son impassibilité me donne envie de lui ficher mon poing sur la figure, tout comme à Tom, je suppose.

— Parce que c'est des conneries ! Et tu le sais. Tu cherches juste à exercer un petit pouvoir minable sur eux. Tout d'un coup, un trouduc comme toi a enfin des gens qui l'écoutent. C'est inespéré.

— En quoi ça te gêne ? Pourquoi est-ce que ça t'énerve à ce point ?

— Et si on se calmait, là ? dis-je tout à coup en m'asseyant et en les regardant tous les deux. Arrêtons de penser à *tout* ça ! C'est une perte de temps, non ? On devrait au contraire essayer de s'amuser autant qu'on peut.

Un silence s'ensuit et toutes les têtes se tournent vers moi. Même Will lève les yeux de son livre.

— M. Ronchon-qui-dort-toute-la-journée a perdu la boule, ma parole ! s'écrie finalement Louis d'un ton pince-sans-rire, ce qui fait glousser Will. De quoi tu penses qu'on essaie de te convaincre, Will et moi, depuis qu'on est arrivés ici ?

Je ne peux m'empêcher de sourire.

— Faut croire que j'apprends lentement.

Tom émet un vague grognement et grimpe dans son lit. Il n'a pas l'air particulièrement joyeux, mais au moins, il a arrêté de harceler Ashley. Je suis désolé pour Tom. Je comprends sa colère ; j'éprouvais la même avant l'arrivée de Clara. Une plus forte encore, sans doute. Parfois, la rage représente le seul moyen d'échapper à la peur. Si je n'avais pas Clara et la perspective de passer les nuits avec elle, je crois que j'aurais déjà frappé Ashley. Je sais pourquoi Tom hait la chapelle – pour les mêmes raisons que les miennes. Non parce que ça signifie que l'on croit en un dieu ou en un être supérieur, mais car son existence souligne le fait que la fin est proche, et force à considérer *l'après*. Il est déjà assez difficile de ne plus trop penser à *l'avant*, alors se projeter dans l'avenir est carrément effrayant. Si on ne croit pas au ciel, le spectacle d'Ashley brandissant sa Bible et arborant l'air supérieur de celui qui n'a pas peur nous rappelle constamment ce qui nous attend. Et personne ici n'a besoin d'une telle démonstration. C'est si difficile de profiter du moment présent. Si la maison des morts m'a appris une leçon, c'est bien celle-ci. Encore qu'à y réfléchir plus précisément, ce n'est pas elle, mais Clara.

— Tu crois qu'il est malade ? me demande Clara, l'air inquiet.

L'aile de Georgie sent mauvais et du pus suinte de la plaie quand j'essaie de la nettoyer. Il n'est pas aussi alerte que d'habitude, et je sens que sa tête est brûlante sous mes caresses.

— Possible. Mais c'est un petit gars robuste. Il va s'en remettre.

Comme s'il approuvait mes propos, Georgie pousse un léger pépiement, ce qui rassure un peu Clara. Je n'ai pas envie qu'elle passe toute la nuit à le regarder et à se morfondre. S'il est malade, on aura beau le contempler, il ne guérira pas pour autant, en tout cas pas cette nuit. Et puis Clara ne m'a pas encore embrassé. Ce n'est pas bien, je sais, mais ça me tracasse plus que l'état de notre oiseau. Est-ce que je suis encore son copain ? Aurait-elle changé d'avis sans oser me l'avouer ? Les doutes m'assaillent… Pourquoi ne m'a-t-elle pas embrassé ? Je sens mon cœur se fissurer en mille morceaux qui retombent en crachin dans mon estomac…

— Il ne pleut plus, on pourrait sortir, dis-je. On reviendra voir comment il va en rentrant.

Elle ne se fait pas prier. Clara est une boule d'énergie qui a besoin de grands espaces, de liberté ; elle ne peut pas rester enfermée dans une maison qui, en dépit de sa taille, n'en demeure pas moins synonyme de claustrophobie.

— Bonne idée !

Et elle se lève d'un bond pour me donner un baiser sur la bouche. C'est fugace, mais assez pour que mon cœur se mette à battre à cent à l'heure et que des frissons électriques me parcourent la peau.

— Allons-y, beau gosse, ajoute-t-elle.

Je me sens soudain complètement euphorique. Et pourtant, une partie de moi-même a envie de rester à l'intérieur, pour l'embrasser et la caresser, sentir ses doigts partout sur mon corps ; cependant, je suis trop timide pour le lui avouer, et surtout, je ne veux pas l'effrayer. Il ne faut pas qu'elle sache que je pense à elle en permanence, que je nous ai imaginés nus, tous les deux. J'ai l'impression que mes pensées sont écrites sur mon visage chaque fois que je lui souhaite bonne nuit, car je tremble et j'ai le souffle court. Je ne peux pas m'empêcher de nourrir des idées déplacées, alors que je sais pertinemment que je ne devrais pas. Sortir est sans doute une bonne idée, ça me permettra de me calmer.

Il ne pleut pas, mais la nuit est froide et nuageuse, et la lune ne perce que de temps à autre pour déverser sa lumière argentée sur l'asphalte. Cependant, l'obscurité ne nous dérange plus vraiment : nous connaissons à présent le paysage de l'île, comme s'il nous appartenait. Je n'éprouve même plus de nervosité quand nous escaladons le mur, juste de l'excitation à l'idée de déserter de nouveau le manoir. Nous marchons main dans la main sur le tarmac bosselé et nous nous acheminons vers la mer… Nous ne portons de gants ni l'un ni l'autre, et nos doigts sont gelés ; je ne lui lâche pas la main alors que nous reniflons parce que nos nez coulent, que nous rions et que nous racontons des bêtises. Je me sens libre avec elle. Tout le reste s'estompe. Nous ne nous dirigeons pas vers la grotte. Pas tout de suite.

Nous nous taisons lorsque nous nous rapprochons du bâtiment de couleur bleue, dans le petit port ; nous restons sur le bas-côté de la route en nous efforçant de nous faire aussi discrets que possible, juste au cas où… C'est Clara qui voulait venir jusqu'ici pour inspecter l'endroit de plus près, et bien que, comme toujours, je meure de peur qu'on nous surprenne, je ne peux pas nier que j'éprouve une certaine exaltation à l'idée d'approcher cette petite bâtisse, sachant qu'il y a peut-être quelqu'un à l'intérieur qui pourrait nous voir et nous attraper.

— Viens, murmure Clara.

Puis elle m'étreint la main plus fortement, et nous nous baissons tout en marchant sur les galets qui entourent la maison. Même dans la pénombre, on voit que la peinture s'écaille sur le mur ; des éclats de beige sont visibles ici et là, en raison de l'érosion causée par le vent et la pluie qui remonte à bien plus loin que je ne peux l'imaginer. Un logis abandonné sur une île déserte où résident des enfants oubliés du monde. On dirait presque le début d'une histoire d'aventures. Peut-être que c'est le cas. Celle de Clara et la mienne.

Nous agrippons le rebord blanc de la fenêtre qui s'effrite, et regardons prudemment à l'intérieur… Mais comme il fait noir, la vitre nous renvoie juste nos propres reflets, semblables à des fantômes gris. Je presse le nez contre le carreau et plisse les yeux. Dans un angle, j'aperçois, il me semble, une vieille cuisinière. Il y a aussi un évier.

Clara désigne l'étage du menton.

— La chambre doit être en haut.

— Si quelqu'un habite là.

Elle se déplace de façon féline, fait le tour de la maison, et je la suis, conscient des crissements que produisent mes baskets. Il n'y a pas de vent et la mer est calme, elle émet à peine un murmure quand elle vient chatouiller le rivage, voilà pourquoi le bruit de mes pas semble trancher sur le silence. Je n'arrive pas à croire que personne ne m'entend, mais comme la maison reste plongée dans l'obscurité, je commence à penser qu'elle est peut-être vide. Clara et moi pourrions en faire notre antre. Un refuge confortable.

— Regarde, dit-elle en désignant la porte arrière.

Une paire de chaussures est soigneusement posée près de la marche.

— Quelqu'un habite ici, poursuit-elle.

Ce sont des bottes d'homme, elles sont usées et lourdes, et leurs semelles épaisses sont maculées de boue. J'essaie d'imaginer celui qui les a retirées et laissées ici… Où est-il, à présent ? Où a-t-il bien pu aller ? Comme c'est bizarre de se figurer qu'une autre personne est en train de se promener sur l'île. Mais au fond, peut-être que les professeurs et les infirmières le font, eux aussi ; oui, il est tout à fait possible qu'ils s'éclipsent l'après-midi pour se promener. Je ne les ai jamais vus sortir, mais je n'y ai pas non plus vraiment prêté attention. Soudain, je me sens presque violé dans mon intimité. Les nuits nous appartiennent, à Clara et à moi, de sorte que j'avais commencé à penser qu'il en allait de même pour l'île.

— Il n'y a qu'une paire, dit Clara en s'agenouillant pour retracer du doigt le rebord du cuir, ses longs cheveux lui barrant alors le visage. Tu t'imagines vivant tout seul ici, sans même un chien de compagnie ?

— Il en a peut-être un.

— Si c'était le cas, il aurait déjà aboyé.

Elle se relève et me sourit.

— Mais pour nous, c'est mieux qu'il n'y ait qu'une personne. Ce sera plus facile de nous faufiler pour monter dans le bateau.

Je lui rends son sourire, et nous restons à nous regarder dans le froid de la nuit, puis nous nous embrassons pendant une bonne minute ; nos nez se touchent et nous nous enlaçons. C'est excitant, mais c'est plus que ça encore. C'est comme si elle me réchauffait entièrement, et je me sens trépigner de joie à l'intérieur, mais c'est une joie à double tranchant, comme si j'avais la sensation que je n'obtiendrais jamais tout ce que j'en attends. Je n'ai jamais pris de drogues – à part celles qu'on nous donne dans la demeure –, mais je pense que ce doit être l'effet qu'elles procurent.

Nous nous éloignons de la bâtisse bleue et allons jusqu'au bout de la route, là où la solide jetée en bois prend le pas sur l'asphalte et se déploie sur la mer. Quelque chose donne soudain un petit coup sous nos pieds, et nous sursautons. C'est alors que nous découvrons un canot amarré à un poteau en bois ; il émerge de l'eau et évoque un os cassé. Il se met à danser à la surface, puis disparaît sous la jetée, comme un enfant timide, avant de revenir nous observer à la dérobée. Nous nous allongeons sur le sable rugueux et froid, et nous le jaugeons.

— On n'ira pas loin avec ça, dis-je dans un murmure.

C'est une vieille embarcation toute bringuebalante, pourvue d'une unique pagaie. Quel que soit l'occupant de la maison, il aime visiblement salir ses bottes dans la campagne, mais de toute évidence, ce n'est pas un pêcheur.

Le vent s'élève et une froide bourrasque amène le bateau tout près de nous, et nous fait frissonner.

— Non, mais on pourrait se cacher à l'intérieur. De là, on pourrait embarquer clandestinement sur le bateau de ravitaillement, pendant qu'ils seraient occupés à charger et décharger les marchandises. Ils ne seront pas sur leurs gardes, parce qu'ils ne s'attendent à rien. Je parie qu'il n'y a que le capitaine et le conducteur du camion, à bord.

— T'as raison, c'est réalisable…

Mon cœur bat à tout rompre. J'ai occulté le fait que je suis Déficient, et soudain, l'avenir semble se déployer à l'infini devant moi.

— Il ne nous reste plus qu'à découvrir la date de la prochaine livraison. À mon avis, il y en a une tous les mois, déclare Clara.

— Ce qui veut dire que le prochain bateau est prévu dans deux semaines.

Je me remets debout et je l'aide à se relever.

— Allons dans la grotte pour discuter d'un plan, dis-je.

J'aime la grotte. J'aime aussi l'idée que la mer s'y infiltre chaque jour et la nettoie, de sorte que nous la trouvons chaque fois toute fraîche, comme vierge.

Nous courons jusque là-bas, nous connaissons le chemin à présent, et nous rions à pleine gorge, sachant que personne ne peut nous entendre. Nous sommes réchauffés et radieux quand nous arrivons. Nous avons apporté, comme chaque fois, la bougie de la chapelle et nous l'allumons. Ashley n'a pas encore remarqué qu'elle avait diminué. Il est trop occupé à penser aux choses qui n'existent pas pour se soucier de ce qui se trouve juste sous son nez. Clara et moi, en revanche, nous sommes bien réels, et pour l'instant, la réalité est belle.

Nous posons la bougie sur un rebord creusé naturellement dans le mur, au fond de la grotte, et nous nous asseyons pour discuter. Les mots se bousculent pour sortir tellement nous sommes excités... Bien vite, nous ne sommes plus dans la grotte, mais nous fendons les flots, en route pour la liberté. Nous irons très très loin d'ici. Clara se coupera les cheveux et les teindra. Nous volerons l'identité de nos anciens camarades d'école qui ne s'apercevront même pas qu'ils n'ont plus leurs passeports, et puis nous fuirons dans un pays où il fait chaud et où nous pourrons nous asseoir près de l'océan et vendre des objets sur la plage, pour vivre. La nuit, nous dormirons à la belle étoile. Nous ferons des feux de joie si nous avons froid et nous jouerons de la guitare, chanterons des ballades. Nous nous marierons peut-être et nous organiserons une cérémonie hippie, dans de vieilles ruines. C'est parfait. Ce sera parfait. Nous courrons, courrons sans jamais nous retourner. Peut-être qu'au bout de quelques années nous enverrons des cartes postales à nos familles pour les informer que nous sommes en vie et que nous allons bien. Mais il n'est pas non plus exclu que nous n'en fassions rien.

— Peu importe combien de temps il nous reste, me dit Clara d'un ton joyeux, en posant la tête sur mon épaule. Ça va être fantastique.

Derrière nous, la minuscule flamme de la bougie s'accroche vaillamment à la vie dans le froid, et en face de nous, l'océan noir bruit sur le sable, s'étirant paresseusement dans la nuit.

— C'est vraiment beau, maintenant, dis-je en passant mon bras sous le sien.

— C'est vrai.

Nous nous embrassons encore, plus longuement cette fois, et quand nous nous adossons au mur irrégulier, elle glisse ses mains dans mon manteau, puis sous ma chemise. Sa respiration est aussi saccadée que la mienne, et lorsque ses doigts froids touchent ma peau, je laisse échapper un son qui se situe entre le halètement et le grognement. Tout ça n'est pas vraiment nouveau, pour moi. Même si je ne *l'*ai jamais fait, je suis déjà allé aussi loin avec des filles, avant. Seulement, aujourd'hui, il s'agit de Clara, et c'est un monde complètement différent qui s'ouvre à moi, tout me semble inédit. Elle se presse plus étroitement contre moi, se cambre tandis que, de mes mains maladroites et tremblantes, j'entreprends de déboutonner son manteau. Elle me sourit et, tout en s'efforçant de ne pas détacher sa bouche de la mienne, m'aide à défaire les deux derniers boutons et ouvre son manteau. Puis elle sort son chemisier de son pantalon, les yeux rivés aux miens. Je déglutis et nous nous embrassons de nouveau, tandis que ses doigts tracent des dessins sur ma poitrine, mon estomac, et que mes muscles se contractent ; tout mon corps devient sensible et douloureux. Même si je brûle de la caresser, j'en suis aussi terrifié, et quand je glisse timidement ma main sous son pull, j'essaie d'imiter ses mouvements. Sa peau est si douce, si chaude… Elle gémit soudain sur ma bouche. Un son profond, terrestre et naturel. Et puis elle me saisit par le poignet et guide ma main vers son soutien-gorge. Mon cœur cogne si violemment que j'ai l'impression qu'il va exploser. Je frôle le mélange de coton et de dentelle qui maintient le poids de ses seins. Elle se serre très fort contre moi, et avant de mourir de peur ou d'impatience, je dégrafe son soutien-gorge et pose la main sur sa poitrine nue. Je la tiens quelques secondes en coupe, ne sachant trop que faire… Alors elle emmêle sa langue à la mienne, et je me mets à caresser ses seins. Ils sont tendus et durs, et sa respiration est aussi haletante que la mienne, à présent.

Sur une impulsion, elle détache sa bouche de la mienne et enlève son manteau. Pendant quelques instants, je me contente de la regarder, abasourdi, perdu, désarmé devant sa peau aussi diaphane que du marbre, et la courbe parfaite de ses seins. Ils sont vraiment différents de ceux de Julie McKendrick, plus petits, plus hauts et nettement plus réels. À mes yeux, d'ailleurs, elle n'est même plus Clara. Enfin, elle l'est et ne l'est pas à la fois. Elle est la Clara qui est mon amie, mais également une créature étrange et mystérieuse, dotée d'un formidable pouvoir. Une sirène échouée sur la grève. Elle entrouvre légèrement la bouche en glissant les mains dans mes cheveux et en attirant mon visage vers sa poitrine. Son odeur me donne le vertige… Je me mets à la lécher, l'aspirer tout en espérant que je fais bien ce qu'il faut. Peu à peu, je m'enhardis…

De son côté, Clara pose la main sur ma cuisse et se met à me caresser à travers mon jean ; j'ai alors envie de la faire basculer sur le sol et de me frotter contre elle, avant que la tension qui m'habite ne me tue. Je perçois le sang battre dans mon crâne, pulser partout dans mon corps, et quand je ferme les yeux, je vois des étoiles derrière mes paupières.

Je redresse la tête, capture de nouveau sa bouche, plus fiévreusement cette fois, mes craintes et ma timidité balayées par le puissant désir qui m'anime. Au bout d'un moment, elle s'écarte de moi, et nous nous mesurons des yeux sans mot dire, le souffle court. Nous sommes des étrangers familiers. Différents des êtres que nous étions avant, mais pas encore ceux que nous allons devenir. Elle est complètement magique. Je ne suis plus certain qu'elle soit réelle.

— On devrait rentrer, dit-elle. Et vérifier que Georgie va bien avant d'aller au lit.

Je hoche la tête. Je n'arrive plus à parler.

Nous soufflons la bougie et nous prenons le chemin du retour. Cette fois, nous sommes plus calmes, nous nous contentons de nous tenir par la main et de nous sourire, de temps à autre. C'est bon. Tout est bien. Même le désir dément qui vibre sous ma peau comme une fourmilière.

— Tu es heureux ? me demande-t-elle au moment où le manoir se profile à l'horizon, menaçant.

— Oui, et toi ?

— Oui.

Quand je regarde de nouveau la demeure, elle me semble moins imposante. Elle ne gagnera pas. Nous allons la quitter et la laisser derrière nous.

« Je ne suis pas malade, je vous assure. C'est juste que je suis nerveux. Ça va passer. » Henry tenait ces propos à qui voulait bien l'entendre, mais personne ne le croyait. Il était évident que quelque chose n'allait pas chez lui. Vraiment pas. Il n'avait pas de mouvements convulsifs à son arrivée, contrairement à ce qu'il affirmait à présent. Quand il s'était mis à parcourir la maison en essayant de contrôler les gestes désordonnés de ses bras et de ses jambes, tous avaient éprouvé une sorte de fascination, y compris Toby. Sans être dupes pour autant. C'était comme dans ces films avec prise d'otages, où l'un d'eux est désigné par les ravisseurs pour être la prochaine victime, et où tous les autres regardent la malheureuse personne, incrédules, immobiles, éprouvant à la fois du soulagement et de la culpabilité de ne pas être à sa place. Henry devait être le premier.

Ses tics commencèrent à apparaître le troisième jour. Jusque-là, bizarrement, ils avaient trouvé amusant le fait d'être ensemble dans cette maison. Ils n'y croyaient pas vraiment. La salle de jeux était toujours pleine de monde et les dortoirs se mélangeaient, même si Jake s'imposait déjà comme le chef. Ils regardaient les films que ce dernier choisissait, jouaient aux jeux qu'il proposait. Ils se mentaient mutuellement sur les vies merveilleuses ou affreuses qu'ils avaient menées avant. La maison bruissait de leurs conversations, de leurs rires.

Au début, ils ne remarquèrent pas les premiers soubresauts. Ils se dirent que Henry devait avoir ces tressaillements avant. Ce n'était pas un gamin qui attirait l'attention. Personne ne l'avait vraiment remarqué, sauf quand il avait déclaré qu'il y avait erreur à son sujet, à leur arrivée. Et même lorsque les convulsions étaient devenues plus visibles – par exemple quand il voulait porter une bouchée de céréales à sa bouche et qu'un mouvement involontaire de l'épaule l'en empêchait –, les autres se contentaient de détourner les yeux et de rire. Henry était un garçon nerveux et impressionnable. Ces curieux spasmes faisaient sans doute partie des effets secondaires de son transport dans la maison.

« Je crois qu'il y a eu une erreur. »

— C'est pas normal.

Ce fut Louis qui le formula le premier, alors que Henry tenait son poignet gauche avec sa main droite pour qu'il demeure immobile, tout en arborant un air aussi naturel que possible ; toutefois, Toby voyait nettement que c'était au prix d'un gros effort. Les doigts de sa main gauche étaient crispés et agités, comme si Henry tentait de maîtriser un poisson gluant et suffocant.

— Tout va bien, Henry ? avait demandé Will. Tu devrais peut-être aller voir Matrone.

— Y'a aucun problème, avait répondu Henry en s'efforçant de sourire. C'est rien. Ça m'arrive parfois.

— Oh ! OK…

Will avait haussé les épaules et s'était replongé dans le film de science-fiction sur l'écran. Louis avait lancé un coup d'œil à Toby : Will était parfaitement imperméable à la peur tapie dans les prunelles de Henry. Mais quelle que fût l'origine des convulsions, celles-ci n'étaient pas normales.

Les infirmières le regardaient, elles aussi, les yeux dépourvus de la moindre émotion. Elles évaluaient son état.

Henry craqua le troisième jour. Brutalement. C'était l'heure de la collation et il était assis à la table, avec ceux de son dortoir, essayant de porter une cuillerée de soupe à sa bouche. Le garçon qui se tenait près de lui l'aidait. Tout le monde les observait ; il était impossible de faire autrement. Même Toby, qui aurait voulu détourner les yeux, n'y parvenait pas : il y avait quelque chose de terriblement fascinant à regarder quelqu'un se briser. Surtout pour la première fois.

De sa table, Jake scrutait lui aussi la scène.

— Hé, Henry ! Tu deviens un handicapé tout bavant ou quoi ?

Il avait passé sa langue derrière sa lèvre supérieure et avait poussé des grognements tout en agitant les bras. Tout le monde s'était mis à rire, et même Toby avait souri. Ils avaient soudain éprouvé le sentiment inédit d'appartenir à un groupe.

Le garçon qui aidait Henry avait reposé la cuillère. Personne ne contredisait Jake.

Henry avait regardé fixement ce dernier pendant un bon moment. Alors que les yeux de Jake brillaient de malice, les siens s'apparentaient à deux cavités noires où sourdait une peur innommable, qu'aucun ne pouvait comprendre. Henry se trouvait à l'intérieur d'une bulle, les autres à l'extérieur, et quand il éclata brusquement en sanglots, la frontière fut définitive.

— Je veux voir ma maman, je veux rentrer à la maison…

C'était un pleurnichement de bébé, pas très fort, mais il les glaça tous. Il y eut bien quelques gloussements gênés, puis le silence se fit. Des bruits de chaises s'ensuivirent. Toby sentit sa gorge se nouer, et eut soudain très mal au cœur.

— Je veux pas être ici. Je veux pas mourir.

Henry commença à s'agiter sur sa chaise et regarda avec obstination les infirmières.

— Je veux pas mourir, je veux rentrer à la maison. Je veux ma maman.

Les infirmières l'observaient elles aussi, visages impassibles, et d'une certaine façon, c'était encore plus effrayant que la panique qui se lisait sur le visage de Henry.

Personne ne manifesta beaucoup d'appétit, après cette scène. Henry balaya le réfectoire du regard, en quête de soutien, mais chacun avait les yeux rivés à sa nourriture, désormais insipide. Toby le jaugea et sut immédiatement qu'il était fichu : cela se lisait sur le visage en sueur du jeune garçon. Il comprit aussi que cette crise venait d'enclencher un changement irréversible : Henry les avait confrontés à une réalité qu'ils ne voulaient pas voir et personne ne le lui pardonnerait jamais.

Quand Toby repensait à cette scène, à la façon dont le pauvre Henry était devenu un paria en un rien de temps, un indésirable que chacun aurait voulu réduire au silence, il avait conscience que celui-ci avait formulé à haute voix ce que tous ressentaient. Toutefois, si ce dernier souhaitait partager sa terreur avec les autres, ceux-ci s'efforçaient précisément de gérer seuls la leur. Dès lors, chaque dortoir se referma sur lui-même, pour se protéger. Henry fut le premier nom que personne ne prononça plus jamais.

Après la collation, chacun se hâta de regagner son dortoir, commentant ce qui venait de se passer. Henry avait essayé de saisir par le bras les enfants les plus jeunes au moment où ils passaient devant lui, arguant que ses tics ne signifiaient rien, qu'il était juste fatigué, qu'il n'était pas malade, mais chacun s'était vivement dégagé sans croiser son regard et s'était éclipsé.

Il avait ensuite plongé dans une sorte d'apathie, mais au bout d'une heure, tous l'avaient de nouveau entendu pleurer. Il appelait sa mère, puis il se mettait à hurler. La scène dura jusqu'à ce que sa voix devînt toute rauque. Toby se demanda alors s'il n'avait pas la fièvre.

— Je voudrais vraiment qu'il se taise, avait dit Louis, les traits crispés, comme si ses muscles s'étaient concentrés dans son cerveau. Pourquoi est-ce qu'il ne se tait pas ?

Will fredonnait doucement une chanson pour lui-même.

Toby sortit du dortoir pour consacrer sa soirée, pour la première fois, à un bain très long, laissant l'eau couler jusqu'à ce qu'elle noie les sons qui lui nouaient l'estomac. Pourtant, le nœud ne le quitta plus jamais. La boule de peur qui s'y logeait désormais était née cette nuit-là. À la fin, les infirmières avaient dû administrer des sédatifs à Henry, car lorsque Toby sortit enfin de la salle de bains pour revenir au dortoir 4, le manoir était silencieux.

Le lendemain matin, Henry n'était plus là. De même, toute trace de lui avait disparu : ses vêtements, sa brosse à dents, ses pantalons, son tee-shirt d'illuminé qu'il portait tout le temps. C'était comme s'il n'avait jamais existé. Tout ce que Matrone déclara, c'était que Henry avait été emmené au sanatorium. Elle l'avait formulé en une phrase courte et dure, qui ne laissait aucune ouverture pour les questions. Passés les premiers commentaires formulés sur le mode du chuchotement, personne ne mentionna plus jamais le nom de Henry. C'était plus facile ainsi. Ils pouvaient même imaginer que rien n'était arrivé.

Mais pour Toby, ce ne fut pas aussi aisé.

La nuit où l'on emmena Henry correspondit à la première où il ne prit pas ses « vitamines ». Il ne savait même pas pourquoi il avait agi ainsi. Sa gorge était sèche et serrée. Il voulait avoir la sensation de conserver un léger contrôle sur sa vie, à savoir ne pas tout accepter, et c'était la seule solution qu'il avait trouvée. Un moment de rébellion. Il obtint plus que ce qu'il avait cherché.

Ce fut en effet la première fois qu'il entendit le grondement de l'ascenseur et le grincement régulier des roues du lit. Ce ne serait pas la dernière. Décidément, Henry leur avait beaucoup appris, même s'ils tentaient à présent de l'effacer de leurs souvenirs. Et pourtant, grâce à lui, ils avaient compris qu'il ne servait à rien de pleurer, tout comme il était parfaitement inutile d'appeler à l'aide. Et surtout, il leur avait appris que quand votre heure sonnait, vous vous retrouviez seul avec vous-même. Lorsqu'un deuxième garçon tomba malade, une seconde leçon s'ajouta à la première : il n'y avait pas une seule façon de s'en aller. Aucun symptôme précis n'existait.

De sorte qu'à bien y penser, toute chose revêtait une dimension effrayante.

12

— Je me rappelle pas qu'il ait fait un jour si froid, dit Eleanor.

Elle a le nez pressé contre la fenêtre de la salle de jeux. À l'extérieur, la pluie tombe en un lourd rideau épais, évoquant davantage des piques de glace qui tambourinent le sol que de l'eau. Aujourd'hui, c'est jour de lessive, et nous avons consciencieusement changé nos draps – celui du dessus est devenu celui de dessous et ce dernier a été placé dans le sac à linge sale, ainsi que les taies d'oreiller –, et à présent, l'après-midi s'étire comme une vaste plaine devant nous. Will est assis dans un vieux fauteuil près du radiateur, concentré sur son livre, tandis que Louis apprend à Clara comment jouer aux échecs. Je m'ennuie déjà. Dès que je suis assis en face d'elle, comme c'est présentement le cas, elle m'obsède. Je suis vraiment pathétique.

— Et vous ? insiste Eleanor.

Elle regarde autour d'elle et nous secouons tous la tête. Le temps est définitivement curieux, mais je ne me suis jamais senti aussi à l'ouest, si tant est que je sais ce qu'est la normalité !

— Putain, ce qu'ils peuvent dater ! s'exclame Tom.

Il est en train d'inspecter les disques, essayant d'en trouver un qu'il connaît pour le passer. J'ai envie de lui dire que quelques-uns sont très bons, mais je n'en fais rien. Danser ici dans le noir, c'est un secret. Au départ, c'était celui de Clara, et maintenant, nous le partageons, elle et moi. Nous avons dansé ensemble, la nuit dernière. Et je ne me suis même pas senti con quand elle m'a demandé de fermer les yeux et de me laisser aller. Sans doute en avais-je l'air, mais je ne me voyais pas comme tel. De toute façon, qui s'en soucie ? Ce qu'on éprouve a bien plus d'importance que l'image qu'on renvoie. C'est ce que prétend Clara. Mais il faut reconnaître qu'elle est vraiment belle.

— Tu t'attendais à quoi ? dis-je à Tom. Tu avais déjà vu un tourne-disque avant de venir ici ?

— C'est ton tour, Toby, m'annonce Louis.

Et je me rends compte que je n'ai même pas vu Clara avancer son pion.

La porte s'ouvre soudain, et Jake entre d'un pas assuré dans la pièce, flanqué d'Albi et de Daniel. Sans en avoir l'air, il cherche Clara des yeux. Inutile de se demander où se trouve Joe, car sa loyauté est acquise à Ashley et à sa chapelle, maintenant. Chaque jour, de plus en plus d'enfants passent leur temps là-haut, mais nous n'interrogeons jamais Ashley à ce sujet : pourquoi lui donner l'occasion de jouer les importants ? Alors qu'avant nous étions divisés en dortoirs, plus ça va et plus la ligne de partage s'établit désormais entre ceux qui croient et ceux qui ne croient pas. Cela révolte carrément Tom, mais pour ma part, j'essaie de laisser l'affaire glisser sur moi sans qu'elle m'atteigne. Les jours ne comptent plus vraiment, même si j'ai cessé de dormir l'après-midi. Je trouve de quoi m'occuper plus facilement, à présent. Le temps semble passer plus vite. Je me rappelle l'époque où je tentais de le ralentir en m'ennuyant autant que possible. Aujourd'hui, tout est bouleversé.

— Vous voulez faire quelque chose, les gars ? lance Jake. Traîner dans la salle de musique, par exemple ?

En réalité, cette demande s'adresse uniquement à Clara. Il se fiche pas mal du reste d'entre nous.

— Il n'y a pas assez de place pour nous tous, là-bas, répond-elle à voix basse sans le regarder.

— On pourrait jouer à cache-cache ? propose Eleanor, pleine d'espoir.

Daniel ricane comme si c'était la suggestion la plus stupide qu'il n'ait jamais entendue. Son visage rond ressemble à une misérable lune. Il n'y a pas pire brute qu'une personne qui aspire à l'être.

— Je suis partant, dis-je, même si je suis nul à ce jeu. Et toi, Will ?

— OK !

Et il repose son livre. Eleanor tape dans ses mains, tout excitée.

— Alors jouons ! Vous vous cachez tous et moi je compte jusqu'à 100.

— Mais tu comptes lentement, alors, la prévient Clara en se levant. Et pas de triche.

— Ouais, pas de triche, répète Jake.

Ça me fait vraiment rire de le voir approuver la moindre parole ou initiative de Clara ; une telle attitude lui ressemble si peu. Daniel en est sans doute un peu perdu ; il ne doit plus savoir quand il doit ricaner ou sourire.

— Eh, mec, c'est un jeu de gamins ! intervient Albi.

— T'as une meilleure idée ? rétorque Jake.

Albi disparaît sous sa capuche et secoue la tête.

— C'était histoire de parler, dit-il.

— J'imagine que ça vaut la peine d'essayer, ajoute Daniel.

Il renifle et enfonce les mains dans les poches de son jean, ce qui fait ressortir son ventre encore plus que d'habitude.

Daniel a beau ne pas être destiné à devenir vieux, il porte déjà en lui l'ombre de l'homme qu'il serait devenu.

— Personne n'est obligé de jouer, déclare Tom.

Puis il regarde fixement le gros garçon, ses yeux noirs remplis de dédain, comme si Daniel était un cafard qu'il s'apprêtait à écraser. Tom est comme moi : il prend garde à ne pas provoquer Jake, mais il ne laissera jamais un petit morveux comme Daniel imposer sa loi.

— J'ai dit que je jouerai, dit ce dernier d'une voix plus geignarde, constatant que ni Jake ni Albi ne lui apportent leur soutien.

Je me demande si on le rudoyait *avant*, à l'école. Peut-être que oui. Les souffre-douleur peuvent se transformer en bourreaux en un rien de temps.

— Un, deux…

Nous laissons Eleanor face au mur, en train de compter, et nous nous précipitons dans le couloir. Lorsque personne ne nous regarde, Clara me saisit la main, la presse doucement, et cette étreinte remonte directement le long de mon bras jusqu'à mon cœur… Je lui décoche un clin d'œil et je la vois s'empourprer. De toute évidence, je lui plais autant qu'elle me plaît. De toutes les bizarreries de cette maison, celle-ci est la plus étonnante. C'est un rayon de soleil héroïque, mais fichtrement étrange. J'ai toujours peur qu'elle finisse par se réveiller et changer d'avis. Mais non.

Nous nous séparons au bas de l'escalier, et Jake prend la même direction que Clara, visiblement désireux de partager sa cachette et de passer du temps tête à tête avec elle. Daniel se dirige vers les douches. Aucun d'entre nous ne s'aventure dans le corridor qui mène à la chapelle. Je les entends chanter, à l'étage au-dessus : Ashley leur apprend des foutus cantiques ! Je ne me rappelle plus quand j'en ai entendu pour la dernière fois. Peut-être à une cérémonie de mariage à laquelle mes parents m'avaient emmené. J'essaie de faire abstraction de la musique, mais elle me reste dans la tête.

Le problème du manoir, c'est qu'il est si grand qu'il y a presque trop d'endroits pour se cacher, mais en même temps, pas tant de recoins que ça. Aucune pièce n'est en désordre, tout y est organisé de façon fonctionnelle. Je me glisse finalement sous un lit, dans un dortoir vide ; je parie que tout le monde a eu le même réflexe que moi. Le parquet sent le bois ciré, une odeur riche et piquante. J'attends et mes oreilles commencent à bourdonner dans le silence. Ce n'est pas très confortable ici, et j'espère qu'Eleanor va vite me trouver. Je lève les yeux vers le sommier métallique de sorte à ne pas voir les pieds du lit et ne pas entendre leur grincement dans ma tête. Décidément, je suis trop vieux pour jouer à cache-cache. Si au moins c'était moi qui cherchais les autres ! Ou si on jouait aux sardines et que c'était Eleanor qui se cachait. Oui, voilà ce que je vais proposer, tout à l'heure. Je me retourne sous le lit, en quête d'une position plus confortable, pour que rien ne me rentre dans la hanche ou l'épaule. J'aurais mieux fait de me cacher derrière un rideau, tiens !

— Clara ! Will ! Venez ici ! Vite !

Cela fait dix bonnes minutes que je suis caché quand les cris d'Eleanor me parviennent. Elle est manifestement tout près.

— J'ai trouvé quelque chose, annonce-t-elle.

Au début, je ne bouge pas… Et tout à coup, je comprends avec effroi ce qui l'excite tant. Je m'extrais aussi vite que possible de dessous le lit et je descends à toute allure la poignée de marches pour la rejoindre, sans même avoir à me laisser guider par ses cris. Pourquoi a-t-il fallu que j'accepte que nous jouions à cache-cache, nom d'un chien ? Où avais-je la tête ?

Quand je me précipite à l'intérieur de la pièce, tout essoufflé, je constate qu'elle a ouvert le placard et est agenouillée ; la boîte repose sur son giron. Clara s'y trouve déjà, ainsi que Jake. Il se peut que de leurs cachettes, les autres n'aient pas entendu les cris d'Eleanor. Je regarde Clara. Elle ressent clairement le même effroi que moi.

— Il était juste là. Dans la boîte !

Le visage d'Eleanor rayonne d'excitation. Elle se penche à l'intérieur du placard pour en inspecter le bois.

— C'est comme le placard, dans *Narnia*, dit-elle. C'est magique !

— Arrête tes foutaises ! tranche Jake d'un ton bourru. Quelqu'un l'a mis dans cette boîte. Sors de là.

Il s'empare alors de la boîte. À le voir avec Georgie, j'en ai la nausée. Il lève les yeux vers Eleanor.

— Continue à chercher les autres, et arrête de hurler, ordonne-t-il.

Elle a visiblement envie de répliquer, mais comme Clara et moi nous taisons, elle finit par obtempérer.

Nous restons silencieux jusqu'à ce que la porte se referme derrière elle. Jake contemple alors Georgie pendant quelques secondes, puis il se met à lui caresser la tête. Il a des gestes très doux, et son attitude me surprend. L'air est chargé d'électricité, la tension est à son comble entre nous.

— Son aile pue, dit-il enfin.

Et il s'apprête à le retirer de la boîte. Il a raison, Georgie dégage une forte odeur. Il faut se rendre à l'évidence : son état s'est détérioré, et même si nous nous efforçons de nettoyer régulièrement son aile, le pus ne cesse de s'écouler de la plaie qui ne guérit pas.

— Il est à moi ! déclare promptement Clara. Ne lui fais pas de mal. Je l'ai trouvé dans le jardin. Je voulais le guérir.

— Quand est-ce que tu l'as trouvé ? demande Jake sans la regarder.

Je n'arrive pas à déchiffrer son expression, alors qu'il pose l'oiseau sur ses genoux et déploie avec précaution l'aile abîmée. Je vois tout de suite où les plumes sont emmêlées. Georgie laisse échapper un très faible pépiement que nous entendons à cause du terrible silence qui nous entoure ; sans quoi, il serait passé inaperçu.

— Il y a quelque temps, dit-elle en s'agenouillant près de Jake tandis que je reste debout à les contempler, comme un pauvre imbécile. Ne lui fais pas de mal.

Jake lève les yeux vers elle, l'air vaguement écœuré.

— Pourquoi je lui ferais du mal ?

Clara ne répond pas, se contentant de hausser les épaules, incertaine. Nous sommes sur la corde raide, je le sens. Pire que ça, nous allons en glisser, mais je n'arrive pas à réagir pour éviter l'accident !

— Il est en train de mourir, déclare Jake. Il pue à cause de tout le poison qu'il a en lui. Son aile est en train de pourrir. T'aurais dû le laisser où tu l'as trouvé, ç'aurait été plus rapide.

— T'es vétérinaire, maintenant ?

Les mots sont sortis de ma bouche sans que j'aie le temps de réfléchir. Georgie est à nous, à Clara, à moi, et nous allons le guérir puis le remettre en liberté. Les yeux de celle-ci brillent de larmes et je sens que mon visage est brûlant.

— Mon oncle s'y connaissait bien dans le domaine animal. C'était un chasseur, déclare Jake sans lever les yeux vers moi, comme si je ne comptais pas. Donc il est à toi, Clara ? Et tu l'as caché ici ?

Elle s'efforce de lui sourire.

— Oui. Je voulais un petit être qui serait uniquement à moi.

Il hoche la tête avec lenteur, l'air concentré, comme s'il était en train de calculer quelque chose. Il est dans le contrôle total, je ne l'ai jamais vu aussi calme.

— Donc, c'est *ton* secret ? reprend-il à mi-voix. Dans ces conditions, comment expliques-tu la présence de ce pull ?

Clara ouvre la bouche sans qu'aucun propos intelligible n'en sorte. Je vois alors mon pull à capuche tout froissé dans la boîte de Georgie, recouvert de fiente et de plumes. Et voilà, c'est fait ! Nous venons de tomber de la corde et de nous écraser au sol... Le visage de Jake m'incite à craindre le pire. Il a l'air gêné, humilié. Je me rappelle toutes les fois où il a tenté de frimer pour attirer l'attention de Clara, toutes les fois où elle a ri à ses blagues idiotes alors que, dans le même temps, elle partageait un secret avec moi, en l'occurrence Georgie. Et il ne sait rien des nuits que nous passons ensemble. Non, il n'en sait rien du tout, et pourtant, il en connaît assez. C'est la souffrance que je perçois dans ses yeux qui m'est insupportable. Clara lui plaît, elle lui plaît *vraiment* !

— C'est juste que...

— J'ai compris, c'est bon ! m'interrompt-il d'un ton cinglant.

Il caresse toujours Georgie très gentiment, et celui-ci frotte la tête sur sa main, comme s'il était sensible à l'attention qu'il lui porte. Tout semble soudain étrange.

— Je suis pas stupide, putain ! ajoute-t-il.

— Écoute, Jake, commence Clara, je t'aime bien et...

Elle tend la main pour toucher la sienne, et j'ai envie de lui hurler d'arrêter, qu'elle ne fait qu'aggraver notre cas. Il bout de rage, c'est évident. Il a l'impression qu'on s'est fichus de lui, et ce n'est pas en cherchant à l'apitoyer qu'on va arranger la situation. J'aimerais que le sol s'ouvre sous mes pieds et m'engloutisse. Je voudrais être dans la grotte, près de la mer. Je souhaite être n'importe où sauf ici.

— La ferme ! dit-il d'un ton las qui m'inquiète encore bien plus que s'il avait crié. Et maintenant, sortez ! Tous les deux ! Je veux plus vous voir !

— Qu'est-ce que tu vas faire, Jake ? dis-je tout en sentant les yeux me piquer.

Je suis conscient que j'ai l'air d'un enfant geignard. Un enfant plus jeune que Will, encore. Je n'arrive plus à contrôler quoi que ce soit.

— Ne fais rien à Georgie ! Je préfère que tu me frappes moi !

Il se retourne alors vers moi, l'air féroce.

— Tu crois vraiment que je vais me venger sur ce foutu oiseau ? Tu me prends pour qui, putain ? Et *toi*, tu te prends pour qui ? Merde, tu me connais même pas !

Il continue à tenir gentiment Georgie, tout en me lançant au visage des mots semblables à des tessons de verre.

— Je vais faire ce que tu n'as pas eu le courage de faire, poursuit-il. Je vais abréger ses souffrances. Maintenant. *Dehors, bordel* !

Jake tremble. Il est à la fois en colère, bouleversé, honteux, ce qui s'exprime par une immense rage. Clara s'est mise à pleurer et, penchée en avant, elle caresse la tête de Georgie. La pauvre bête ne la regarde même pas. Jake a raison, bien sûr, nous nous sommes bercés d'illusions : jamais il n'aurait pu guérir.

— Viens, dis-je à Clara dans un murmure.

Et je lui prends la main pour l'aider à se relever. Jake ne nous regarde pas. J'ai la tête qui tourne et les oreilles qui bourdonnent, j'éprouve des difficultés à respirer…

Nous sortons sans nous retourner, mais une fois à l'extérieur, Clara s'effondre contre moi, en sanglots. Je reste silencieux, je me contente de la serrer très fort dans mes bras. Nous restons agrippés l'un à l'autre comme si nous n'avions nulle part où aller. Et c'est d'ailleurs peut-être le cas.

Je ne sais pas combien de temps s'est écoulé lorsque Jake sort de la pièce. Sans doute une ou deux minutes, mais j'ai l'impression que c'est une éternité. J'ai en mémoire les battements du cœur de Georgie, sous mes doigts. Je me rappelle aussi que Clara avait insisté pour qu'on le libère...

Quand je prends la boîte que me tend Jake, je vois que Georgie n'est plus : à sa place, gît une chose morte, immobile et silencieuse, dotée d'une tête curieusement positionnée.

— Enterre-le si tu veux, dit Jake.

Puis il descend les marches de l'escalier.

Je le regarde s'éloigner. Clara pleure toujours Georgie, mais soudain, je ressens une vive inquiétude : Jake n'en a pas terminé avec nous. Loin de là.

— Alors, on joue encore, oui ou non ? s'exclame Will qui se trouve sur le palier où nous arrivons. Qu'est-ce qui se passe ? Pourquoi Jake est passé comme un fou devant nous ?

Il aperçoit alors le visage rougi de Clara et prend un air étonné.

— Pourquoi elle pleure ?

— La ferme, Will ! dis-je entre mes dents en passant devant lui. Pas maintenant.

De toute façon, Eleanor lui racontera, et au moment de la collation, tout le monde sera au courant.

La pluie ressemble à de la glace. Il n'y a pas de vent, et elle tombe sur nous par paquets tandis que nous creusons un trou dans la terre humide, de nos mains nues. Les cheveux de Clara lui collent au visage cependant que nous enlevons la terre en enfonçant nos ongles dans la boue. Le froid mordant nous fait tous deux trembler, mais en réalité, je ne le sens pas ; c'est comme s'il ne m'atteignait pas à l'intérieur.

Je sors Georgie de sa boîte et le dépose doucement sur le sol ; il est toujours enveloppé dans mon sweat-shirt. C'est stupide, mais je n'ai pas envie qu'il ait froid, une fois enterré, même si la chaleur a déjà déserté son petit corps. Il a mangé les vers, et maintenant, ce sont eux qui vont l'engloutir. Cette pensée, surgie de nulle part, me vaut un léger frissonnement.

— Au revoir, Georgie, dit Clara, et ses mots sont étouffés par le bruit de la pluie qui coule sur son visage, de son nez, de sorte qu'on ne peut savoir si elle pleure ou non. Je suis désolée que tu n'aies pas pu reprendre ton envol.

Nous le recouvrons tout doucement de terre, comme s'il pouvait sentir quoi que ce soit, et regardons ensuite fixement la petite parcelle de terrain qui représente désormais sa tombe. Le battement de la pluie sur les arbres évoque un requiem. À part ça, c'est le silence. Soudain, je pense à Ellory, à Henry et à tous les autres. Seuls et frigorifiés dans la glaise. À moins qu'ils n'aient été brûlés… Au fond, je ne sais pas ce qui est pire, ce que je préfère, puis je me rappelle qu'ils ne sont plus rien à présent, ils sont dépourvus de toute sensation ; la boule qui loge dans mon estomac se contracte violemment, ce qui ne m'était pas arrivé depuis le premier baiser de Clara.

— Nourris bien la terre, petit ami, dit cette dernière. Et rejoins ensuite la lumière du soleil.

Je la regarde. Ses lèvres sont pâles à cause du froid, et ses taches de rousseur ressortent sur sa peau blanche. Elle vient de prononcer des mots très beaux, réconfortants. Un canot de sauvetage dans un océan d'effroi. Mon cœur se serre… Je sais à présent que je l'aime. Je le sens tout au fond de mon être.

Nous n'avons pas le temps de nous changer avant la cloche, aussi venons-nous prendre notre collation tout mouillés et maculés de boue, nous démarquant ainsi des autres. L'infirmière n'émet aucun commentaire quand elle me sert mon hachis Parmentier. Nous ne sommes plus dans le monde d'*avant*. Quel serait l'intérêt de nous enjoindre d'aller nous sécher ou nous réchauffer ? Pourquoi s'inquiéter si un Déficient attrape la grippe ? Même s'il est évident, à en juger par les regards des autres rivés à nous, que l'histoire de l'oiseau est connue de tous, je ne jette pas un seul coup d'œil à Clara tandis que nous regagnons nos tables respectives. Je n'affiche pas davantage d'intérêt pour la table de Jake, même si j'entends des ricanements quand je passe devant. Je regarde droit devant moi.

— Alors ! intervient tout de suite Will, désireux de comprendre. Où vous avez découvert cet oiseau ?

— C'est Clara qui l'a trouvé.

Puis je m'efforce de manger une bouchée. Au moins, la nourriture est chaude et ça me fait du bien, même si je n'ai pas faim.

— Elle m'en a parlé l'autre jour. Il n'y a pas de quoi fouetter un chat.

— Quand ? insiste Louis, lui aussi curieux.

J'imagine qu'ils ont déjà dû spéculer sur la date de cette trouvaille, tous les deux.

— Je sais plus exactement. Peut-être un après-midi, quand je dormais.

Ça me semble un bon mensonge. Louis et Will savent qu'il ne faut pas me réveiller quand je fais la sieste. Ils hochent la tête, mais je n'ai pas l'impression qu'ils me croient. En tout cas, pas Louis, c'est évident, il est bien trop intelligent. Son cerveau ressemble à un ordinateur.

— Pourquoi toi ? reprend Tom.

Il a l'air renfrogné, la tête plongée dans son assiette. Quand il relève le visage pour me considérer, l'aversion que je lui inspire me saute aux yeux. J'imagine qu'il avait renoncé à Clara, pensant qu'elle était promise à Jake. Or, j'ai déjoué tous ses calculs et il en conçoit une vive déception.

— C'est bizarre, insiste-t-il. Tu lui parles jamais.

— Si, ça arrive parfois.

Je hausse les épaules, essayant de garder un air décontracté.

— Je devais être là au moment où elle avait envie d'en parler.

— Je crois qu'elle t'aime bien, déclare soudain Will, un sourire malicieux aux lèvres. Et j'ai l'impression que c'est réciproque. Sinon, pourquoi t'aurais rien dit ?

Je lui lance un regard noir par-dessus ma fourchette, et son sourire s'élargit. Il s'agite sur son siège.

— Vous vous êtes fait des bisous ? demande-t-il. C'est ta copine ?

Tom me scrute, partagé de toute évidence entre son envie d'en savoir plus et celle de ne vouloir entendre parler de rien.

— Va te faire voir ! dis-je.

— Tu veux peut-être rien entendre, mais Jake devient cinglé, intervient Louis. Il a viré l'escouade de Dieu de sa table.

Je regarde le groupe du dortoir 7. Il a raison, il y a juste Jake, Albi et Daniel à la table, en train de discuter et de rire, ce dernier nous lançant de temps à autre des coups d'œil narquois. À moi en particulier. Ashley, Harriet, Joe et quelques autres se sont installés à une table vide, à l'autre bout du réfectoire, près de celle de Clara et d'Eleanor.

— Qu'est-ce qu'il va nous faire, Toby ? demande-t-il encore. Tout s'est bien passé pourtant, ces derniers jours. On a traîné ensemble et on s'est bien entendus, non ?

Je vois bien que Louis est nerveux et je le comprends : Jake ne supportera pas d'avoir manifesté des signes de faiblesse, il doit protéger sa réputation, c'est son seul bien.

— Attendons, on verra bien, dis-je à voix basse.

Je suis mal à l'aise pour eux, je ne souhaite pas qu'ils récoltent des ennuis ou qu'ils soient terrorisés. Mais je suis également embarrassé parce que tout le monde est au courant ; or, je ne veux pas que cela change quoi que ce soit, et surtout pas ce qui existe entre Clara et moi.

— On devrait inviter Clara et Eleanor à s'asseoir dorénavant à notre table, déclare Will d'un ton neutre tout en portant du pain tartiné à sa bouche. C'est idiot qu'elle soit à une autre table si c'est ta copine. De toute façon, elle est cool. Hein, Louis ?

Celui-ci hoche la tête.

— J'avoue, pour une fille, elle est cool.

— Ça va pas plaire à Jake, prévient Tom.

— Il est déjà énervé, ça changera rien, argue Will.

Parfois, j'ai l'impression qu'il est plus intelligent qu'il en a l'air.

Ils prenaient leur déjeuner sur le flanc de la colline qui menait aux courts de tennis, assis en tailleur. Normalement, ils auraient dû manger au réfectoire, mais à cause de la vague de chaleur qui sévissait, c'était une véritable étuve, à l'intérieur ; d'ailleurs, les sandwichs de Toby étaient déjà tout mous. Non qu'il eût particulièrement faim. Jonesy avait acheté des chips à la pause, et ils s'en étaient goinfrés. Il ouvrit un Coca, vida une bonne partie de la canette, puis émit un rot sonore.

Jonesy éclata de rire.

— Si tu crois que c'est comme ça que tu vas entrer dans les petits papiers de Julie…

— Ah, la ferme ! dit Toby en souriant.

— Alors, à quelle heure elle commence, cette fête ?

— Je sais pas. Vers 20 heures, je crois.

Il baissa les yeux vers sa canette et le liquide qui y pétillait. Il n'avait pas encore avoué à Jonesy qu'il ne pouvait pas l'accompagner. Non qu'il n'ait pas envie de sa compagnie, mais Julie ne l'ayant pas invité à titre personnel, il estimait délicat de l'emmener de sa propre initiative. En réalité, Toby utilisait cet argument pour tenter d'avoir meilleure conscience, mais tout au fond de lui, il craignait de ne pas se fondre dans le décor si Jonesy venait avec lui. Ni de pouvoir se retrouver tête à tête avec Julie. À eux deux, ils seraient immédiatement identifiés comme deux pauvres cons de seconde, alors que tout seul, il avait au moins la possibilité de se réinventer. Évidemment, ces calculs n'étaient pas très glorieux.

— Ça va vraiment être cool. Toi, tu auras Julie, et moi sa copine, dit Jonesy en s'allongeant sur l'herbe, un sourire aux lèvres. J'ai entendu dire qu'elle jetait tout le monde.

— Exact, et tu feras pas exception à la règle. Il faudra d'abord que tu la drogues, mais je suis pas sûr qu'elle pourra te tailler une pipe si elle est inconsciente.

Ils se mirent à rire, et Jonesy le traita de tête de nœud. C'était une super journée, même s'il s'était fait sévèrement remonter les bretelles parce qu'il n'avait pas rendu son devoir d'histoire. Mais il préférait ne pas y penser pour ne pas gâcher le moment présent. Le soleil brillait, et demain, il y avait de bonnes chances pour qu'il bécote Julie McKendrick. Et peut-être même plus que ça… Le soleil était juché haut dans le ciel, tout comme ses espoirs. Il attendrait demain pour annoncer à Jonesy qu'il ne l'accompagnerait pas. Il lui enverrait un SMS et prétendrait que Julie lui avait appris, à la dernière minute, qu'il ne pouvait amener personne.

— Peut-être que le jour est enfin venu où nous aussi on va être cool, dit Jonesy.

Il paraissait si content que Toby eut mauvaise conscience de sa future trahison. C'était son meilleur ami, après tout. Et puis si ça ratait avec Julie, il serait bien content de le trouver ! Peut-être qu'il saurait se tenir... Pourtant, la pensée d'arriver à la fête avec un Jonesy souriant comme un gosse tout excité l'emplissait de honte.

Le ballon de foot, surgi de nulle part, les arracha à leurs rêveries et, pour être plus précis, renversa la canette de Jonesy, éclaboussant de liquide poisseux son visage et son tee-shirt.

— C'est qui le connard qui a fait ça ? s'écria ce dernier en se levant d'un bond.

Il scruta les environs en quête d'un élève de cinquième, car qui d'autre qu'un petit bleu aurait pu commettre un acte aussi crétin ?

Toby se leva à son tour pour ne pas être sali lui aussi par le Coca qui se répandait à présent sur l'herbe, et plissa les yeux face au soleil, tout en considérant le groupe qui s'avançait vers eux. Ils étaient tous immenses...

— Qui est-ce que t'as traité de connard ?

C'était Billy. Billy de terminale ! Toby sentit son cœur fléchir, tandis que Jonesy commençait à se faire tout petit...

— Désolé, Bill, dit-il, je me suis pas rendu compte que...

— Ne m'appelle pas Bill. Personne m'appelle comme ça.

— Allez, viens, Jonesy, marmonna Toby en rassemblant leurs affaires. On...

Sa phrase resta en suspens.

« On se tire », s'apprêtait-il à dire, mais au lieu de quoi, il se figea... Il venait d'apercevoir Julie McKendrick dans la bande de Billy. Julie qui l'observait avec intensité.

— T'as renversé sa canette, mec. Il est trempé. Restons-en là, OK? parvint-il à articuler dans un sursaut de courage.

Il ignorait d'où les mots avaient surgi. Jonesy le scrutait avec de gros yeux incrédules. Certains élèves de terminale étaient déjà des adultes virtuels, mais pas Billy. Lui, il avait beau être d'une taille impressionnante, il n'avait pas beaucoup grandi, dans sa tête. Il avait toujours été teigne, du début de sa scolarité jusqu'à sa fin qui approchait. Et il adorait ce genre de conflits.

— On t'a sonné, toi ?

Toby considéra Billy, puis Julie McKendrick, derrière lui. Est-ce que Billy pouvait gravement le blesser ? se demanda-t-il. Il préférait ne pas connaître la réponse, de la même façon qu'il ne pouvait se résoudre à fuir comme un lâche devant Julie. Et puis surtout il avait chaud et il était contrarié, d'autant qu'à son âge, Billy aurait dû être assez avisé pour ne pas vouloir en découdre avec plus jeune que lui.

— Je te dis juste de ne pas te comporter comme un con, dit Toby en aspirant une grande bouffée d'air. Prends ton ballon et fiche-nous la paix.

Billy émit alors un petit rire surpris, semblable à un jappement provenant des profondeurs de son torse épais ; Jonesy regarda Toby en écarquillant les yeux comme s'il ne le reconnaissait pas.

— Mais putain, t'es qui, toi ? demanda Billy en se rapprochant dangereusement de lui.

— Et si on rentrait ? proposa alors Julie. Il fait bien trop chaud, ici.

Elle se tortillait d'un pied sur l'autre, gênée. Il était évident qu'elle estimait que Toby n'avait aucune chance face à Billy. Et elle avait raison, pensa l'intéressé du fond de sa peur.

— Écoute, je vois pas pourquoi…

Il s'interrompit, haletant, alors que Billy était prêt à foncer sur lui, et tout à coup, comme par miracle, un sifflement retentit.

— Eh, les garçons ! Je ne sais pas ce que vous vous apprêtiez à faire, mais je vous conseille de changer d'avis, déclara M. Mason, le professeur de sport, s'avançant à grands pas. Et débarrassez-moi le gazon de votre déjeuner.

— Viens, Tobes, dit immédiatement Jonesy. Allons-y.

Toby soutint pendant un long moment le regard de Billy et finit par dire :

— Va te faire voir, espèce d'avorton.

Puis il s'efforça de s'éloigner d'un pas calme, alors que ses jambes tremblaient. Julie lui sourit et lui fit un clin d'œil quand il passa devant elle. Ses tremblements redoublèrent.

13

Je dévisse la boule de ma tête de lit et j'en sors prudemment le papier toilette chiffonné afin d'ajouter le comprimé de ce soir à ma collection. Au début, chaque nouveau était une petite victoire, mais maintenant, il y en a tellement que je ne peux m'empêcher de penser que mon temps ici est bientôt terminé. Qui sera le prochain ? Je roule une feuille en boule dans ma main et la glisse dans la tête de lit. J'ai des tâches plus urgentes à accomplir que penser à ma mort imminente qui, pour être honnête, reste encore abstraite pour moi, même dans mes moments le plus noirs. Nous avons tous un peu de « Henry » en nous, moi y compris : « *Je crois qu'il doit y avoir une erreur.* » Et ce sera le cas jusqu'au sanatorium. Ou jusqu'à ce que je ressente une curieuse douleur au fond de moi-même et que je me demande si mon heure n'est pas arrivée ; alors je m'allongerai dans mon bain et me tâterai le corps, le cœur battant, pour procéder à mes vérifications concernant l'apparition de symptômes. Mais la plupart du temps, je me convaincs que ce terrible néant ne me concernera pas. Ni moi ni Clara. Notre place n'est pas ici. Nous allons nous enfuir.

Je la trouve dans la salle de jeux ; aucun de nous n'a faim, ce soir, et nous nous agenouillons sur le canapé pour contempler la pluie qui tombe sans interruption derrière les carreaux. Le manoir nous semble encore plus vaste, depuis que Georgie l'a déserté. Il était devenu une partie de notre routine, et maintenant, il s'en est allé. Clara a les traits tendus, elle est visiblement inquiète. Je ne suis pas habitué à la voir dans cet état.

— Eleanor et toi pourriez venir vous asseoir à notre table, au réfectoire, dis-je. C'est Will qui l'a suggéré. Je pense que c'est une bonne idée.

Mon ton est optimiste, et je le suis. Pour une fois, c'est moi qui ne me tracasse pas. Will a raison. Pourquoi avoir peur et faire comme si rien ne s'était passé ? Pourquoi perdre notre temps à nous ignorer parce que c'est cette attitude que les autres attendent de nous ?

— Et Jake ? demande-t-elle en se mordant la lèvre.

— Il est déjà furieux, un peu plus ou un peu moins, quelle importance ?

Je lui souris et poursuis :

— Pourquoi nous préoccuper de ce qu'il pense ? Il n'est pas notre père ; ce sont nos vies. Pourquoi on devrait être malheureux pour lui faire plaisir ?

— C'est sûrement ma faute, marmonne-t-elle. J'ai dû lui envoyer de mauvais signaux.

— Pourquoi tu dis ça ? (J'ai l'impression qu'on m'enfonce un couteau dans le cœur.) Tu ne l'as jamais embrassé, ou fait quoi que ce soit de compromettant avec lui ?

Je repense parfois à ce rendez-vous dans la salle de jeux, même si je sais que c'est stupide.

— Bien sûr que non ! Mais je savais qu'il m'aimait bien. Je croyais qu'il avait compris que je te préférais, toi.

— S'il n'a pas capté, ce n'est pas ta faute. Et il s'en remettra.

En silence, je souhaite qu'un nouveau van rempli de filles sexy arrive au plus vite pour que Jake puisse effectuer son choix : ce serait plus facile pour lui de tourner la page si d'autres distractions se présentaient. Pour Tom aussi.

— Ça me fait bizarre que les autres soient au courant pour nous, pas toi ? demande-t-elle avec douceur. Tu crois que ça va changer quelque chose pour nous ?

Je sens mon cœur fléchir.

— Pourquoi ? De toute façon, ils ne connaissent que le haut de l'iceberg. Ils ont découvert Georgie, ils savent aussi qu'on se plaît, mais c'est tout.

Je scrute l'obscurité qui nous réserve nos plus tendres moments.

— Tu pourrais être… différent, maintenant que les autres nous observent. Tu seras peut-être gêné. Je sais comment sont les garçons.

Est-ce pour ça qu'elle a l'air si angoissée ? Elle s'inquiète au sujet de mon comportement ? Je braque les yeux sur elle, abasourdi, jusqu'à ce qu'elle finisse par tourner la tête vers moi, ses cheveux de sirène retombant en cascade sur ses épaules.

— Je t'aime, Clara.

Et ces trois mots crépitent en moi, de sorte que le fantôme de Julie McKendrick s'en trouve définitivement estompé. Celle-ci n'a jamais été réelle pour moi ; elle incarnait juste une chimère, un béguin puéril. Je poursuis alors.

— Je n'aimerai jamais quelqu'un aussi fort que toi. Je ne pourrai pas. Et ça ne m'est jamais arrivé *avant* non plus.

— Tu le penses vraiment ? finit-elle par murmurer.

J'acquiesce d'un hochement de tête. Bien sûr que mes paroles sont sincères, même si je me sens un peu bête de les avoir formulées à voix haute.

Au bout d'un moment, elle me sourit et noue ses bras autour de mon cou.

— Alors, c'est parfait. Qu'est-ce que Jake peut faire contre nous ?

« SALOPE ». C'est ce que Jake a écrit en majuscules, au feutre, sur le miroir de la salle de bains des filles, mais Clara ne me l'a pas dit. Eleanor, en revanche, le rapporte à Will et à Louis, lesquels, bien sûr, me le répètent. Ils ont passé une heure à effacer le graffiti afin que les infirmières ne s'aperçoivent de rien. Pourtant, durant les trois jours qui se sont écoulés depuis que Jake a découvert Georgie et vu clair dans notre jeu, on aurait pu croire qu'il se fichait pas mal de Clara et moi. Il continue à rouler des mécaniques, il rit fort et plaisante avec ceux de son dortoir ; il ne jette aucun coup d'œil en direction de notre table, au réfectoire, et ne nous prête pas la moindre attention. Et pourtant, toute la demeure semble crépiter sous l'électricité de sa colère. Il se sent stupide, nous le savons tous, et ce sentiment risque de le rendre dangereux. Je me demande s'il n'a pas menti à Daniel et à Albi au sujet de Clara ; au cas où il se serait vanté de ses exploits avec elle, ils savent maintenant que ce n'est pas vrai. Évidemment, ils ne le confronteront jamais avec ses fables, mais elles flotteront désormais entre eux.

Ça va plutôt bien pour Clara et moi, car nous pouvons compter l'un sur l'autre et nous passons la plupart de nos journées à imaginer à quoi nous allons occuper nos nuits. Cela dit, l'atmosphère qui règne à présent dans le manoir est délétère. Une ligne de division bien nette a été tracée, et pour qui n'est pas dans le camp de Jake, c'est déplaisant. Le dortoir 7 ne laisse plus entrer Tom dans la salle de musique, même s'il a fait le bœuf tous les soirs avec eux jusque-là. Les plus jeunes ne fréquentent presque plus la salle de jeux, par peur de froisser involontairement Jake s'il s'y trouvait, même s'ils n'ont rien à voir avec cette guerre de dortoirs. Louis et Will ont construit leur petit nid dans un dortoir vide, mais il est saccagé chaque fois qu'ils le quittent. Les seuls qui ne soient pas affectés sont ceux qui appartiennent à l'escouade de Dieu, encore que ceux-là ne comptent plus vraiment. Nous-mêmes ne prêtons plus attention à Ashley au moment de nous mettre au lit. Nous le contournons comme s'il n'existait pas et il a renoncé à essayer de se joindre à nous.

Après le déjeuner, Clara veut jouer aux cartes, et la laissant dans son dortoir, je me mets en quête d'en trouver. J'entends de la musique, forte et décalée, en provenance de la pièce dédiée à cet art. Parfait ! Je peux pénétrer en toute sécurité dans la salle de jeux, puisque Jake est derrière l'un des instruments. Depuis trois jours, lui et moi sommes devenus comme des pôles magnétiques opposés. Nous prenons des directions différentes pour nous éviter. Finalement, je préférerais qu'il me mette un coup de poing et ce serait fini. Mais il ne peut pas, car son geste attirerait l'attention de Matrone, et dans la guerre silencieuse que nous nous menons, les règles non énoncées à haute voix seraient alors transgressées.

Visiblement, tout le monde est fasciné par la bande de musiciens : de petits groupes se sont en effet formés autour de la salle de musique. Certains discutent, d'autres lisent ou encore jouent aux échecs. Will et Louis sont assis dans un coin et regardent fixement, l'air affligé, une boîte en carton. Je les observe.

— Qu'est-ce qui se passe ?

— Rien, dit Louis.

Et il se dépêche de refermer le couvercle tandis que Will se plante devant la boîte pour m'en boucher la vue. Mais ils sont trop lents et j'aperçois le rebord d'un échiquier cassé.

— Montre-moi ce que c'est !

— Ça n'a pas d'importance, Toby, vraiment pas.

Le visage torturé de Will souligne son mensonge. Je m'empare de la boîte et regarde ce qu'elle contient. L'échiquier est bel et bien détruit, ainsi que les pièces ; la collection de marrons a été saccagée et des pages du livre de Will arrachées.

— Je n'avais pas envie de le finir, de toute façon, s'empresse-t-il de dire. Eleanor peut me raconter la fin de l'histoire. Et puis on fabriquera un nouvel échiquier, dans la salle d'arts plastiques, n'est-ce pas Louis ? Il y a du carton dans la boîte.

— Oui, et les marrons, j'en avais marre, de toute façon, ajoute ce dernier.

Je n'arrive pas à détourner les yeux de la boîte, je sens la boule frémir au fond de mon estomac. Ma respiration s'accélère...

— Toby, ne fais pas de conneries ! me prévient Will, nerveux. Ça n'en vaut pas la peine.

— Ils sont dans la salle de musique, c'est ça ?

J'ai le visage en feu. Je regarde toujours la boîte. Un jeu d'échecs, un livre, des marrons, autant de trésors importants aux yeux de Louis et de Will. Ils avaient réussi à cacher leurs biens pendant longtemps, espérant que Jake et ses sbires ne la trouveraient pas. Qu'est-ce qui leur a donné le droit de détruire ces trucs-là ? Qu'est-ce que Will et Louis ont fait de si terrible pour qu'ils en viennent à détruire leurs pathétiques possessions, destinées à rendre leurs misérables vies plus supportables ? Pour quoi se prend ce putain de dortoir 7 ?

— Qu'est-ce que tu vas faire, Toby ? me demande Louis.

Ça me vient en un éclair. C'est stupide, puéril, mais brillant.

— Venez, dis-je.

Ils se jettent un coup d'œil, puis haussent les épaules et se mettent debout.

Louis sourit.

— On va leur rendre la pareille ?

— Je ne crois pas qu'on devrait, commence Will en se mordant les ongles.

— Ah ouais ? Tu veux qu'ils continuent à saccager vos affaires ?

— De toute façon, je n'ai plus rien, admet-il d'une voix plaintive. Ils m'ont tout cassé.

La réalité des méfaits commis par le dortoir 7 s'impose inexorablement à moi.

— Allons-y ! dis-je avec détermination.

Je les conduis à notre dortoir afin qu'ils prennent leur mug, et nous allons ensuite les remplir à ras bord dans la salle de bains.

— Qu'est-ce qu'on va faire ? murmure Will.

Pourquoi parle-t-il à voix basse ? Personne ne peut nous entendre.

— Vous allez voir.

Tenant prudemment nos tasses pleines d'eau, nous nous dirigeons vers le dortoir 7. D'ici, on n'entend pas la musique, et la maison semble plongée dans le silence. Mon cœur bat à tout rompre tandis que je mène la marche. J'aurais dû prendre cette initiative il y a très longtemps.

— Attention, idiot ! glousse Louis, derrière moi. Tu renverses de l'eau partout.

— Désolé, chuchote Will. Mais j'ai l'impression d'avoir des aiguilles dans les jambes.

— Vite, dis-je.

Et j'ouvre la porte.

Les quatre lits sont bien faits et le dortoir est parfaitement rangé, comme Matrone l'apprécie. Nous menons tous une double vie : dans l'une de nos existences, nous nous efforçons de demeurer invisibles aux yeux de cette dernière, et dans l'autre, chacun tente de s'affirmer. Depuis l'incident provoqué par Henry, même Jake a arrêté de jouer au malin devant Matrone.

Je repousse les couvertures de Jake et son drap de dessus, et je verse tranquillement l'eau de mon mug au beau milieu du matelas. Un petit cri échappe alors à Will.

— Merde alors ! commente Louis, le souffle court.

— Faites les autres lits, dis-je. Vite. Puis remettez le tout bien en ordre.

Je suis déjà en train de tirer le drap de dessus de Jake, de glisser le côté sous le matelas ainsi qu'on nous l'a appris, tout en poursuivant.

— Ils ne s'en rendront pas compte avant d'aller au lit, et alors, qu'est-ce qu'ils pourront faire après ? Se plaindre ?

Non, je suis certain que non. Ils devront supporter l'humidité jusqu'à la prochaine lessive. Néanmoins, il faudra que Clara et moi soyons prudents, cette nuit. Je ne sais pas si les comprimés sont d'une efficacité à toute épreuve : il se peut que le dortoir 7 soit agité.

— Oh, ils vont nous haïr ! déclare Louis en éclatant de rire.

Une fois redescendus, nous nous sentons bien mieux ; nous n'arrêtons pas de ricaner et de commenter nos exploits en chuchotant. Quand nous passons devant la salle de musique, le sourire de Will s'agrandit tellement que j'ai l'impression que son visage va se fendre en deux.

— Le dortoir 4 a repris la main, commente-t-il.

Décidément, on se croirait revenus à l'école !

— Essayez de vous comporter normalement, dis-je. Il ne faut pas qu'ils soupçonnent quoi que ce soit avant d'aller au lit.

— Ils vont être dégoûtés, rétorque Louis qui ne peut plus tenir en place.

Je ne crois pas qu'il ait déjà joué un tour aussi pendable à qui que ce soit, lui l'écolier si sérieux et studieux. Il ne devait pas y avoir beaucoup de garçons comme Jake, dans l'*avant* de Louis.

— Ça, c'est sûr, mais on s'en occupera plus tard.

— Je suis pas inquiet, dit Will en gonflant le torse. Ça en vaut la peine.

Je lui souris, remonté par leur enthousiasme.

— Ouais, t'as raison.

Jake le méritait, il n'aurait pas dû détruire les affaires de Louis et de Will.

Louis et Will se rendent dans la salle d'arts plastiques où Ashley et Harriet sont en train de confectionner une affiche que seuls les nouveaux convertis liront avec enthousiasme ; ils se mettent en quête de matériau pour fabriquer un nouvel échiquier. Je rejoins de mon côté la salle de jeux pour dénicher un jeu de cartes. Lorsque je remonte, je trouve Clara endormie sur son lit. Je la contemple pendant quelques instants, surpris du contentement que me procure le spectacle, puis je regagne mon dortoir. Moi aussi, une sieste me sera profitable. Mon lit est sec et chaud. J'ai hâte de raconter nos exploits à Clara.

Les garçons du dortoir 7 dorment toute la nuit, mais lorsque Clara et moi, pleurant littéralement de rire, regardons par le trou de la serrure, nous remarquons qu'ils sont recroquevillés sur leurs couvertures, les bras autour des genoux pour essayer de retenir la chaleur qui se dégage de leur corps. Le gros derrière de Daniel dépasse à moitié de son pantalon de pyjama.

— J'aimerais trouver une fleur et la planter entre ses fesses, murmure Clara.

Pour un peu, j'aurais presque pitié d'eux, et puis je me rappelle les pièces cassées de l'échiquier, la tristesse de Will, et l'insulte que Jake a écrite sur le miroir, à l'intention de Clara. Joe est sans doute puni bien injustement, mais si on avait laissé son lit intact, Jake l'aurait décrété sien. De toute façon, ça ne va pas le tuer. Il peut toujours prier son dieu pour qu'il le réchauffe. Nous les laissons à leur dortoir, glacés et sans couverture, et nous nous tournons vers la nuit qui nous tend les bras.

Au petit déjeuner, ils pénètrent dans le réfectoire en lançant des regards noirs dans notre direction. Nous faisons mine de ne rien remarquer, mais Will et Louis ne peuvent s'empêcher de glousser.

— Qu'est-ce qui se passe ? demande Tom en fronçant les sourcils.

— Jake a démoli nos affaires et on s'est vengés, répond Will avant que j'aie le temps d'intervenir.

Il se rengorge, et avec Louis ils me regardent avec respect et admiration, comme si j'étais un héros qui a cloué le bec au fameux Jake du dortoir 7.

— En fait, c'est rien, intervient Clara. Rien de dommageable.

— Et pourquoi personne ne m'en a parlé ? questionne Tom d'un air mécontent.

— On l'a fait sans réfléchir, dis-je en me levant pour aller au buffet chercher des toasts.

Jake le voit et m'imite. Je sens que tout le monde nous regarde. J'ai les nerfs en pelote, mais je suis prêt à l'affronter. De toute façon, il va y avoir une explication, inutile de la reporter plus longtemps. Je suis encore tout exalté par nos exploits de la veille, mais je n'ai pas pour autant l'impression d'être invincible, comme Will et Louis. Je sais que les représailles vont suivre, et si quelqu'un doit les subir, ce sera moi.

— Tu dois te dire que c'est trop drôle, m'assène Jake, mâchoires serrées, en me frôlant presque.

Je prends deux toasts. Ils sont froids et un peu mous, mais je m'en fiche. Ashley se trouve lui aussi tout près de moi, il est en train de se servir des œufs brouillés. Il doit nous entendre, mais il fait mine d'être concentré sur la nourriture.

— Ouais.

Et je lui adresse un sourire suffisant en m'assurant que tout le monde me voie, afin de montrer que Jake ne m'impressionne pas. Ce n'est pas tout à fait vrai, mais ça, les autres n'ont pas besoin de le savoir. De toute façon, il y a des infirmières et il ne peut pas me toucher pour l'instant.

— Clara et moi on a rien fait de mal. Et quoi qu'il en soit, Will et Louis n'avaient pas à être mêlés à cette affaire. Faut t'en remettre, mon vieux.

Une petite partie de moi espère qu'il va avoir un sursaut de raison.

— Je te conseille de fermer ta gueule, réplique-t-il entre ses dents. Rendez-vous dans la salle de jeux après le déjeuner. Pas de marques sur le visage.

Donc, on va se battre.

— Faut que je vérifie mon agenda, au cas où j'aurais un rendez-vous. Tu sais, maintenant que j'ai une copine… Enfin, tu vois.

Je lui adresse un clin d'œil et je vois ses doigts se crisper sur son assiette. Je ne devrais pas le provoquer davantage ; même dans un combat équitable, je n'ai aucune chance de l'emporter contre lui, d'autant que j'ai la sensation qu'il ne va pas la jouer à la loyale.

— C'est pas pour elle, déclare-t-il.

Et je le crois. Ce n'est plus Clara le sujet, c'est tout ce que nous avons refoulé depuis notre arrivée : la colère, la frustration, la peur. Pour la première fois de ma vie, j'ai l'impression qu'une bagarre va me libérer, même si j'ai bien conscience que je vais perdre.

— J'y serai, dis-je alors d'un ton décontracté tout en regagnant ma table. Je voudrais manquer ça pour rien au monde.

Même l'escouade de Dieu a observé notre échange, et Ashley me suit du regard jusqu'à ce que je me sois rassis.

La matinée s'écoule lentement. J'oscille entre un excès de confiance et de la perplexité pour la galère dans laquelle je viens de me mettre. J'ai l'impression de me retrouver sur l'herbe, avec Billy de la classe de terminale, mais cette fois, aucun van ne viendra me chercher pour me tirer de ce mauvais pas. Je passe la plus grande partie du cours à regarder par la fenêtre, mais les profs n'y prêtent pas attention. Pour une raison que j'ignore, ils sont tous de bonne humeur, c'est-à-dire qu'ils arrivent à sourire et qu'ils ont l'air aussi distraits que moi. Tom m'envoie un mot pour m'indiquer que je peux compter sur son soutien. Cela me fait du bien, car j'imagine qu'il m'a un peu pardonné pour Clara.

Soudain, je me demande si Jake ne va pas finalement me poignarder. Allons, je ne dois pas dramatiser ! Il va juste me bourrer de coups, et laissera sans doute Albi et le gros Daniel participer, pour se venger. Quel que soit le scénario que j'échafaude, je n'en sors pas vainqueur. Au mieux, j'aurai quelques côtes cassées, au pire, je risque de me retrouver avec le foie transpercé par du verre ou je ne sais quoi, à me vider de mon sang sur le sol de la salle de jeux…

Ma plus grande crainte, c'est de me mettre à pleurer. Je n'ai aucune idée de la douleur que l'on ressent quand on est frappé. La dernière fois que je me suis bagarré, j'avais douze ans, et il s'agissait alors plus de se pousser, de s'agiter dans tous les sens et de se donner une claque ou deux. Jake, lui, a fréquenté une maison de redressement. Il doit être un fichu expert en matière de souffrance.

Je repense à l'échiquier, au livre et aux marrons, et je me demande comment ces putains de choses insignifiantes m'ont valu tant d'ennuis. Et puis je m'inquiète sur un autre point précis : le fait d'être frappé à répétition dans le ventre – car je me doute bien que je ne vais pas rester debout bien longtemps – ne va-t-il pas stimuler ma Déficience ? La boule noire dans mon estomac se contracte violemment… Du cran ! Je ne peux plus faire machine arrière sous peine de ne plus jamais être en mesure de regarder Clara, Will ou Louis en face ! Ou même ce fichu Ashley, d'ailleurs.

J'ai les mains moites jusqu'à l'heure du déjeuner. J'essaie de rester calme et décontracté, mais au fur et à mesure que la matinée s'écoule, je sens ma nervosité augmenter et je ne suis pas bien du tout. J'ai toujours été le joyeux luron de la fête, pas celui qui tombe les filles et provoque des bagarres. Et même quand j'ai cru que ma chance avait tourné et que j'allais pouvoir draguer Julie McKendrick à la fête, j'ai échoué, à la place, dans cette prison pour Déficients.

Je tente de me raisonner et de me convaincre que je pourrai tout de même assener un coup ou deux à Jake. Mais il ne faut surtout pas que je pleure. Je parviens à donner le change pendant le déjeuner, même si je repousse ma nourriture vers le rebord de mon assiette au lieu de la manger. Vomir ferait presque aussi mauvais effet que pleurer, encore que si je dégobillais au visage de Jake, ça mettrait rapidement un terme à la bagarre.

— Tu n'es pas obligé de te battre, tu sais, me murmure Clara. C'est stupide, de se taper dessus.

Je vois bien qu'elle est inquiète. Elle n'arrête pas de jeter des coups d'œil vers la table du dortoir 7, où Jake mange normalement et où Daniel n'arrête pas de se retourner sur sa chaise et de ricaner en me regardant. Ses yeux brillent de plaisir et j'ai envie de me lever pour lui assener un bon coup de poing. Daniel n'est pas Jake, et ne le sera jamais.

— Parfois, il vaut mieux laisser tomber. Qu'est-ce qu'on en a à faire, de Jake ? argue-t-elle.

J'ai envie de lui dire que ce n'est même pas de Jake qu'il s'agit. J'ai eu comme un déclic : je comprends désormais ce que c'est d'être dans sa peau, entouré d'une cour qui attend toujours des exploits de vous.

Non, il ne s'agit pas de Jake, mais de Tom, de Louis, de Will. Je ne peux pas les décevoir. Que se passerait-il si ces deux derniers perdaient foi en moi ? Il se peut que Clara se moque effectivement que je me dégonfle ; cependant, je n'en serais jamais certain. Nous ne *l'*avons pas encore fait, mais si nous en venons à cette ultime intimité, je serai déjà assez terrifié par l'idée de ne pas être à la hauteur pour ne pas, en plus, me demander si elle ne me prend pas pour un lâche. Et pourquoi aurait-elle envie de s'enfuir avec un garçon qui n'est pas capable de se défendre ? Ou de la protéger ? Oui, la perspective de me bagarrer avec Jake me rend malade, mais je le suis encore plus à la pensée de *ne pas* l'affronter.

Pourtant, au moment où je sors du réfectoire, tout va de travers.

— Toby ? Louis ?

Matrone nous attend dans le vestibule. Clara et Eleanor sont déjà parties, et Will et Tom n'ont pas terminé de manger. Nous nous figeons, sous le choc. Elle a le visage terne et lisse, et ses yeux nous scrutent, dénués de la moindre expression. Il doit falloir sacrément s'entraîner pour avoir l'air si peu réel ! Louis et moi nous regardons, et je sens ma propre peur se refléter sur son visage pâle. En un instant, Jake n'existe plus.

— Dans mon bureau, s'il vous plaît ! ordonne-t-elle.

Elle ouvre la porte et nous entrons. Mon pouls bat à tout rompre. Je n'ai jamais été aussi terrifié que lorsque je l'ai entendue prononcer mon nom tout haut. Louis se tient tout près de moi, comme collé à moi. De ses doigts, il effleure les miens, et l'espace d'un moment affreux, je crains qu'il ne prenne ma main dans la sienne. Allons, finalement, ce ne serait peut-être pas aussi terrible... Bon, que veut Matrone ? Sait-elle que je ne dors pas la nuit ? Mais dans ces conditions, pourquoi aurait-elle convoqué Louis, et non Clara ?

La porte se referme et je déglutis avec la plus grande difficulté. La lumière me semble très forte, et mes oreilles bourdonnent. L'infirmière, celle qui nous avait parlé, nous attend dans le bureau, une seringue à la main. Je pense tout de suite au sanatorium. Est-ce là qu'elles vont nous emmener ?

— Il n'y a pas lieu de s'inquiéter, nous dit immédiatement cette dernière.

— C'est moi qui vais leur parler, déclare Matrone d'une voix calme et vide.

L'infirmière baisse les yeux.

— Nous devons refaire vos prélèvements, poursuit Matrone. Relevez vos manches, s'il vous plaît.

Je me mets en mode automatique et j'obéis, les doigts malhabiles. Mon cœur cogne comme un fou dans ma poitrine. « *Il n'y a pas lieu de s'inquiéter.* » C'est ce que l'infirmière a dit. Peut-être n'ont-ils pas pu bien interpréter les données ? Je cherche dans mes souvenirs, mais je ne me souviens de personne, à l'école, qui ait dû refaire un test sanguin. Peut-être le matériel d'ici n'est-il pas très sophistiqué. À côté de moi, Louis renifle et je le vois trembler.

— C'est bon, lui dis-je à voix basse. C'est déjà arrivé une fois à des enfants de mon école.

Je lui souris et m'efforce de me détendre en poursuivant.

— Heureusement que ce n'est pas arrivé à Will ! Nous au moins, on n'a pas peur des aiguilles.

Il me regarde comme si je détenais toutes les réponses. Il veut croire en mes mensonges. Et moi aussi !

— Tu préfères passer en premier ?

Il hoche la tête, et quelques secondes plus tard, l'infirmière tapote l'intérieur de son bras pâle pour trouver une veine.

Matrone s'est assise derrière son large bureau en bois et s'est plongée dans ses papiers, comme si nous n'existions pas. C'est une pièce très curieuse. Elle est démodée, comme le reste de la maison, mais bien plus meublée que ce que nous sommes habitués à voir, à présent. Derrière nous, il y a un sofa et une petite table où sont disposés une théière, des mugs, un bol de sucre et un pot à lait. Deux peintures de paysage sont accrochées aux murs, au-dessus d'une vieille photocopieuse. Je ne vois aucun ordinateur ni téléphone.

Le bureau, recouvert de piles de documents, domine la pièce ; en face, se trouve un tableau d'affichage avec plusieurs plannings, mais d'où je suis, je ne peux pas lire à quoi ils correspondent. À côté, il y a un petit casier où sont suspendues de nombreuses clés. J'entends soudain ma propre respiration, et le crissement du stylo de Matrone sur le papier ; je me rends alors compte que cette pièce représente le centre de la maison. Tout ce qui est important est conservé ici.

— Ton bras, dit gentiment l'infirmière.

Ma peur me ramène au prélèvement sanguin, mais une partie de mon esprit est obsédée par les projets que Clara et moi fomentons. Je parie que la date de la prochaine livraison se trouve sur ce mur. Je tressaille lorsque l'aiguille pénètre ma veine, puis je regarde mon sang s'écouler. Un nouveau prélèvement. La boule dans mon estomac s'embrase et j'ai la tête qui tourne. Ma peau est toute moite. En dépit de ce que j'ai affirmé à Louis, je ne peux m'empêcher de penser que ce test signifie que notre temps sur cette terre est bientôt écoulé.

Si Clara et moi voulons nous enfuir, il va falloir agir sans tarder.

Après le prélèvement, nous nous attardons dans le vestibule et nous voyons l'infirmière se diriger vers l'ascenseur avec nos échantillons. J'imagine qu'elle va les porter au dernier étage, c'est-à-dire au sanatorium. Non, pas ça… Mon esprit refuse de pénétrer ce territoire-là. Je préfère penser au bateau, réfléchir à la façon dont je pourrais m'introduire dans le bureau de Matrone et trouver la date de la prochaine livraison, afin que Clara et moi fichions le camp de cette île merdique.

— Je crois pas qu'il faille le dire aux autres, dis-je calmement à Louis. C'est juste un nouveau prélèvement, ça veut rien dire, mais tu sais comment sont les gens. S'ils l'apprennent, ils vont forcément cogiter. Alors, comme personne n'a entendu Matrone nous appeler, c'est inutile de leur raconter.

Louis acquiesce d'un hochement de tête, le regard de nouveau légèrement assombri par la peur. Il comprend tout à fait ce que je veux dire. Il sait de quelle façon nous regardons les enfants malades : avec curiosité, dans l'expectative, d'un air de triomphe. Il n'a pas envie qu'on le considère ainsi et moi non plus. Mon cœur bat très fort, comme si le temps s'était accéléré à l'intérieur de moi-même. Je respire profondément. Je veux qu'il ralentisse, je ne suis pas encore prêt. D'ailleurs, peut-on jamais l'être ? Je suis soudain très effrayé, et simultanément, très en colère. Ce n'est pas juste. Rien de tout ça ne l'est.

Jake m'attend dans la salle de jeux.

Je traverse le couloir et vois un petit groupe d'enfants agités, rassemblés devant la porte.

— Il ne veut pas nous laisser entrer, Toby, dit Will, tout excité. Il est à l'intérieur avec Albi.

Je suis surpris que Jake ne désire pas un public, mais peut-être craint-il les commentaires, entre deux coups de poing. Il a assez perdu la face avec Clara, même si m'obliger à l'affronter ne va pas donner aux autres l'impression qu'il s'en fiche éperdument.

— Tom vient avec moi, dis-je.

Ce dernier obtempère sans argumenter. Will et Louis ne sont pas des soutiens fiables. Daniel est appuyé contre le mur, pas loin de la porte, sourcils froncés, et de toute évidence contrarié d'être écarté du champ d'action. Je suis désolé pour lui, mais il faut qu'il comprenne qu'il ne sera jamais populaire, et peut-être qu'alors il arrêtera d'être si pénible.

— Ça va ? me demande Clara en me prenant la main.

— Oui, très bien, dis-je.

En réalité, je bous à l'intérieur, même si toutes les peurs liées aux violences que Jake peut m'infliger se sont évaporées dans le bureau de Matrone.

— Surveille bien Daniel. Je ne veux pas qu'il provoque Will ou Louis.

Elle acquiesce d'un hochement de tête. Puis elle me sourit et, s'avançant vers moi, m'embrasse. Elle glisse sa langue dans ma bouche sous le regard de tous ! Will glousse, Louis essaie de siffler tandis qu'Eleanor rougit.

— Espèce de salope ! glapit Daniel.

— Gros porc ! rétorque Will.

Je me mets à rire. Tout est si soudain et inattendu : Will n'est plus un petit garçon effrayé. Daniel le foudroie du regard, se demandant visiblement si ça vaut la peine de le frapper, étant donné qu'il est présentement minoritaire. De toute façon, en dépit de ses remarques désobligeantes et sarcastiques, je suis persuadé qu'il était bien plus harcelé *avant* que la plupart d'entre nous. Il avait sans doute davantage l'habitude de s'enfuir que d'affronter son adversaire.

Je suis prêt. Je veux en finir. Je pousse la porte et entre. Les chaises et les tables ont été rangées sur les côtés pour dégager un espace, au centre de la pièce. Albi est juché sur une pile de chaises, dans un coin, affairé à fermer les rideaux. La précaution me semble un peu superflue : je n'ai jamais vu les infirmières ou les profs sortir dans le jardin, et c'est encore plus improbable par un temps de chien comme aujourd'hui.

Du coin de l'œil, je vois Tom chercher un bon poste d'observation, mais je regarde surtout Jake, qui me semble occuper une bonne partie de la salle. Il a les mâchoires serrées et tout son corps est tendu, il est prêt à passer à l'action.

— Tu te rappelles, pas de marque sur le vis…

Je ne lui laisse pas le temps d'achever sa phrase. La rage et la terreur qui grondent dans mon estomac s'élancent dans mes poings et je me jette sur lui en hurlant pour lui assener un coup en plein visage. Rien à foutre de la règle qui consisterait à ne pas laisser de marques sur la figure. Rien à foutre de toutes les règles.

Il chancelle et plaque la main sur sa bouche en sang, tandis qu'il ouvre de grands yeux surpris. J'ai le poing meurtri.

— Qu'est-ce qui te prend, putain ? J'avais dit…

Mais de nouveau je me précipite sur lui et le bourre de coups. Il s'écroule à terre et je le recouvre de tout mon poids. Il souffle comme un bœuf et nous roulons tous les deux sur le sol. J'ai l'impression que toute la pièce tangue ; Jake est plus grand et plus fort que moi, mais il n'est pas aussi en colère, du moins pas pour l'instant. Je lui maintiens la tête en arrière en lui relevant le menton avec le poing et en grognant comme un animal.

J'aperçois Tom et Albi, l'un à côté de l'autre à présent ; ils nous regardent d'un air choqué. J'ai soudain très mal au cuir chevelu, car Jake vient de m'empoigner par les cheveux. Je lâche immédiatement son visage pour lui rendre la pareille. Cette bagarre est minable, nous sommes bien trop remplis d'émotions refoulées pour réfléchir.

— Mais de quoi t'as si peur, putain ? dis-je entre mes dents tandis que nous continuons à nous battre, à nous donner des coups de poing et de pied ratés.

J'ai les mâchoires si serrées que mes dents pourraient se briser. Je lui décoche un coup peu convaincant dans le ventre, tandis qu'il m'envoie son pied tout près de l'entrejambe.

— T'es complètement dingue ou quoi ? réplique-t-il en se tortillant pour se dégager de mon étreinte.

Sa coupure à la lèvre n'a pas l'air si grave que ça, mais celle-ci commence déjà à gonfler, et l'effort le fait saigner comme un bœuf ; le sang coule sur son tee-shirt et sur moi, cependant qu'il m'insulte. Je lui hurle au visage :

— C'est quoi ton problème, bordel ?

Nous nous battons depuis quelques minutes à peine et pourtant il respire bruyamment, et moi aussi, mes vêtements me collent à la peau à cause de la sueur. Ce n'est pas comme au cinéma, nous sommes déjà épuisés.

Nous nous regardons fixement tandis que nous tentons de reprendre notre souffle. Mes bras tremblent et me font mal. Je sens que je suis en train de me calmer, ma colère est comme consumée, à présent. Pourtant, dès que Jake se sera remis du choc, il m'assènera un coup qui m'enverra au sol ; maintenant que j'ai enfreint les règles, rien ne le retiendra plus. Mais je suis fatigué et je n'ai plus envie de me battre.

Je me remets péniblement debout et Jake m'imite.

— Je suis désolé pour Clara et Georgie, dis-je. Je suis désolé que t'aies cru qu'on voulait te faire passer pour un con. C'était pas le but.

— Tu sais pas ce que je pense, dit-il pour faire le malin.

Je hausse les épaules.

— Peu importe. Tu n'aurais pas dû t'en prendre à Will et Louis. C'était vraiment dégueulasse. T'avais mérité notre vengeance, d'autant que des draps, ça sèche. Leurs affaires, en revanche, sont détruites. Tu vois, t'as gagné.

Je fais une pause pour reprendre ma respiration et m'adosse contre une table avant de reprendre.

— Si on faisait la paix ? Avant que la situation nous échappe.

Mes poumons me font mal quand je m'exprime, et tous les muscles de mon corps crient de douleur. Cette foutue bagarre était impitoyable.

Jake me considère, tandis qu'Albi et Tom nous regardent tour à tour.

— Il a peut-être raison, mec, intervient calmement Albi. Ça pourrait déraper si vous continuez.

Il n'a pas besoin de développer. La menace invisible de Matrone plane au-dessus de nos têtes comme une épée de Damoclès.

— Évite de croiser mon chemin, finit par maugréer Jake.

Je hoche la tête, et mes épaules s'affaissent à mesure que la tension régresse. Je pivote sur mes talons et me dirige vers la sortie.

— Eh ! Toby…

Je me retourne… et Jake m'applique son poing en plein visage. Pendant une bonne minute, je ne ressens rien du tout, juste un frissonnement intense qui parcourt ma colonne vertébrale et va mourir au bout de mes orteils. Puis ma vision se brouille et j'ai l'impression qu'un ciel de nuit se met à tourner au-dessus de ma tête, constellé d'étoiles colorées. Je vacille et trébuche contre la table où se trouve le tourne-disque. J'y prends appui et j'attends que le monde redevienne droit.

— Putain ! dis-je, la bouche pâteuse, le visage engourdi.

— Maintenant, on peut faire la paix, décrète Jake.

Il fait un signe du menton à Albi et tous deux se dirigent vers la porte. J'ai toujours la tête qui tourne mais je m'efforce moi aussi de regagner la sortie. Si Tom et moi restons à l'intérieur, cela donnera l'impression que je suis le perdant. Je sors donc *aux côtés* de Jake.

14

La nuit est belle et claire, mais aussi terriblement froide, si bien que nous emportons nos couvertures pour faire le mur. J'ai mis deux paires de chaussettes et Clara porte des leggings sous son jean ; malgré tout, l'air est si glacé qu'il nous fait haleter. Si nous nous pelotons cette nuit, ce ne sera pas avant d'avoir réintégré le manoir, et bien que j'y pense beaucoup, je peux tout à fait attendre. Après la nouvelle séance de prélèvement, j'ai juste envie de laisser la demeure derrière moi et de me sentir libre… D'une certaine façon, le fait que mon visage m'élance terriblement m'est égal, car ça prouve au moins que je suis en vie. Je suis déterminé à ne pas replonger dans la frayeur permanente après ce test sanguin. Ce n'est peut-être rien du tout ; en tout cas, rien qui nécessite qu'on se tracasse. D'ailleurs, c'est ce que l'infirmière a affirmé. Et quand bien même ce seraient des foutaises, j'ai envie de m'y accrocher ! Pour l'instant, je suis apaisé ; c'est toujours le cas quand je suis en compagnie de Clara. C'est comme si elle se trouvait à l'intérieur d'une bulle où rien ne pouvait l'atteindre et qu'elle m'invitait à la partager.

Les couvertures nous ralentissent un peu dans notre marche, mais une fois que nous sommes sur la grève, nous nous mettons à courir jusqu'à la grotte et nous rions en pénétrant à l'intérieur, heureux d'avoir échappé à la brise cinglante de la mer, à laquelle se mêlent des échardes de glace.

— La vache, j'ai jamais connu un froid pareil ! s'exclame-t-elle alors que nous nous asseyons sur les pierres qui sont devenues notre banquette. Ça rend timbré.

Elle a raison. La pluie n'est pas inhabituelle, mais je ne me rappelle pas avoir connu un froid si intense. Ce n'est pas un temps anglais, en tout cas pas d'aujourd'hui, pas de notre époque.

Nous sortons la nourriture de nos poches avant de nous enrouler dans nos couvertures. À vrai dire, avec ou sans, je ne perçois pas vraiment la différence, mais elles procurent une sensation de confort, même si mes oreilles me brûlent. Clara commente la bagarre, me confie que les autres ont déclaré que j'avais eu du cran d'affronter Jake, mais je ne l'écoute qu'à moitié. Ce que j'aime, en réalité, c'est l'entendre parler, avec en arrière-fond le bruissement régulier de la mer ; sa voix semble alors flotter au-dessus comme une mélopée enchanteresse.

— J'arrive toujours pas à croire que tu lui aies donné un coup de poing en plein visage, dit-elle en posant la petite bougie derrière une pierre pour la protéger des courants d'air. J'aurais aimé voir ça.

— J'ai calculé que l'attaque était la seule façon de m'en sortir.

Je suis heureux qu'elle soit impressionnée. De fait, tout le monde dans la demeure me regarde de façon légèrement différente, depuis la bagarre. J'ai tenu tête à Jake. OK, c'est toujours lui qui mène la barque, mais ce n'est plus comme avant. Par chance, les seules personnes qui semblent se contreficher de nos blessures, ce sont les infirmières. Après tout, que l'on meurt de ça ou d'autre chose… Nous nous sommes battus et nous avons réglé nos comptes.

Pourquoi nous chercher des ennuis pour ça ? Du moins, j'espère que c'est bien leur raisonnement. À moins qu'elles ne sachent que mon sang est complètement foutu, et que ça ne vaut pas la peine de me punir. Peut-être, peut-être…

— Je savais qu'il ne te battrait pas à plates coutures. J'étais sûre que tu t'en sortirais.

— J'espère juste que l'affaire est réglée, maintenant. C'était horrible, ces derniers jours.

— Ton œil, ça va ?

Je hausse les épaules.

— Il est sensible. Je n'y vois toujours pas très bien. J'imagine que j'ai l'air d'un professionnel de la bagarre.

Elle m'attire à elle et couvre de baisers mon visage meurtri. Et même si ses lèvres sont douces, je tressaille légèrement.

— Je trouve que c'est très sexy, dit-elle en riant avant de se blottir contre moi.

J'aime quand elle me susurre des mots doux, et je glisse la main sous sa couverture pour l'enlacer par la taille. Même si je suis glacé, la toucher me réconforte. Je ne peux pas m'en empêcher. Je me demande comment font les filles pour ne pas être obsédées par le sexe. Par quel miracle arrivent-elles à se contrôler ?

— Combien de nuits encore avant l'arrivée du bateau, selon toi ? me demande-t-elle. J'ai hâte d'être dans un endroit plus chaud. Je veux être une sirène des océans tropicaux, pas des mers polaires.

— Ça devrait plus être long, maintenant. Il faudra qu'on teste le petit bateau, une nuit, quand il fera moins froid. Pour être sûrs qu'il pourra nous transporter tous les deux sans problème.

J'ai envie de lui raconter ce que j'ai vu dans le bureau de Matrone et comment j'envisage de me procurer les informations relatives à la prochaine arrivée du bateau, mais je n'en fais rien : ce serait lui avouer le nouveau prélèvement sanguin ou bien lui mentir sur les raisons de ma présence dans le bureau, et je ne souhaite ni l'un ni l'autre. Si je lui raconte, elle s'inquiétera, et du même coup, moi aussi. Je désire que les choses restent telles qu'elles sont. Je n'ai pas envie qu'elle se mette à me scruter, à l'affût de l'apparition de symptômes. Je veux juste qu'elle pense que je suis à la fois cool et brûlant de désir pour elle.

Nous venons juste de finir nos sandwichs quand, soudain, Clara redresse légèrement les épaules.

— Qu'est-ce qu'il y a ? dis-je, nerveux.

A-t-elle entendu quelque chose ? Y a-t-il quelqu'un sur la plage ?

Sans dire un mot, elle laisse tomber par terre le papier alu dans lequel était enveloppé son sandwich, puis elle bondit sur ses pieds et avance jusqu'à l'entrée de la grotte.

— Qu'est-ce que c'est ?

Comme j'ignore de quoi elle parle, je vais la rejoindre, les jambes aussi raides que froides.

— Regarde, souffle-t-elle. Le ciel.

Et c'est alors que je vois ce qui l'intrigue. Barrant l'horizon, juste au-dessus de la mer, une bande verte crépite comme un feu dans le ciel obscur. C'est clair, presque lumineux à certains endroits, tel un ruban de flammes qui lèchent l'obscurité et ourlent le rebord de la terre, des sillages s'en détachant pour remonter vers le dôme de la nuit.

En silence, nous nous étreignons les mains et sortons de notre tanière pour nous diriger vers le bord de l'eau.

— C'est beau.

Mon murmure est happé par le bruissement des vagues, mais peu importe. Elle sait que c'est beau. D'ailleurs, c'est tellement magnifique que mon cœur se serre d'émotion.

Nous inclinons la tête en arrière, sans plus prêter attention au froid. La couverture rugueuse me frotte alors le cou, et c'est une sensation bien trop matérielle pour un spectacle si éthéré.

Combien de temps restons-nous immobiles à contempler l'horizon, mains dans la main, yeux et bouches grands ouverts ? Je l'ignore. Une seconde écharpe de vert se forme soudain au-dessus de la première, et des éclats de violet, brillants et incandescents, s'en échappent alors, comme de l'encre qui s'écoulerait des confins de l'univers. Des étoiles apparaissent ici et là parmi le badigeon de couleurs. Une bonne demi-heure doit être passée avant que nous nous regardions enfin, tant nous sommes captivés par le prodige qui se joue devant nous.

— C'est magique, dit Clara.

Et ça l'est. Tout le mystère et la beauté de la terre se manifestent pour nous seuls. Je lui serre la main plus étroitement. Les couleurs commencent à diminuer, à se fondre dans la nuit ordinaire. Le spectacle va s'achever. Ravi, je savoure les dernières étincelles de vert qui disparaissent peu à peu jusqu'à ce que nous nous retrouvions dans l'obscurité, percée uniquement par la lumière des étoiles qui se reflètent sur la mer sombre et la font scintiller.

— Comment on peut avoir peur quand on voit à quel point le monde est génial ? dit doucement Clara, les yeux toujours rivés au ciel. La nature est parfaite, pourquoi s'angoisser ?

C'est seulement à cet instant, quand je vois la tristesse qui imprègne son visage, que je me rends compte que Clara connaît elle aussi des moments d'effroi, et qu'une bonne partie de la joie de vivre qui l'anime contrebalance sa propre panique face à la mort. Peut-être qu'elle ne se complaît pas autant que moi dans la terreur, mais ce sentiment existe bien en elle, quelque part sous la surface.

— C'était une teuf de sirène, dis-je.

— Pardon ?

Elle darde ses yeux lumineux sur moi, d'où toute ombre semble s'être dissipée aussi vite que venue.

— Quelque part sous l'eau, des sirènes sont en train de célébrer un joyeux événement, expliqué-je. C'est pour cela que le ciel s'est transformé en feu d'artifice magique pour sirènes.

Elle sourit. Visiblement, mon histoire lui plaît.

— Je suis carrément glacé, dis-je en essayant de bouger les pieds, qui me semblent deux blocs de glace dans mes baskets.

J'ai l'impression que mes chaussettes sont toutes mouillées, et de fait, les vaguelettes viennent mourir sur nos chaussures. Le jour va bientôt se lever.

— Moi aussi. Il est temps de rentrer.

Nous allons chercher la bougie dans la grotte et nous nous mettons en route, tout en nous tenant par la main, de sorte que les couvertures nous font parfois trébucher et rire. À un moment donné, sa tête heurte la mienne et je grimace.

— Je crois que la magie des sirènes t'a touché au visage, dit-elle. Tes yeux ont pris les mêmes couleurs.

Ce n'est qu'une fois que nous sommes dans la demeure, en haut des marches, qu'elle se retourne vers moi et me considère un long moment avant de déclarer :

— C'était vraiment un moment spécial. Hein ?

Je hoche la tête. Je ne suis pas très doué pour commenter ce genre de choses, mais je vois ce qu'elle veut dire.

— Tout est si spécial, ajoute-t-elle. Il ne faut pas qu'on l'oublie.

Elle se hisse sur la pointe des pieds et m'embrasse. Je me demande alors si ça veut dire que nous allons *le* faire bientôt. Je sais que je ne devrais pas encore penser à ça après le spectacle poétique auquel nous avons assisté sur la plage, je sais qu'elle parlait de manière métaphorique, mais en même temps, c'est plus fort que moi. J'ai terriblement et sacrément envie d'elle. Même si je gâche tout, et surtout maintenant, après ce nouveau test. Le monde comporte bien plus de mystères que celui que nous venons juste de contempler dans le ciel.

Elle m'embrasse plus fort, prend ma main pour la glisser sous son sweat-shirt, et pour la première fois, elle caresse le devant de mon jean. J'ai la sensation que je vais exploser... Au bout d'un moment, elle se détache de moi et me sourit. Nous sommes tous deux un peu essoufflés. Ma vision se brouille légèrement, comme après ma bagarre avec Jake, mais cette fois, ce n'est pas mon visage qui palpite...

— Le jour se lève, dit-elle.

La nuit est terminée. Elle m'embrasse de nouveau, un baiser rapide et doux.

— Bonne nuit, roi des sirènes, me murmure-t-elle.

Puis elle s'élance vers son dortoir et s'évanouit dans l'obscurité.

— Peut-être qu'on va tous monter en même temps, dit Tom.

Il est allongé sur son lit, les mains derrière la tête et les jambes croisées, tout en contemplant le plafond.

— Ouais, c'est peut-être ça, insiste-t-il.

Je lance un coup d'œil prudent à Louis qui est en train de s'amuser avec sa trousse de toilette. Lui et moi partageons la même peur : le sanatorium est devenu plus réel pour nous depuis que nous avons été convoqués dans le bureau de

Matrone. Même en compagnie de Clara et des lumières du Nord près de notre grotte, avec la perspective de notre plan d'évasion, j'ai eu envie par moments de vomir rien qu'en y pensant. Autant que je sache, personne n'a subi un deuxième prélèvement, à moins que les concernés n'en aient rien dit. Toutefois, je ne le crois pas. Deux personnes peuvent garder un secret, mais au-delà, forcément, il y a des fuites. Aussi Louis et moi sommes-nous sans doute les seuls, et des ennuis se profilent pour nous, quoi qu'en dise l'infirmière. En général, les gens cherchent à rassurer ceux qui s'inquiètent, que ce soit à bon ou à mauvais escient.

— Ce serait mieux, acquiesce Will. Comme ça, on serait pas séparés. Je crois que j'aurais moins peur.

Il a l'air encore plus jeune, ce soir, avec son visage déformé par la frayeur.

— C'est l'idée d'être tout seul qui m'angoisse… (Il fait une pause.) Et puis, j'aimerais tellement que nos mères puissent nous rendre visite.

— Est-ce qu'on peut arrêter de parler de ça ?

Je feins l'ennui, mais en réalité, mon cœur bat à toute vitesse et j'ai les mains moites. « *Ils disent que ça fait saigner les yeux.* » J'aimerais vraiment que Will la ferme de temps en temps !

— Tu devrais venir à la chapelle, dit alors Ashley.

Et il braque les yeux sur Will qui est en train de plier ses vêtements.

— Avec Dieu, on n'est jamais seul.

Will le considère, abasourdi, puis finit par rire.

— Oh, tu sais, je n'ai pas si peur que ça, en fait !

Je me mets à rire, moi aussi, et Tom et Louis échangent un regard qui renvoie Ashley dans sa coquille d'invisibilité. La plupart du temps, nous faisons comme s'il n'était pas là et c'est ce qui marche le mieux pour chacun.

— J'ai les pieds glacés, j'arrive pas à les réchauffer, marmonne Will pour lui-même. Je vais dormir avec mes chaussettes. Par ce temps, on devrait nous donner des couvertures supplémentaires. Si je vois cette gentille infirmière, demain, je lui en demanderai une.

— C'est bizarre, vous ne trouvez pas ? dit Louis en se mettant au lit. Je ne savais pas que ça pouvait peler aussi fort dans le Nord.

Moi, je n'ai pas si froid que ça, mais j'imagine que je me suis habitué aux basses températures, à force de sortir la nuit avec Clara. Même s'il fait frisquet dans la demeure, ça n'a rien à voir avec le rideau de glace qui nous pénètre quand nous contemplons la mer, dans l'obscurité.

— Je voudrais vraiment savoir où ils sont allés, déclare Tom. Qu'est-ce qu'on va faire, maintenant, le matin ?

Il fait allusion aux professeurs qui ont quitté la maison après le déjeuner. On nous a renvoyés dans nos dortoirs, et à travers les carreaux, nous les avons vus se diriger vers un cortège de vans dépourvus de fenêtres, un baluchon à la main. Ils parlaient et riaient entre eux, et ça m'a fait mal au cœur. Ils partaient. Ils allaient retrouver leur vie d'*avant*. Ils n'ont même pas jeté un dernier coup d'œil à la maison, mais se sont engouffrés bien vite dans les véhicules qui les attendaient. Matrone n'a pas évoqué l'événement lors de la dernière collation même si le réfectoire bruissait de rumeurs sur la signification de leur départ, tandis qu'elle circulait entre les tables. Ma bagarre avec Jake était oubliée ; notre seul sujet de préoccupation, c'était la raison de cette désertion.

— Je crois que beaucoup d'infirmières sont parties, elles aussi, déclare Louis d'un ton songeur. Il n'y avait pas tant de profs que ça ! Oui, je pense que parmi eux, il y avait des infirmières en tenue civile.

J'ai du mal à les imaginer dans leurs propres habits. Dans mon esprit, elles sont directement sorties d'une usine, vêtues de leurs uniformes amidonnés, avec des horloges à la place du cœur, et des visages coulés dans des moules d'impassibilité. Elles n'ont rien d'humain, à l'exception, peut-être, de celle qui nous a adressé la parole.

J'essaie de ne plus penser à ça et me concentre à la place sur Clara et la manière dont elle m'a caressé, hier soir. Et pour être honnête, elle envahit bien vite mes pensées. Quoi qu'il en soit, elle est toujours présente dans ma tête, d'une façon ou d'une autre. Si je ne suis pas en train de penser au sanatorium, je rêve d'elle. D'ailleurs, les deux peuvent à la fois m'occuper l'esprit. Est-ce qu'elle ira avec Jake, une fois que je serai parti ? Moi, je n'arrive pas à m'imaginer avec une autre, tout comme je ne peux pas me figurer la demeure sans elle.

C'est la jeune infirmière qui vient nous apporter nos vitamines, ce soir, la seule que je puisse me représenter comme un être humain, même si, depuis que j'ai repassé le test sanguin, elle me met mal à l'aise. Quand elle passe entre nous pour nous distribuer nos comprimés, je suis certain de voir une certaine pitié dans le sourire qu'elle nous adresse, à Louis et à moi. Je m'efforce de ne pas croiser son regard, car je redoute ce que je pourrais y lire. Je veux que la nuit vienne, je veux retrouver Clara. Je glisse le médicament entre ma lèvre et mes gencives, et j'avale l'eau. Je suis soulagé quand l'infirmière s'éloigne de moi.

— Pourquoi les professeurs sont partis ? lui demande alors Will en prenant le sien sur le plateau. Ils ont tous quitté la maison. Est-ce qu'un malheur va arriver ?

Même Tom s'est rassis sur son lit pour le regarder, car nous n'adressons jamais la parole aux infirmières. Mais Will a l'air complètement égaré et je me rends compte à quel point il s'inquiète. Les griffes de l'effroi se sont étroitement resserrées sur lui.

— Non, bien sûr que non ! dit-elle avec gentillesse. On annonce juste du mauvais temps, et comme il devait y avoir un changement d'équipe, ils sont partis avant l'arrivée des nouveaux professeurs, pour être certains de ne pas être pris dans l'orage. De nombreuses infirmières nous ont également quittés.

Elle arbore un sourire rassurant et doux, puis ébouriffe les cheveux de Will.

— La nouvelle équipe arrivera dans deux jours. Disons que ce sont des petites vacances pour vous.

— Et pourquoi vous, vous n'êtes pas partie ? questionne Will.

— Je ne le souhaitais pas. Et maintenant, mettez-vous tous au lit et dormez.

À cet instant, elle est notre mère à tous. Chaleureuse, attentive, rassurante. Et une fois la lumière éteinte, je sais que je ne suis pas le seul à fixer l'endroit où elle se trouvait quelques secondes auparavant, telle une apparition miraculeuse dans la chambre. J'aperçois même Will qui s'effleure les cheveux à l'endroit où elle a passé ses doigts. C'est si peu, et pourtant si important.

Nous restons allongés dans le noir sans un mot.

— Je veux voir les peintures de Harriet, déclare Clara.

Nous sommes dans la salle de jeux, et je regarde les disques. Ce soir, nous ne ferons pas le mur – il fait trop froid et je lui ai rapporté les propos de l'infirmière concernant l'orage. Nous sommes juste sortis nous recueillir devant la tombe de Georgie, lui parler quelques minutes, et même s'il n'y avait pas de vent, l'air réellement glacé m'a brûlé les poumons. Cela fait une demi-heure que nous sommes rentrés, mais je tremble encore de froid.

— À la chapelle ? dis-je. Mais c'est juste à côté de l'aile des infirmières.

— Elles dorment. Et puis la plupart sont parties. Qui sait ? Il se peut même qu'on soit plus nombreux que le personnel, en ce moment. On pourrait faire la révolution. Prendre la maison ! dit-elle avec un sourire.

— Ouais, et la révolte serait menée par le roi Jake !

— OK, alors on ne la fera peut-être pas.

Elle qui était recroquevillée sur le sofa en bondit tout à coup avec grâce. Elle me fascine. Tout en elle est mystérieux. Son corps, son esprit, la forme de sa main dans la mienne. Comment les filles peuvent-elles être à la fois si semblables et si différentes de nous ?

— Viens, on va voir les peintures ! enchaîne-t-elle. Eleanor dit qu'elles sont très belles. Harriet y a travaillé toute la journée.

La demeure craque, puis se calme tandis que nous gravissons les marches, main dans la main. Cette maison me fait à présent l'effet d'une amie. Il s'est passé tant de choses depuis la disparition d'Ellory que j'en ai presque oublié le bruit de l'ascenseur. Elle s'apparente pour moi à une vieille galère, et la nuit, nous sommes son seul équipage. Oui, ça me plaît de me la représenter ainsi. Lorsque j'étais enfant, un lieu comme celui-ci m'aurait complètement terrorisé, mais maintenant, je sais que les fantômes n'existent pas. Et pourtant, s'il y a un endroit où les spectres devraient exister, c'est bien dans la maison des morts. Or, les monstres qui sortent du grenier la nuit sont, hélas, tout ce qu'il y a de plus humains. À côté, les fantômes seraient rassurants : ils incarneraient au moins l'espoir d'un *après*.

Je me hérisse dès que j'ouvre la porte de la chapelle, car je n'ai pas envie d'y pénétrer. Elle est située bien trop près de l'aile des infirmières et je jurerais presque que je sens la suffisance d'Ashley flotter dans l'air froid. Le nombre de chaises a augmenté depuis notre première visite, et au lieu d'être alignées en rangs, elles sont désormais placées en demi-cercles autour du bureau qui est censé représenter l'autel.

Des affiches sont accrochées aux murs. Soudain, mon cœur vacille lorsque je vois ce qui figure sur le papier coloré : le nom de ceux qui sont partis pour le sanatorium ! Je suis au bord de la nausée quand je les lis. Ils sont tous écrits d'une main différente, ce qui prouve que d'autres personnes qu'Ashley et Harriet sont intervenues. Je murmure :

— Regarde ces conneries.

Henry,
Il aimait la science-fiction et les jeux informatiques.
Il avait un lapin qui s'appelait Mason.
Sa mère lui manquait.

L'écriture est inclinée et ressemble à un gribouillage. Dans un coin, on a maladroitement dessiné un lapin. Et au-dessous :

Dieu est maintenant son berger, il ne manque de rien.

Et encore :

Ellory,
Le meilleur frère qui fut.
Athlète local. Éternel sourire aux lèvres.
Racontait des blagues avec le talent d'une rock star.

Puis :

Il sera toujours dans nos cœurs, nous ne l'oublierons jamais.

Il y a d'autres noms que j'associe aux premiers temps passés ici, mais je ne connais pas vraiment les enfants qui les ont portés. *Eric, Julian, Mac et Christopher.* À chacun correspond un petit texte, écrit soigneusement par les survivants de son dortoir.

— C'est comme des épitaphes sans les dates de naissance et de mort.

Pourquoi entretenir leur souvenir ? Pourquoi se rappeler la raison qui nous a conduits ici ?

— Leur âge n'a pas d'importance, murmure Clara. Ce sont juste des chiffres.

La bougie que nous avions volée a été remplacée par de nombreuses autres que Clara allume toutes. Les flammes jaunes vacillantes créent des ombres dans lesquelles dansent les noms des morts. Je me sens tout à coup terriblement triste, et surtout, je suis de nouveau très furieux contre Ashley.

— Regarde, me dit Clara.

Et elle me prend par la main. La salle a trois fenêtres, mais la plus imposante est celle qui se trouve au centre, haute et cintrée. Debout côte à côte, nous l'observons. Je ne sais pas à quoi je m'attendais, sans doute à Jésus sur sa croix, ou quelque chose dans ce goût-là. L'épaisse peinture lumineuse dont Harriet l'a recouverte forme des volutes sur le carreau et brille à la lueur de la bougie. J'imagine qu'elle flamboie aussi à la lumière du jour.

— C'est magnifique, non ? chuchote Clara.

Le ciel est bleu, éclairé par un immense soleil. Une maison est représentée en arrière-fond, mais de petites images d'enfants occupent le premier plan ; ils sourient et se tiennent par la main. Leurs visages, qui reflètent la joie, sont baignés de soleil. Au-dessous, les mots suivants ont été gravés en gris foncé : *Les enfants de Dieu ne sont jamais seuls. Nous formons une famille.*

— C'est stupide.

Je n'en conteste pas la beauté, mais la réalité. Personne ne peut considérer le manoir sous cet angle-là.

— Tout le monde est seul, tout le monde a peur, dis-je encore. Rien de tout ça n'a sauvé les gamins dont les noms sont sur les murs. Je ne me souviens pas que qui que ce soit ait essayé de venir en aide à Henry ou Ellory.

— On n'est pas seuls, rétorque Clara. Et j'aime l'idée qu'on se remémore les disparus. Il faut bien que quelqu'un en garde le souvenir.

Elle continue de contempler le vitrail.

— Tu ne vas quand même pas me dire que tu commences à croire à toutes ces conneries ?

— Non, répond-elle en secouant la tête.

Et elle m'adresse un petit sourire empreint de nostalgie.

— Pas du tout, ajoute-t-elle. Mais ce qu'ils font ne me dérange pas. Si ça leur permet de ne pas avoir aussi peur, où est le problème ? Nous deux, on peut compter l'un sur l'autre. Tout le monde a besoin de quelqu'un ou de quelque chose à quoi se raccrocher.

— Je préfère prendre des risques tout seul.

— J'ai l'impression d'avoir passé ma vie toute seule, à tenter d'exister pour les autres, dit-elle, le regard rivé sur moi. Je suis heureuse d'être venue ici, car sinon, je ne t'aurais jamais rencontré. Je n'aurais rien su au sujet des sirènes et je n'aurais pas vu les lumières magiques.

— T'es pas sérieuse, dis-je en riant à moitié.

Elle ne pense pas ce qu'elle dit, c'est impossible. Même si je l'aime de toutes mes forces, je ne partage pas cette vision.

— On va s'enfuir et vivre sur une plage chaude et ensoleillée, et on rira le reste de notre existence, dit-elle. Tant pis pour la vie que mes parents avaient prévue pour moi. Ils voulaient que j'épouse un Costume Noir, que je ponde quelques enfants, et que je devienne aussi malheureuse que ma mère.

— Un bateau est venu chercher les profs, aujourd'hui, et on l'a manqué.

J'essaie de me représenter ma vie sans Clara... Impossible. Cette pensée est physiquement insoutenable. Je ne peux nous imaginer l'un sans l'autre, mais en même temps, je ne parviens pas à me réjouir d'être ici. Je hais ma peur du néant, mais au moins, je ne suis pas comme Ashley : je ne prétends pas ne pas être effrayé.

— C'est vrai, mais il n'a pas apporté de vivres. Donc, un autre viendra bientôt.

Elle a raison. Je pense au bureau de Matrone.

— J'ai peut-être un moyen de savoir quand.

— C'est vrai ? demande-t-elle, les yeux brillants.

Il se peut qu'elle soit contente de m'avoir rencontré, mais elle non plus ne se réjouit pas d'être ici, écrasée par le poids du sanatorium au-dessus de nos têtes.

— C'est possible. Faut que je sois sûr.

— Tu me caches des choses ? dit-elle d'un ton enjôleur.

Mon excitation subite se heurte au souvenir cinglant du nouveau test que j'ai passé. Et je l'embrasse au lieu de lui répondre, les bougies scintillant comme des étoiles autour de nous. Soudain, elle détache sa bouche de la mienne...

— Qu'est-ce qu'il y a ?

— On est dans une chapelle, répond-elle.

— C'est juste une pièce comme une autre.

J'ai la tête qui tourne et tout mon corps est douloureux. Il suffit qu'elle pose la main sur moi et je suis en feu.

— Je ne crois pas qu'on puisse être puni par un dieu créé de toutes pièces parce qu'on s'embrasse dans un lieu prétendument religieux.

— Ce n'est pas ce que je voulais dire, idiot, dit-elle en m'embrassant de nouveau.

— Quoi, alors ?

— Puisqu'on est dans une chapelle, marions-nous !

J'éclate de rire.

— Il n'y a pas de prêtre et tu n'as pas encore seize ans.

— L'âge, on s'en fiche ! Ça ne compte plus.

Elle est redevenue sérieuse.

— Et c'est très beau ici, ajoute-t-elle.

Je regarde autour de moi. Si j'oublie Ashley, je suppose que oui, ça l'est. Je pense à Henry, à Ellory et à tous les autres disparus. Leurs vies s'en sont allées, alors que nous, nous sommes ici, vivants.

— Jusqu'à ce que la mort nous sépare, dis-je alors d'un air songeur.

— Non, rétorque-t-elle en secouant la tête, un sourire aux lèvres. Pour toujours. Rien que toi et moi.

Pour toujours... La vie d'avant Clara semble appartenir à un rêve qui s'efface : Julie McKendrick et Billy, le transfert jusqu'à la demeure... Tout est plongé dans l'ombre, avant elle. Le gris s'apparente au passé, et le futur est noir, mais le présent, lui, est lumineux.

— Clara, veux-tu m'épouser ?

Je sens mon cœur s'accélérer.

Elle fronce le nez et me sourit.

— Oui.

— Je n'ai pas de bague…

— On n'en a pas besoin, affirme-t-elle. Ce n'est pas un mariage conventionnel. On pourra toujours acheter des anneaux en argent à un vendeur ambulant sur une plage, en Inde.

— C'est là-bas qu'on va aller ?

— Pourquoi pas ? Le monde est à nous.

— Bon, comment on s'y prend, alors ?

Je me sens soudain gauche. Et puis j'ai chaud. Je ne suis pas doué pour les discours. Que suis-je censé prononcer comme vœux de mariage ? Je ne parviens pas à mettre des mots sur ce que j'éprouve. J'ai l'impression qu'aucun ne convient.

Elle se saisit de deux couvertures et les déploie sur le sol.

— On ne va pas faire ça de manière traditionnelle, insiste-t-elle, les joues soudain en feu. Je pensais qu'on pouvait opter pour un choix plus naturel.

Elle tourne la tête, et je vois qu'elle est embarrassée.

— Oh ! parviens-je à articuler d'une voix rauque.

Je viens de comprendre… Mon sang court soudain à toute allure dans mes veines ; je n'arrive plus à déglutir.

— Sauf si tu n'en as pas envie, précise-t-elle. Je veux dire que…

— Si, j'en ai envie moi aussi !

L'idée a beau me terrifier, elle me séduit aussi terriblement.

— Je ne veux pas mourir sans l'avoir fait, murmure-t-elle en se rapprochant de moi.

Nous tremblons tous les deux, et je suis certain que les bougies vacillent également.

— Et je voudrais que ce soit avec toi. Il faut que ce soit inoubliable.

Sur ces mots, ma sirène lève les yeux vers moi, et je sens mon cœur prêt à exploser… J'ai la sensation que toutes les couleurs fantastiques que je voyais dans le ciel sont maintenant à l'intérieur de moi. Je suis à la fois excité et effrayé, au bord de l'abysse, prêt à plonger dans l'inconnu.

— Est-ce que ça t'a fait mal ?

C'est la première question qui me vient aux lèvres alors que nous sommes à présent allongés sur les couvertures, blottis dans les bras l'un de l'autre.

Sa peau est toute douce contre la mienne.

— Non. Je ne m'attendais pas à avoir mal, je n'avais pas peur, répond-elle en embrassant mon torse.

Mon être entier vibre encore de cette expérience ; tout semble différent, désormais. Nous sommes deux personnes qui « l' » avons fait. J'éprouve une impression étrange. Ma vie ne s'en trouve pas bouleversée, comme j'avais toujours cru qu'elle le serait après, mais je me sens adulte, à présent. Nous ne sommes plus des enfants, nous sommes transformés. Plus tout à fait ceux que nous avons été.

— C'était bien ?

Elle m'arrache à mes réflexions. Elle prononce précisément les mots que je me suis efforcé de ne pas formuler. Tout s'est passé très vite, et elle a dû me guider en elle alors que mon cerveau m'ordonnait de rester dur, et que je me demandais ce que j'étais censé faire pour que ça marche pour elle aussi ; j'ai bien conscience que je n'ai pas été très brillant, mais en même temps, c'est l'expérience la plus étrange et formidable que j'aie jamais vécue.

— C'était mieux que bien, dis-je, c'était fantastique. (Je marque une pause.) Et on saura à quoi s'attendre, la prochaine fois.

Elle pousse un petit gloussement, puis soupire.

— J'ai l'impression d'avoir changé, dit-elle.

— Moi aussi.

— C'est bien, non ?

— Oui.

Je regarde les bougies qui sont presque consumées, la façon dont elles déversent leur lumière sur nous et illuminent les épitaphes des morts.

— Je t'aime, Toby, murmure-t-elle.

— Moi aussi, je t'aime, Clara.

Oui, je l'aime si fort que j'ai l'impression que mon cœur va éclater de bonheur. Nous finissons par nous lever et, tout en nous embrassant et en riant, nous remettons nos pyjamas et plions les couvertures. Puis nous éteignons les bougies. Je ne veux pas la quitter. Je ne veux pas que cette nuit finisse.

— Regarde dehors ! s'exclame-t-elle alors.

J'obtempère et je n'en crois pas mes yeux…

Nous restons émerveillés derrière les carreaux, ayant déjà oublié le soleil peint sur le vitrail : des flocons blancs tombent en effet du ciel, un vrai tourbillon.

— C'est de la neige, dit-elle. De la vraie neige.

— Mais il ne neige jamais en Angleterre ! (Mon cerveau ne trouve aucun sens à ce que voient mes yeux.) C'est pas arrivé depuis des années.

— Oui, depuis cent ans à peu près, approuve Clara. C'est ce qu'ils ont dit, à l'école.

Sa voix s'apparente à un murmure. Elle se saisit de mes mains et ajoute :

— C'est génial, non ? Comme un cadeau de mariage que nous ferait la nature.

Je n'arrive pas à parler, et nous restons dans l'obscurité à admirer le monde extérieur qui se pare de blanc. Contrairement à la pluie, la neige est silencieuse, elle s'amoncelle doucement sur le sol au lieu de le tambouriner. Elle n'est pas en colère. Les flocons caressent la fenêtre, puis s'y accrochent pendant une seconde avant de disparaître. Des événements merveilleux se sont enchaînés durant la semaine qui vient de s'écouler. J'ai soudain envie de pleurer. Sans doute est-ce un trop-plein de bonheur…

— Tout va s'arranger, dit alors Clara. C'est comme ça, je le sais.

15

La boule de neige m'atteint en pleine mâchoire, et réveille mes blessures.

— Désolée ! s'écrie Clara.

Puis elle éclate de rire et je pousse un cri aigu, comme une fille. Mes mains sont glacées – j'ai mis des chaussettes en guise de mitaines, mais elles sont déjà trempées. De toute façon, je m'en fiche.

Le jardin fourmille de bruits, de vie, de rires. Clara avait raison. La neige a tout arrangé. Et ce, dès que la cloche a réveillé la maison.

C'est Louis qui l'a vue le premier, quand il s'est étiré en bâillant, sur son lit. Et en dépit de son cerveau puissant, tout ce qu'il a trouvé à dire, ce fut : « Regardez ! », et il l'a répété encore et encore jusqu'à ce que tout le monde soit debout et apprécie l'événement. Nous avons entendu des cris d'excitation en provenance des autres dortoirs. Je n'ai pas été surpris : le blizzard avait continué à souffler jusqu'à l'aube et la neige s'était accumulée en couche épaisse sur le sol ; d'ailleurs, quelques flocons tombent encore, de-ci, de-là.

Will, qui n'avait pas cessé de geindre sur ses pieds froids depuis la veille, se tient à présent derrière la fenêtre dans un silence respectueux, le visage empreint d'espoir, de plaisir et d'incrédulité. En cet instant, il ne pense pas à sa mère ni à si ça fait saigner les yeux, ni à comment jouer aux échecs ;

sa nouvelle vie n'existe soudain plus. Il a de nouveau dix ans et il est un garçon ordinaire. En le regardant, un sourire si grand me vient aux lèvres que je crois que mon visage va se fendre en deux.

— C'est *Narnia*, finit-il par dire dans un souffle. C'est *Narnia* dans le jardin.

Il n'y avait que deux infirmières au petit déjeuner – Louis avait raison à leur sujet, la plupart ont dû partir avec les professeurs – et leurs yeux brillaient, même si elles ne souriaient pas. Il régnait dans la maison une énergie que je n'y avais jamais ressentie. Pas même le premier jour, où il s'agissait d'ailleurs davantage de nervosité électrique. En l'occurrence, c'était de l'excitation à l'état pur. Personne n'avait encore vu la neige, ni les infirmières, ni aucun d'entre nous, et d'ailleurs même pas Matrone. Si Clara ne connaissait pas non plus la neige, alors que son père était un Costume Noir et que sa famille devait souvent voyager à l'étranger, il était certain que personne d'autre n'était familier avec ce phénomène météorologique ! Tout le monde montrait de l'enthousiasme, à part Matrone. Elle avait adopté une attitude neutre – on aurait cru tout son être engourdi, comme toujours – lorsque, du seuil de la porte, elle nous avait indiqué que nous pourrions aller jouer dans la neige si nous le désirions, une fois que nous aurions terminé de manger. Il y avait des manteaux et des pulls supplémentaires à notre disposition dans la cour, avait-elle précisé. Sa voix ne laissait transparaître aucune gentillesse. Sans doute avait-elle calculé qu'il serait plus aisé de nous laisser sortir dans la neige que d'essayer de nous contenir à l'intérieur, surtout avec si peu d'infirmières présentes dans la maison.

J'avais discrètement observé Matrone, alors que chacun se hâtait de manger sans se préoccuper des bonnes manières, dans l'attente que son regard tombe sur Louis ou sur moi, mais ses yeux ne s'étaient pas attardés sur nous. Peut-être était-ce bon signe. Peut-être n'y avait-il effectivement pas lieu de s'inquiéter. Mais aujourd'hui, je suis déterminé à ne pas penser au deuxième prélèvement sanguin. Non, pas après la nuit que j'ai passée avec Clara, pas après la neige. Ce sont deux événements bien trop beaux pour que les contingences viennent les gâcher. Nous avons l'air ridicules, emmitouflés dans des vêtements qui ne nous vont pas, mais tout le monde s'en fiche. Même Jake. La neige crisse sous nos pieds quand ils s'enfoncent dedans. Il a dû en tomber trente centimètres, et un manteau d'une blancheur éclatante recouvre le parc. Nous représentons une véritable carte de Noël, avec les enfants disséminés dans le paysage enneigé. Au moins trois bonshommes de neige se dressent déjà fièrement ; Louis, Will et Eleanor tentent d'arracher des brindilles pour confectionner des bras aux leurs.

— Pas celle-ci ! prévient Clara en courant vers eux. Prenez plutôt celle du dessus, le bout ressemble à une main. Regardez, je peux l'attraper.

En attendant qu'elle revienne, j'aspire profondément l'air froid, vif et enneigé qui me brûle les poumons, tandis que j'inspecte mon entourage. Tom et un petit groupe de garçons essaient de construire un igloo près de la balançoire, mais il n'arrête pas de s'effondrer ; des boules de neige sifflent dans l'air, venant de toutes les directions, cependant que les enfants, tous âges et dortoirs confondus, s'amusent à se bombarder. Même Daniel s'esclaffe alors qu'il reçoit une boule de neige de la part d'un garçon roux du dortoir 8 ; puis il se met à rire si fort que des fossettes se forment dans ses grosses joues.

Ashley se contente de regarder les jeux, un sourire radieux aux lèvres... jusqu'à ce que Harriet se coule derrière lui et lui glisse une poignée de neige dans le cou. Il tressaille vivement, de toute évidence choqué.

Elle éclate de rire en s'enfuyant tandis qu'il s'élance vers elle pour la rattraper. Visiblement, elle rayonne, et je me rends compte qu'elle n'est pas si moche que ça. C'est le genre de fille qui, dans quelques années, si elle avait pu vivre jusque-là, serait devenue une vraie beauté. Elle n'a simplement pas encore changé de visage. Je m'aperçois donc que Clara et moi ne sommes pas les seuls amoureux du manoir. Je ne sais pas si Ashley en a conscience, mais c'est lui qui est la cause du bonheur de Harriet.

— Au moins, on aura pu profiter de cette journée.

Je n'ai pas remarqué que Louis est venu se placer à côté de moi, et sa remarque tranquille me fait sursauter.

— Tu sais, si nos prélèvements sont mauvais... (Sa respiration forme un gros nuage de vapeur.) Eh bien, au moins, on aura vu la neige.

— Tous nos prélèvements sont mauvais, Louis. Pour le dernier, les résultats n'ont pas pu être lus correctement, c'est tout. Il n'y a pas lieu de s'inquiéter, c'est ce que l'infirmière nous a dit, tu te souviens ? Et je n'ai pas l'impression qu'elle soit une menteuse. En tout cas, moi, je me sens bien, pas toi ?

— Si, je crois que si. (Il baisse les yeux vers la neige.) C'est juste que je n'arrête pas de penser à tout ça.

— Eh bien, essaie d'oublier ! Ou tu vas devenir fou.

Moi, je refuse de ressasser. Je ne veux pas imaginer que je vais perdre toute cette beauté ou que je vais laisser Clara derrière moi.

— On est ici, pour l'instant, et c'est tout ce qui compte, dis-je encore.

Je n'arrive d'ailleurs pas très bien à me figurer comment tout cela pourra continuer sans moi.

Louis hoche la tête, mais il n'est visiblement pas convaincu. Je me demande si la peur qu'il éprouve est plus grande que la mienne en raison de son QI élevé, mais je ne crois pas. Je pense que nous sommes tous égaux face à l'effroi, mais que nous le gérons différemment. Moi, je me retranche dans ma bulle, Jake est plus arrogant, et Ashley a créé une chapelle pour se cacher derrière et prétendre qu'il n'est pas effrayé. Mais il ne fait que se duper lui-même. Si ses yeux commencent à saigner, je parie qu'il se mettra à hurler comme Henry.

— On devrait jouer à *Narnia*, suggère Will qui suit toujours Louis comme un petit toutou. Clara serait la reine.

— On est trop vieux pour ce genre de conneries, dis-je. Amuse-toi avec Eleanor, si tu en as envie.

Quand je regarde trop longtemps Will et Louis, je me sens mal à l'aise à l'idée que je vais m'enfuir avec Clara sur le bateau. Je m'inquiète pour eux. Notre départ va les bouleverser, je le sais, et moi, j'aurai l'impression de les abandonner. Pourtant, nous ne pouvons pas emmener d'autres personnes, c'est comme ça. Je ne suis pas leur père, et puis ils peuvent au moins compter l'un sur l'autre.

Will hausse les épaules et renifle.

— Je n'arrive pas à finir le bonhomme de neige. J'ai les doigts trop gelés.

Et il agite ses petites mains qui sont effectivement toutes rouges.

— Tiens, lui dit Louis en sortant une paire de chaussettes épaisses et en laine de sa poche. Mets-les, ça te réchauffera.

— C'est génial, la neige, non ? demande alors Will, un grand sourire aux lèvres.

Puis il enfile les chaussettes en guise de gants.

— Hé, Toby !

Mon sourire se fige et je regarde à l'autre bout du jardin. C'est Jake.

— On fait une bataille de boules de neige, dortoir 7 contre dortoir 4 ?

Le jardin semble soudain s'immobiliser, la voix profonde de Jake ayant recouvert les cris excités de chacun ; le silence étrange de la neige s'impose et tout le monde observe Jake à présent, suspendu à ce qu'il va annoncer. Louis et Will me lancent un regard nerveux, mais je leur souris : Jake est en train de me tendre une branche d'olivier, je ne vais tout de même pas la refuser.

— On va vous écraser.

— Je me mets dans leur équipe ! déclare Clara, une vraie bombe d'énergie et de joie, au milieu de la neige.

— OK, on y va !

Et tout le monde participe à la bataille. Quand la cloche du déjeuner résonne, nous savons tous ce que c'est que d'avoir de la neige dans les yeux, les oreilles et le nez, et notre peau nous pique et nous brûle. Nous avons ri si fort que nous en avons pleuré.

Nous ne sommes plus divisés en dortoirs s'épiant les uns les autres ; il n'y a plus de frontières implicites. C'est une journée bien trop radieuse. Ce n'est pas simplement la meilleure que nous ayons passée dans la maison, je crois aussi que c'est le plus beau jour de notre vie à tous.

C'est après le déjeuner que Jake vient nous exposer ses projets. Il nous attire à l'écart dans un coin de la salle de jeux, Clara, Tom et moi. Il règne un grand calme dans la maison, tout le monde est en train de se changer et d'enfiler des vêtements secs ; pourtant, Albi est posté à une extrémité du couloir, et Daniel à l'autre. J'ai l'impression que nous sommes dans une de ces prisons qu'on peut voir dans les vieux films.

— J'ai l'intention d'entrer dans une des chambres occupée par un prof. Celui qui sent toujours l'herbe, explique-t-il à voix basse. Je veux voir s'il a des réserves en joints ou en alcool. On pourra faire la fête avant d'aller au lit.

— Quand ? dis-je, le cœur battant. Et comment ? Si tu enfonces la porte, ils vont tout de suite nous soupçonner.

— La porte, c'est pas un problème, mec. La maison est vieille, ce sera facile d'ouvrir la serrure sans laisser de trace. (Il tourne la tête vers Clara.) Si tu as des épingles à cheveux…

— Harriet en a. Je peux lui en demander.

— Deux ! Il m'en faut deux, précise Jake.

Clara hoche la tête, et mes questions fusent :

— Tu sais vraiment faire ce genre de truc ? C'est à la maison de redressement que tu as appris ça ?

Il lève les yeux au ciel.

— Non, avant. C'est beaucoup plus facile que de forcer une voiture, et pourtant même ça, c'est dans mes cordes.

Est-ce qu'il bluffe ? Comme nous n'aurons, j'imagine, jamais la possibilité de le savoir, autant ne pas mettre sa parole en doute.

— Alors ? Partants ? demande-t-il. Votre dortoir et le nôtre, à part le fou de Jésus, bien sûr. (Il a un regard en coin.) Et avec Clara. Mais c'est tout. Et si quelqu'un d'autre l'apprend, je vous mets un coup de boule.

— On ne dira rien, lui assure Clara.

Nous savons garder des secrets qui dépassent ce que Jake peut imaginer.

— J'ai besoin de guetteurs pendant que je travaille, reprend-il. Toby, tu surveilleras le bureau de Matrone, elle s'y enferme toujours pour environ deux heures, après la dernière collation. Il faut que tu me préviennes si elle en sort. On peut mettre au point un code, en sifflant.

— Bien sûr.

Et tout à coup, je me demande s'il n'est pas en train de nous jouer un tour… Mais finalement, je me dis que non, il a l'air trop sérieux. Et puis il est essentiel de faire la paix. Le manoir est assez lugubre sans qu'en plus ce soit la guerre entre nous. Je pense alors aux dates de ravitaillement affichées dans le bureau de Matrone…

— Tu me montreras comment on ouvre une serrure avec une épingle ?

— Pourquoi est-ce que ça t'intéresse, au juste ? me demande-t-il en plissant les yeux.

— Je trouve ça cool de savoir le faire, c'est tout. Je me suis toujours demandé comment on faisait.

— Plus tard, dit-il.

Je n'insiste pas. Je ne veux pas qu'il se doute que c'est important pour moi.

Je préviens Will et Louis de ce qui va se passer juste avant que Jake ne mette son plan à exécution. Ils n'auraient probablement rien dit à personne si je les avais avertis avant, mais l'excitation qu'auraient reflétée leurs visages les aurait trahis. Clara les emmène en haut et je me poste dans le vestibule, près du bureau de Matrone, pour surveiller ses faits et gestes : elle ne peut pas en sortir sans que je la voie.

J'ai choisi une vieille BD dans la bibliothèque, une relique des années où la neige était un phénomène normal en Angleterre, et je m'assois contre le radiateur, sur un coussin que j'ai pris dans la salle de jeux. Je tourne les pages jaunies sans vraiment les lire. Il y est question d'un garçon, accompagné d'un chien bizarre, qui s'attire toujours des ennuis et d'un petit snob affublé d'un nœud papillon. La chaleur qui me transperce le dos, après l'excitation dans le froid matinal, me rend somnolent et je lutte pour garder les yeux ouverts lorsque j'entends soudain des pas dans l'escalier. Je m'assois, en alerte, et je vois l'infirmière – notre infirmière, comme je l'appelle quand je pense à elle – se diriger vers le bureau de Matrone. Elle tient à la main une liasse de papiers et son visage ne reflète pas sa gentillesse habituelle. Elle a les mâchoires serrées et le regard déterminé.

Elle frappe assez fortement à la porte du bureau, et les battements de mon cœur s'accélèrent. Elle se met à parler dès que la porte s'ouvre.

— J'ai les résultats, dit-elle. Ils sont identiques aux premiers. Nous devons vraiment discuter de ce que nous allons faire.

Matrone marmonne quelques paroles que je ne distingue pas, puis toutes deux disparaissent à l'intérieur du bureau. Maintenant, je ne suis plus du tout assoupi. Les résultats auxquels elle a fait allusion sont les miens et ceux de Louis, c'est certain. Que vont-elles faire à notre sujet ? J'appuie la tête contre le mur et, pendant un instant, j'ai envie de pleurer, tandis que la boule de peur qui déforme mon estomac se met à gronder et que mes entrailles m'élancent.

J'entends des voix à travers le mur et je colle mon oreille tout contre : je serais moins épouvanté si je savais de quoi il retourne, du moins est-ce ainsi que j'essaie de me rassurer.

Matrone s'exprime comme à son habitude sur un ton monocorde, je ne peux d'ailleurs pas l'imaginer en train de crier. En revanche, l'infirmière s'échauffe. Elle est plus courageuse qu'elle en a l'air, car il doit être difficile de se mettre en colère face à une interlocutrice comme Matrone.

« Ils ont le droit de savoir. »

« Il faut faire quelque chose. »

« Si vous n'agissez pas, alors c'est moi qui vais m'en charger. »

Des marmonnements plus calmes de la part de Matrone tranchent entre deux éclats, un filet d'eau sur du feu, puis peu à peu, la voix de l'infirmière est moins forte. La porte s'ouvre et se referme.

Je me plaque contre le mur quand elle sort et se dirige vers l'escalier ; elle n'a plus les documents qu'elle serrait contre sa poitrine tout à l'heure. J'aimerais me fondre dans le mur et qu'on ne me retrouve jamais.

Quelques instants plus tard, un petit sifflement me parvient : Jake a terminé. *Parfait !* Je me lève bien vite, en laissant la BD sur le coussin derrière moi, parce que ce dont j'ai besoin, c'est précisément de m'enivrer et d'oublier tout ça ! Je jette un coup d'œil par la fenêtre. La neige s'est remise à tomber. J'essaie d'y puiser de la joie.

Honnêtement, ce n'est pas un gros larcin – trois bouteilles de vin et deux cigarettes – mais c'est mieux que rien, et pour nous tous, c'est déjà énorme. Will a l'air nerveux. Il n'a sans doute jamais bu plus d'une gorgée de bière à Noël et je doute que, dans sa vie d'*avant*, Louis ait jamais passé une folle nuit dans un parc à s'enivrer avec du cidre bon marché. Nous avons l'impression de nous partager un trésor, alors que nous sommes assis en cercle sur des coussins, dans une pièce proche de celle où l'on avait installé Georgie. Il fait plus froid ici, et je me demande s'ils n'ont pas coupé le chauffage dans les parties inoccupées de la demeure.

— Tu fais le guet en premier, Dan, déclare Jake en versant du vin blanc dans nos gobelets à eau. Dix minutes chacun, d'accord ?

— *No problemo*, dit Daniel.

Et il se lève d'un bond, légèrement essoufflé en raison de son embonpoint.

Il est heureux d'être ici. Il s'enduirait vraisemblablement de merde si Jake le lui demandait. Ce dernier et Albi sont les deux personnes de qui il est le plus proche, et pourtant, ce ne sont pas de réels amis.

Jake lève son gobelet.

— On les emmerde tous, dit-il alors.

Tom se met à rire.

— Ouais, on les emmerde tous, répète-t-il.

Et nous portons un toast avant de boire.

— À la neige ! À *Narnia* ! lance Will.

Puis il avale le contenu de son verre en plissant le nez, et nous guettons sa réaction.

Albi se met à rire, sans méchanceté.

— Ouais, petit frère. À la neige.

En dix minutes, chacun a la tête qui tourne, même Jake. Ça n'a pas pris longtemps, mais il faut reconnaître qu'aucun de nous n'a bu depuis des semaines, et d'ailleurs, même avant, seul Jake devait consommer de l'alcool régulièrement. Tom prend le relais de Daniel, à la porte, à moitié dans la pièce, à moitié à l'extérieur, mais nous sommes en sécurité. Personne ne vient ici. Nous racontons des blagues et nous commençons à nous détendre au fur et à mesure que les effets du vin opèrent. J'enlace Clara par les épaules et elle se blottit contre moi, m'embrassant sur la joue, tandis que Daniel entonne, sur l'air d'une berceuse bien connue :

— « Toby et Clara sont assis sur un arbre, et s'embrassent, et s'embrassent… »

Alors Louis l'imite et nous nous mettons à reprendre la comptine avec des paroles improvisées jusqu'à ce que, du seuil de la porte, Tom nous ordonne de nous taire.

— Arrêtez de jouer les fleurs bleues, décrète Jake, un tiraillement de jalousie dans la voix, même s'il s'efforce de surmonter l'épreuve.

Clara se redresse et je détache mon bras de son corps. Du coin de l'œil, je vois Louis qui surveille la tasse de Will qui menace de se renverser. Je souris.

— T'es déjà bourré ?

— J'avais encore jamais bu de vin, dit Will.

Puis il en avale une grande gorgée et redouble de rire.

— On va les fumer, ces cigarettes ? demande tout à coup Clara.

Je m'inquiète soudain.

— Est-ce que les infirmières ne vont pas sentir la fumée ?

— Pas si on ouvre les fenêtres et qu'on se penche à l'extérieur pour fumer. Il faut aussi qu'on ferme la porte.

Elle se lève et poursuit :

— Will n'avait jamais bu de vin, eh bien moi, je n'ai jamais fumé de cigarette. Et aucun d'entre nous n'avait vu la neige, avant aujourd'hui.

Elle me lance un regard, un regard discret qui ne concerne que nous.

— C'est la saison des premières fois, conclut-elle.

Je repense à la sensation que j'ai éprouvée quand j'étais en elle, une impression à la fois curieuse et merveilleuse, et je suis impatient de la retrouver tête à tête.

— Moi je ne veux pas fumer, annonce Louis en remontant ses lunettes sur son nez. C'est mauvais pour la santé.

Jake, qui se trouve près de la fenêtre, s'appuie contre le chambranle, une cigarette non allumée à la bouche. Il se tourne vers lui.

— Tu déconnes, j'espère ? dit-il en regardant Louis, puis moi.

— Et dire que je dois partager ma chambre avec ça, dis-je en feignant d'être affligé.

— Le tabac donne le cancer, insiste Louis. Tout le monde sait ça.

Nous échangeons des regards amusés.

— Tu te fiches de nous, dit Albi.

— Je ne vois pas pourquoi aggraver notre cas, c'est tout.

Sur ces mots, Louis avale une gorgée de vin d'un air très digne, et c'est si ridiculement comique que nous éclatons tous de rire. Le genre de rire qui vient du ventre, irrépressible.

— Quoi ? s'écrie Louis.

Il a l'air confus, ce qui n'arrange rien. Tom respire bruyamment. Clara, qui est en train de boire, est prise d'un fou rire, de sorte que c'est de nouveau l'hilarité générale.

— Tu vois pas pourquoi « aggraver » notre cas ? finit par articuler Jake. Ça alors, mec, c'est beau !

— Tu ne veux pas « aggraver » ton cas ? répète Tom d'une voix si aiguë qu'on ne dirait pas la sienne, avant de poursuivre, en imitant Louis : Hé, les gars, j'habite dans la maison des morts, mais non, pas de clope pour moi. Je ne veux pas « aggraver » mon cas.

Ses derniers mots sont à peine audibles tant il rit. Finalement, Louis craque, il comprend combien il a été ridicule, et il se laisse lui aussi gagner par l'hilarité générale. Nous sommes tous des enfants perdus.

J'ai mal au ventre et aux zygomatiques à force de rire, mes yeux ruissellent, et même si je sais que tout ça est complètement dingue – nous huit dans cette pièce vide, à moitié ivres, morts de rire parce que nous sommes dans la maison des morts – et que l'échange entre Matrone et l'infirmière me hante toujours, je ne peux m'empêcher de rire. Tout semble si drôle.

En réalité, je n'aime pas la cigarette, et pourtant, j'aspire quelques bouffées. La fumée me fait tourner la tête et, après avoir eu la sensation de m'être brûlé les poumons, j'évite de l'avaler. Clara essaie d'être plus vaillante, mais tousse chaque fois qu'elle inhale. Nous sommes comme les potiches au fond du laboratoire, à l'école. À la fin, nous tendons la cigarette à Jake. Lui et Tom fument ce qui reste.

Une fois les bouteilles terminées, nous avons encore une heure devant nous avant d'aller au lit. Albi descend jouer du saxo « pour adoucir les mœurs », comme il dit. Clara et Tom vont l'écouter tandis que les plus jeunes regagnent les dortoirs.

— Montre-moi comment on ouvre une porte fermée, dis-je à Jake quand il n'y a plus que lui et moi dans la salle.

Nous cachons les bouteilles derrière une armoire où personne ne les trouvera avant des semaines, si jamais quelqu'un les découvre, puis nous nous dirigeons vers le quartier des profs. J'ai la tête qui bourdonne et je me sens vaguement nauséeux, à cause de la cigarette. Cette sensation me colle à la peau comme un après-rasage bon marché, mais je m'efforce de me concentrer quand Jake m'explique comment maintenir les deux épingles et les tourner à l'intérieur du mécanisme. Finalement, j'entends un bruit sec. Je tourne la poignée et la porte s'ouvre. Mon cœur se soulève de joie. Jake me sourit.

— Tu vois ? C'est facile, non ?

J'aperçois un petit studio meublé et confortable, un plaid jeté sur un canapé, une télé dans un coin, tout semble normal et cosy. Puis, bien vite, nous refermons la porte.

— C'est plus difficile de la reverrouiller, me dit-il.

Il a raison. Quand j'ai enfin terminé, mes doigts me font souffrir, et j'ai prononcé toutes les injures de mon vocabulaire au moins deux fois. Mais j'y suis arrivé. Je savais que je réussirais. Je le devais. Je pense au bureau de Matrone, en bas, et je prie pour qu'il soit doté de la même serrure.

— Il faut que qu'on remonte aérer et nettoyer avant que les infirmières fassent leur ronde, dit Jake.

— À propos, dis-je une fois que nous sommes dans l'escalier, merci…

Je ne sais pas au juste ce qui motive mes paroles. L'espace d'un instant, il ne m'a pas semblé aussi mauvais que ça.

— Enfin, merci pour tout.

Il hausse les épaules.

— N'en parlons plus, dit-il. OK ?

— OK.

Nous serons bientôt partis, voilà ce que j'ai envie de lui dire. *Tu ne nous verras plus jamais.*

Mais je m'en garde bien, tout en éprouvant presque un sentiment de trahison envers Jake. Au fond, nous sommes tous dans la même galère, même si nous nous sentons chacun très seul.

Je sors de la salle de bains, tout propre et fleurant bon le savon et le dentifrice, mais avec la tête bien lourde à cause du vin. C'est alors que je me heurte à Louis qui m'attend dans le vestibule, en pyjama et en chaussons.

— Qu'est-ce qui se passe ?

Il a les traits tirés.

— C'est Will.

— Qu'est-ce qu'il a ?

J'espère qu'il n'a pas vomi dans les draps. Comment ferait-on pour nettoyer ?

— Tu crois qu'il va bien ?

— Il est ivre, c'est tout.

— Non, non, pas ça… L'autre truc.

— Mais de quoi tu parles ?

Il faut que nous regagnions le dortoir, car les infirmières vont bientôt arriver.

— Il est tout… Comment dire ? Euh, patraque.

Il ne me regarde pas, les yeux rivés au sol.

— C'est bizarre, ajoute-t-il.

— Il m'avait l'air d'aller plutôt bien, tout à l'heure.

Je suis tellement préoccupé par mes pensées, Clara, les bateaux, les nouveaux prélèvements, qu'à vrai dire, je n'ai pas réellement prêté attention à Will.

— Sois pas parano.

— Et toi, dit-il en levant soudain les yeux vers moi, tu vas bien ?

Je hoche la tête.

— Je crois, oui.

— Moi aussi.

— Allons au lit.

Je me sens mal à l'aise à présent, cette conversation m'obsède, comme des asticots qui s'agiteraient dans mon cerveau.

« *Il faut faire quelque chose, si vous n'agissez pas, alors c'est moi qui vais m'en charger.* »

16

Je m'endors rapidement, malgré moi. La journée fut bien remplie, entre la neige et le vin, sans compter que je me contente depuis des semaines de trois ou quatre heures de sommeil par jour. J'avais pourtant l'intention de rester éveillé, et d'aller voir Clara, mais je me suis éteint comme une lumière.

Je me réveille en sursaut. Le dortoir est encore plongé dans la pénombre. Les autres dorment à poings fermés, et en raison du mélange de vin et de somnifères, ils seront sans doute encore tout ensommeillés demain matin, quand la cloche sonnera. J'ai la bouche sèche et mes poumons me brûlent, à cause de la cigarette. J'ai besoin d'un verre d'eau. J'ignore l'heure qu'il est, mais l'obscurité possède une texture épaisse, qui me convainc que tout va bien : les infirmières sont au lit, et la nuit nous appartient, à Clara et moi.

Je me rends dans la salle de bains pour boire de l'eau, laquelle, conjuguée à l'air frais, me réveille un peu. Je me glisse ensuite dans le dortoir de Clara et je la découvre quasiment endormie, sur le côté, les genoux sous le menton, les cheveux éparpillés sur l'oreiller comme si le vent soufflait sur son visage, dans son sommeil. Sa respiration est si régulière que je comprends qu'elle va être happée sous peu par le sommeil. Je n'ose pas la déranger. Elle a sans doute besoin de dormir. Je la contemple une minute, puis je décide de retourner me mettre au lit. Je n'ai pas envie de voler de la nourriture à la cuisine, ni d'aller admirer le ciel tout seul, par la fenêtre de la salle de jeux. Cette époque-là est révolue. La nuit est à nous deux, désormais. Sans elle, je me sens seul et larmoyant.

Je suis entre deux étages lorsque je l'entends...

Pendant quelques instants, je ne saisis pas ce que c'est. Mais mon corps, lui, a déjà deviné : mon cœur se met à battre très vite et tous mes membres tremblent. Il faut une bonne minute à mon esprit pour comprendre : c'est le grognement et le râle de l'ascenseur. Je ne m'y attendais pas. Qui vient-il chercher ?

Moi. Moi et Louis. À cause des deuxièmes tests.

J'éprouve une violente nausée. Je ne vois pas qui d'autre est malade. Du moins malade au point que les anges de la mort viennent le chercher et roulent son lit hors du dortoir. Affolé, je pense qu'il serait sans doute préférable que je regagne mon matelas et fasse mine de dormir, parce que je vais avoir des ennuis si je ne suis pas dans mon lit quand on viendra me chercher... Et soudain, un rire nerveux me prend face à la stupidité de toute la situation, rire que je dois pourtant absolument contrôler. Je suis dans une galère infernale. Je devrais m'enfuir, traverser les jardins, escalader le mur et me cacher quelque part sur l'île, là où personne ne me trouverait. Ou bien prendre le risque de partir sur la petite embarcation, amarrée près de la bâtisse bleue.

J'ai les pieds gelés, sur les lattes en bois, et je ne porte qu'un pyjama tout fin, et pourtant, j'envisage sérieusement de fuir dans la neige. Si je me bats avec les infirmières, est-ce que je ferais assez de bruit pour réveiller Clara ? Une peur toute nouvelle me submerge. Je n'imagine pas ne plus la revoir, pas plus que je ne me la représente découvrir, au réveil, que je ne suis plus dans la demeure, que j'en ai été effacé. Je ne supporte pas l'idée que nous n'ayons pas pu prendre congé convenablement l'un de l'autre, que nous nous soyons juste dit : « Bonsoir, à demain. » Je ne peux même pas me rappeler son visage dans tous ses détails. Je ne savais pas que ce serait la dernière fois que je la verrais. Je n'arrive pas à l'accepter. Je veux remonter le cours du passé, arrêter l'horloge. Voler du temps au temps. *Oui, je veux plus de temps.*

Je suis tellement aux prises avec ma panique, là, pressé contre le mur, la tête tout étourdie, en sueur, que je ne me rends pas compte que l'ascenseur s'est arrêté. Et que ce n'est pas à mon étage. C'est seulement quand j'entends des pas au-dessus de ma tête qu'un sentiment de soulagement surréel me submerge, puissant et brutal, au point que j'en tremble. Ce n'est pas moi qu'elles sont venues chercher. Pas ce soir. Pas encore.

Je n'arrive pas à entendre le grincement des roues tant mes oreilles bourdonnent, les infirmières doivent se diriger vers le bout du couloir. Curieux… La plupart des dortoirs se trouvent près de l'escalier central. Où vont-elles ?

Derrière les carreaux, la nuit est noire comme de l'encre. Je gravis les marches avec précaution, pour éviter que le bois craque sous mon poids. Mon cœur bat comme un fou quand je m'accroupis et passe la tête entre les barreaux de la rampe pour inspecter ce qui se passe… Je ne vois personne, mais j'entends un cliquetis quelque part dans le couloir. Ici, c'est le quartier de la chapelle et des infirmières, il n'y a rien d'autre. Que viendraient faire par là les anges de la mort ?

Le bruit de pas devient soudain plus fort. Je me presse fortement contre les escaliers pour passer inaperçu, même si mon dos en souffre. Elles ne vont pas regarder en bas, me répété-je comme un mantra. Moi, en revanche, je distingue parfaitement ce qu'elles font. Ce n'est pas un de nos lits qu'elles sont en train de rouler, mais plutôt un brancard, aux roues bien huilées. Il y a deux personnes, une infirmière et une autre silhouette reconnaissable entre mille : Matrone. De façon automatique, en l'apercevant, je descends d'une marche. Matrone n'est pas comme les infirmières, elle voit tout. Je tends le cou pour apercevoir le corps inerte qu'elles roulent vers l'ascenseur. C'est une femme. Les mèches de sa chevelure couleur gingembre pendant d'un côté, comme les fils de la vierge.

« C'est un livre intéressant. Ma grand-mère me le lisait, quand j'étais enfant. »

« Il n'y a pas lieu de s'inquiéter. »

« Il faut faire quelque chose, si vous n'agissez pas, alors c'est moi qui vais m'en charger. »

Je la regarde fixement sans y croire et, de nouveau, j'ai la nausée. Je ne veux plus rien voir.

— Je crois qu'elle a pris une overdose de somnifères, dit Matrone.

— Je l'ai trouvée comme ça, déclare l'infirmière.

Elle est jeune et semble choquée. Presque comme une personne normale.

— Je ne comprends pas pourquoi…, ajoute-t-elle.

— Son évaluation psychique ne devait pas être très exacte, affirme Matrone d'une voix douce mais dénuée de véritable émotion. Elle se comportait un peu bizarrement, ces derniers temps. J'espérais qu'elle serait rentrée chez elle avec les autres.

Les portes de l'ascenseur s'ouvrent, et elles poussent le brancard à l'intérieur.

— Je vais contacter le Ministère pour les informer de ce qui s'est passé, poursuit Matrone en entrant dans la cabine. Retournez dormir. On ne peut plus rien pour elle.

Je jette un dernier coup d'œil au visage de la malheureuse, avant que la machinerie grinçante ne se remette en marche. Une mécanique froide, déterminée, vide. Le cœur battant de la bête mortifère que représente le sanatorium.

J'attends que l'infirmière ait regagné ses appartements, puis je me rue en bas, et me recroqueville dans mon lit, comme Clara, mais contrairement à elle, je suis tendu, en colère, effrayé. L'ascenseur redevient silencieux et je ferme les yeux, m'efforçant de trouver le sommeil. Hélas, il ne vient pas. J'ai un goût de métal dans la bouche et l'estomac lourd. La gentille infirmière est partie pour le sanatorium. Louis et moi ne sommes pas étrangers à l'affaire, j'en suis certain ! C'est à cause des résultats de notre prélèvement, de son altercation avec Matrone. Cette dernière l'a-t-elle droguée au moment d'aller au lit ? A-t-elle versé des somnifères dans son chocolat chaud ? Dans un verre de vin ? C'est Matrone qui, à coup sûr, a organisé sa mort, mais pourquoi ? Des pensées affreuses tourbillonnent dans mon cerveau, enflammant la boule de mon estomac. Tout ça n'a rien à voir avec le fait de transporter les enfants de la maison au sanatorium. Nous, nous sommes des Déficients, aussi, notre sort est-il joué d'avance. Mais en l'occurrence, l'infirmière était en bonne santé. *Normale*. Et elle est partie pour le sanatorium, d'où personne ne revient jamais. J'essaie de me rappeler son visage... Je repense aux affiches sur les murs de la chapelle, celles qui portent les noms des disparus. Elle ne bénéficiera même pas de ce genre d'hommage.

Je sais que je ne la reverrai jamais, tout comme j'ai la certitude que, même si Matrone a agi avec promptitude, son acte n'en demeure pas moins un crime. Nous, les enfants, sommes venus ici pour mourir, mais pas les infirmières.

Le bureau de Matrone, au-dessous de moi, m'attire soudain comme un aimant… J'espère que lorsque je parviendrai à m'y introduire, je trouverai le nom de l'infirmière. Cela dit, je ne l'afficherai pas dans la chapelle, ce serait comme jeter une bouteille à la mer : dans un an ou à peu près, plus personne en ce manoir ne se souviendra des noms de ceux qui figurent sur les affiches. Mais à l'extérieur, les règles sont différentes. Je veux récupérer le nom de l'infirmière pour en faire bon usage lorsque je fuirai loin d'ici, avec Clara. Le crier à la face du monde et envoyer une lettre à tous les journaux de la terre. Il faut que sa famille le sache. Il n'est pas possible que nous soyons tous aussi insignifiants et oubliés. C'est juste intolérable.

Je me demande ce qu'elles lui font, là-haut. Un lavage d'estomac ? À moins qu'elles ne la laissent mourir à petit feu… Et si, au fond, elle était déjà morte, sur le brancard ? Je pense à Henry et Ellory, et à tous les autres, moi, Louis, Will, Tom, Jake et Clara… Tous ceux à qui je suis attaché, finalement. Et même aux enfants à qui je ne parle pas. Je pense aussi à l'ascenseur. Au silence de la nuit. À la solitude qui suinte de tout ça.

Alors, je me mets à pleurer et je n'arrive plus à m'arrêter.

Le premier voyage en Cornouailles dont Toby se souvenait remontait à ses cinq ans. Ils ne séjournaient pas dans les stations balnéaires surpeuplées, hérissées d'hôtels semblables à des gratte-ciel et constellées de plages fourmillantes de monde, mais dans un ravissant cottage au sein d'un vieux village, à l'intérieur des terres. Cela devait coûter une fortune à ses parents, mais ils ne s'en étaient jamais plaints. Ils buvaient du thé au lait et se baignaient dans l'étang. Ils allaient aussi explorer une petite crique rocailleuse ; le trajet en voiture n'était pas très long. Celle-ci n'était pas déserte, mais on ne s'y entassait pas comme des sardines sur le sable, pour essayer de profiter pleinement des deux semaines de liberté en été. Ses parents riaient en cherchant des crabes et ils marchaient avec lui dans l'écume des vagues. La première fois qu'ils l'avaient emmené dans l'eau, il avait hurlé. Il avait remonté ses brassards orange si haut que sa peau en avait été toute rouge quand il les avait retirés, et pourtant ceux-ci ne lui semblaient pas suffisamment solides, face à l'énormité de la mer.

Ce n'était pas comme l'étang. La mer le terrifiait. Elle était si vaste, elle se déployait à l'infini, au-delà de l'horizon, et il ne pouvait pas se représenter quelque chose qui ne se terminait jamais. Quand il était dans l'étang, il pouvait couler s'il n'agitait pas assez vite les bras pour se maintenir à la surface, même avec ses brassards. Dans la mer, il était effrayé à l'idée d'être emporté au large et de se retrouver au milieu de cette étendue d'eau sombre, seul pour toujours.

Ses parents riaient et l'éclaboussaient, et il avait fini par s'habituer, mais ce ne fut pas avant l'âge de dix ans qu'il se sentit complètement détendu dans la mer. Il aimait les histoires de sirènes que sa mère lui racontait, les vies magiques et mystérieuses des profondeurs, mais il n'y croyait pas vraiment. Il adorait l'attraction qui causait les marées, tout comme la fraîcheur de l'onde, mais parfois, quand il contemplait le vide de ce qui l'entourait, il se disait que ce devait être terrible de se noyer et se perdre dans toute cette eau. De s'enfoncer à jamais, tout seul, dans ces abysses.

17

— Désolée, je me suis endormie, murmure Clara quand nous nous retrouvons au petit déjeuner. Je n'ai pas pu m'en empêcher.

— Pas de problème, moi aussi, j'ai dormi.

Je m'efforce de paraître normal, mais tout me semble différent, aujourd'hui : plus lumineux et plus aigu. Hyperréel. Je ne veux rien raconter aux autres au sujet de l'infirmière, et surtout pas à Clara. Car l'infirmière est liée au deuxième prélèvement, et ça, je ne peux pas en parler non plus. J'aime Clara et pourtant, je possède désormais deux secrets que je ne peux pas partager avec elle. Est-ce que nous possédons tous des secrets que nous garderons toujours pour nous tout seuls ?

Matrone n'est pas au buffet ce matin ; il n'y a que deux infirmières qui arborent une expression des plus neutres, même si leur responsable a dû les informer de ce qui s'était produit. Je prends machinalement des œufs et du bacon, alors que je n'en ai pas envie, et je reviens à ma table. Par chance, tous ceux de notre dortoir semblent vaseux, eux aussi.

— J'ai mal à la tête, dit Will.

Il est tout pâle et a le regard morne.

— En fait, j'ai mal partout, ajoute-t-il.

Tom ricane.

— T'as la gueule de bois, lance-t-il.

— Si c'est ce que les gens sentent après qu'ils ont bu, je ne comprends pas pourquoi ils le font, maugrée Will.

Louis n'émet aucun commentaire, mais il me jette des coups d'œil nerveux. Je ne le regarde pas. Je ne veux pas perdre de temps avec sa paranoïa. Will a la gueule de bois, un point c'est tout. En revanche, Matrone a assassiné notre infirmière dans la nuit. Je me repasse cette phrase en boucle, mais elle me paraît toujours aussi irréelle. Plus rien ne me paraît certain. J'ai l'impression que les murs épais du manoir sont en train de se refermer sur moi et vont bientôt me faire suffoquer.

— Il y a encore de la neige, constate Will. On pourra finir notre bonhomme de neige. N'est-ce pas, Louis ?

Ce dernier acquiesce d'un hochement de tête.

— Est-ce que vous êtes allés à la chapelle ?

Ashley est debout devant nous, et ses mots semblent se bousculer pour sortir de sa bouche, comme s'il les avait longtemps retenus. Nous nous regardons, étonnés. Ashley dort toujours dans notre dortoir, mais nous ne lui adressons plus la parole.

— Pourquoi ? demande Tom.

C'est lui qui fait la conversation, ce matin, ce qui est probablement une bonne chose : quand Clara et moi serons partis, il deviendra le chef du dortoir 4.

— Vous y êtes allés ? insiste Ashley.

— Non, dis-je. Pourquoi est-ce qu'on irait dans ta fichue chapelle ?

Je vois clairement toutes les affiches dans ma tête, et à présent mon imagination en rajoute une autre, une sans nom avec comme épitaphe : « *Elle était bonne, alors Matrone l'a tuée.* »

— Des choses ont été vandalisées.

Il est sur la défensive, mais également maladroit. On dirait un homme âgé. Matrone pourrait très bien s'exprimer ainsi. « *Un placard dans la salle de jeux a été vandalisé.* » Décidément, elle m'obsède.

— Ce n'est pas nous, se défend Louis. On n'est pas montés là-haut.

Je sens le regard de Clara fixé sur moi. Il s'agit des bougies. Il s'est rendu compte que quelqu'un les a utilisées. Nous devrons être plus prudents, à l'avenir. J'ai l'impression d'un piège qui se resserre. Il faut que je m'introduise le plus vite possible dans le bureau de Matrone pour savoir quand le bateau reviendra, et en même temps, l'idée me terrifie. Et s'il y avait une alarme ? Et puis, qui sait ? Elle dort peut-être dans cette pièce… Je m'imagine ouvrir la porte et la trouver derrière son bureau, attendant le jour, parfaitement immobile, une grande seringue à la main. Je me la représente en train de me sourire, découvrant une rangée de dents pointues et abîmées, puis elle bâille très fort et je suis englouti par une obscurité sans fin…

— Sortons ! dit Clara, m'arrachant brusquement à mes rêveries sinistres, au point que j'en sursaute. Je me sens vraiment en grande forme, aujourd'hui.

— Je voudrais que cette migraine s'arrête, dit Will en mastiquant sans fin son toast.

Dans le jardin, je tourne le dos à la demeure et aux fenêtres du dernier étage, qui m'évoquent des yeux menaçants me scrutant de toute leur hauteur. Clara a envie de grimper dans le chêne et je l'imite. L'exercice me fait du bien, et en dépit de tout, malgré la folle nuit précédente, je ris avec elle tout en attrapant les branches maladroitement avec mes jambes pour faire corps avec l'arbre. La neige est toujours là, magique, et l'azur est bleu clair au-dessus de nos têtes ; l'air est vif et frais jusqu'à la lune. Nos doigts sont engourdis à cause des couches de neige que nous faisons tomber en nous hissant ; nous finissons par nous jucher chacun d'un côté du tronc.

Je suis hors d'haleine, et j'ai trop chaud, mais le visage de Clara rayonne tandis qu'elle me regarde. Et, quand elle incline la tête en arrière, dans la lumière du soleil hivernal, elle est tout simplement sublime. Je me cramponne aux branches. Elles ne semblaient pas si hautes, tandis que nous montions, mais à présent je redoute de baisser les yeux vers le sol, par peur de tomber.

— La vue est admirable, tu ne trouves pas ? me demande-t-elle.

Je contemple l'horizon.

— Si. Je vois le continent, dis-je en plissant les yeux.

— Nous y serons bientôt, m'assure-t-elle avec un sourire. J'espère que le bateau va vite revenir.

Nous restons un moment silencieux. Les autres jouent tranquillement au-dessous de nous.

— Tu n'es pas inquiète de les laisser derrière toi ? finis-je par demander. Je veux dire, Harriet et Eleanor ?

— Un peu, dit-elle, et son sourire s'efface. Mais rester ici ne changerait rien.

Elle a raison, bien sûr. Les gens sont plus durs que je ne le pensais. Chacun est aux prises avec sa propre peur, son propre désir de survivre.

— Peut-être qu'on leur donnera de l'espoir, poursuit-elle. On sera comme des légendes. Les deux amants qui se sont enfuis. Même les enfants qui viendront après entendront parler de nous.

— Notre évasion pourrait aussi inciter les autres à nous imiter. Au final, on les aura aidés, dis-je à mon tour.

— Une partie de nous restera toujours ici, poursuit-elle en arrachant brusquement une brindille. Dans cet arbre, précisément. Regarde !

Je me retourne pour voir ce dont elle parle, me cramponnant fermement au tronc, et mon estomac se contracte quand mes yeux, l'espace d'une seconde, croisent le sol tout blanc et si loin. Clara se met à rire.

— T'as peur de tomber ?

— Un peu, quand même.

Je souris. Ma peur est visible dans la crispation de mon corps, mais c'est une peur saine, un mélange d'adrénaline et d'excitation. Une peur normale, plutôt qu'un effroi.

— Tu vois, quand je te dis que le futur est incertain ! s'exclame-t-elle. Tu ne vas pas mourir à cause de ta Déficience, ni parce que tu as bu trop d'alcool sur une plage brûlante. Mais parce que tu vas chuter de l'arbre en en redescendant et te rompre le cou.

Avec sa brindille, elle est en train de gratter le tronc.

— C'est rassurant, merci !

— Mais tu seras immortalisé… (Elle fait une pause et gratte un peu plus fort.) Dès maintenant.

Je me tords le cou pour voir ce qu'elle fabrique, ce qui est une entreprise délicate et douloureuse, car je ne veux pas lâcher ma branche… Et soudain, je souris : un cœur au contour approximatif est gravé dans l'écorce de l'arbre, et à l'intérieur, elle a écrit :

T & C
À JAMAIS

— Les arbres vivent des centaines d'années, m'explique-t-elle d'une voix douce. D'autres enfants y grimperont et se rappelleront les deux fugitifs. Et puis un jour, peut-être dans cent ans, ce sera une maison ordinaire avec des enfants normaux qui l'escaladeront, et qui se demanderont qui étaient T et C. N'est-ce pas une idée complètement folle ?

J'essaie d'imaginer ce que représentent cent ans. Tous ceux qui vivent aujourd'hui auront disparu. Ce seront de nouvelles personnes qui s'agiteront ici-bas et penseront qu'elles sont importantes. J'ai un léger vertige. Même ici, dans la maison des morts, après ce que j'ai vu la nuit dernière, je n'arrive pas à imaginer un monde qui continue sans moi. Comme j'envie cet arbre.

Après le déjeuner, Clara m'entraîne à l'étage.

— Je veux me mettre au lit, dit-elle.

Je crois d'abord qu'elle est fatiguée, mais quand elle ferme la porte du dortoir et place une chaise sous la poignée pour la coincer, je comprends qu'elle nourrit d'autres idées. Après les événements de la nuit précédente, nos étreintes ont été reléguées à un rêve, un souvenir qui appartiendrait à un monde qui n'existe plus, et alors que mes jambes se mettent soudain à trembler, le miracle revient et me submerge : j'ai besoin d'elle, de ça, d'effacer toutes ces horreurs de ma tête, pendant quelques instants.

Nous avons plus confiance en nous à présent, et nous prenons notre temps. Nous le faisons à deux reprises, et la deuxième fois, je n'ai pas la moindre appréhension, je ne me demande pas sans arrêt si je suis à la hauteur ou non. Bien sûr, ce n'est pas comme dans les films que j'ai vus, ou comme dans les pornos que j'ai découverts sur Internet. Nous sommes plus maladroits, nous ne parlons pas, nous ne réalisons pas les mêmes exploits que les acteurs, mais c'est tout de même formidable. Un nouveau monde à explorer s'offre à nous. Sa peau est plus chaude que dans mon souvenir. Elle représente tout un univers que je ne comprends pas tout à fait ; je n'arrive pas à me rassasier de la vue de son corps nu, ni des petits gémissements qu'elle pousse, ni de la façon dont elle m'incite à découvrir son corps. C'est comme si nous nous parlions avec un autre langage, comme si nous nous dévoilions complètement l'un à l'autre. C'est l'amour, voilà ce que c'est.

Après, nous restons étendus sur son lit. Nous nous sommes rhabillés, juste au cas où, et justement, on frappe à la porte.

— Toby, t'es là ?

On tourne la poignée, mais celle-ci se heurte à la chaise, en dessous.

— Toby ? Toby ? Tu peux sortir ?

C'est Louis, et il a l'air bouleversé.

— Une seconde.

Nous lissons nos vêtements et Clara se dépêche de refaire le lit pendant que je vais ouvrir.

— Qu'est-ce qui se passe ?

Louis ne remarque pas que le lit n'est pas impeccable, ni que les cheveux de Clara sont ébouriffés. Ses lèvres tremblent et il traîne des pieds.

— C'est Will, dit-il. Quelque chose ne va pas. Faut que tu viennes.

Clara se tient à mes côtés ; nous échangeons un regard, et toute la magie des instants précédents s'envole, aspirée par l'effroi. Nous sortons sans prononcer un mot.

Will se trouve dans la salle de bains, il est assis sur le rebord de la baignoire blanche. Il a les yeux rougis, mais ne pleure plus. Il renifle bruyamment et tourne la tête vers nous.

Je vois tout de suite le problème. Le devant de son jean est mouillé et des taches sombres courent le long de ses jambes. Il s'est fait pipi dessus.

— On est rentrés parce qu'il n'arrivait plus à faire de boules de neige, explique Louis. Et voilà ce qui s'est passé après.

— J'ai rien senti, gémit Will d'une petite voix d'enfant inquiet. J'arrivais plus à attraper la neige et je me suis rendu compte de rien. C'est après, quand mes jambes ont été mouillées, que je m'en suis aperçu.

Il se remet à pleurer en me regardant.

— J'ai peur, Toby.

Clara s'est assise à côté de lui, sur la céramique froide, et elle l'enlace gentiment par les épaules. Nous le laissons pleurer tout son soûl.

— Qu'est-ce qu'on va faire ? murmure Louis. Il ne faut pas que les infirmières l'apprennent.

J'ai l'impression que des milliers de fourmis ont envahi mon cerveau. Et dire que j'étais certain que le prochain, ce serait Louis ou moi, puisque nous avions subi un deuxième prélèvement. Quoi qu'il arrive à Will, nous devons le protéger aussi longtemps que possible.

— On va rincer ton jean et le faire sécher sur le radiateur. On dira qu'il était mouillé à cause de la neige. On ira te chercher un nouveau pantalon, et puis on ressortira jouer une demi-heure, pour faire comme si tout était normal. Juste au cas où quelqu'un aurait remarqué quelque chose. Ensuite, on rentrera jouer aux échecs.

Louis hoche la tête.

— OK. Et tu crois qu'il va se remettre ?

— Bien sûr, dis-je d'un ton assuré pour que Will m'entende. C'est à cause de la neige, il n'y est pas habitué. Il est peut-être allergique.

— Ah ouais, t'as raison, c'est sûrement ça ! s'exclame Louis d'un ton qui se veut soulagé, même si de nombreuses ombres dansent encore dans ses yeux.

Ça doit être difficile d'avoir un cerveau aussi gros que le sien. On ne peut jamais se soustraire à la logique implacable des choses, même si on essaie de toutes ses forces.

— Tu crois vraiment que c'est ça ? demande Will.

Il est plus jeune, plus crédule. Son visage reflète soudain un immense espoir.

— Tu connais des gens qui sont allergiques à la neige ? ajoute-t-il.

— Oui, ça existe, affirme Clara. Mais il se peut aussi que ce soit à cause du vin. Viens, lève-toi ! Il faut que tu te changes.

Elle lui adresse un gentil sourire et il obtempère. Cet après-midi, il n'a plus dix ans mais cinq, et Clara a endossé le rôle de mère. J'espère qu'il ne va pas réclamer la gentille infirmière. Je ne crois pas être assez fort pour mentir.

Quand nous lui retirons son pantalon, nous apercevons des filets rosâtres dans les traînées d'urine, sur ses jambes. Will se remet à pleurer, mais je lui souffle que ce n'est rien. Je le sèche, tandis que Clara rince son jean ; Louis est, quant à lui, parti en chercher un autre. Comme Will a détourné la tête, il ne voit pas le rouge qui sort de son pantalon quand Clara le passe sous l'eau. Celle-ci a l'air en revanche toute bouleversée, et Louis, qui est revenu, se met à trembler ; de nouveau, la maison semble nous écraser…

— Ça va aller, dit Clara à Will une fois qu'il s'est rhabillé. Ne t'inquiète pas.

— Je ne veux pas que les infirmières m'emmènent. Tu crois qu'elles nous regardent avant de nous tuer ? Tu crois que ça fait mal ?

Il parle à voix basse, déglutissant entre chaque mot. Je ne sais pas si c'est à cause de la peur ou de sa Déficience active.

— Je ne veux pas que mes yeux se mettent à saigner. Je veux voir ma maman.

— Tu sais, moi aussi ça m'est arrivé une fois, dit soudain Louis d'un ton déterminé. J'ai déjà eu du sang dans mon pipi. C'était juste une infection.

Il ment, je sais qu'il ment, et pourtant, il cherche à s'en convaincre lui-même.

— Alors arrête de faire le bébé ! Allons plutôt finir notre bonhomme de neige ! poursuit-il.

Il saisit Will par la main et l'entraîne dans l'escalier tout en continuant à lui parler. Je ne sais pas pour lequel j'éprouve le plus de peine : pour celui qui va bientôt partir, ou pour celui qui va rester seul. J'ai la nausée. Je commence à saturer, après les événements de la nuit précédente. Je ne veux pas être réveillé quand elles emmèneront Will.

Clara éclate en sanglots et nous restons blottis l'un contre l'autre dans la salle de bains, à nous étreindre de toutes nos forces.

Tom le remarque lors de la dernière collation. Will se bat en effet avec ses couverts : il tient maladroitement sa fourchette pour pouvoir mettre de la nourriture dans sa bouche.

— Qu'est-ce que t'as, putain ? demande-t-il. T'es malade ?

Nous tournons tous la tête vers lui.

— C'est rien, assure Clara. Il va se remettre.

Tom me regarde et je comprends qu'il est certain que Will ne va pas se rétablir ; d'ailleurs, mon expression doit confirmer ses soupçons. Eleanor parcourt la table des yeux, essaie de trouver qui dit la vérité, les petits ou les grands. Tout le monde a hâte de sortir du réfectoire. Louis n'arrête pas de parler, commente le bonhomme de neige et pose des questions à Eleanor au sujet de *Narnia* puisque Jake a déchiré le livre ; elle finit par dire qu'elle lui racontera la suite plus tard. J'ai mal aux mâchoires pour les avoir trop serrées et à la tête pour avoir trop pleuré. Je veux que la nuit tombe. Je veux passer par-dessus le mur et courir, courir, courir jusqu'à m'effondrer…

Le pire, c'est que je vois que ceux des autres tables nous observent. Nous sommes devenus de vrais requins qui sentent le sang à distance. La curiosité, actuellement, c'est la table du dortoir 4. C'est comme si nous étions tous teints de rouge. La maladresse de Will et ses pleurs n'ont échappé à personne, et maintenant, le show grotesque a commencé. Combien de temps cela prendra-t-il pour que les infirmières le remarquent ?

« *Quelle putain de chance, c'est lui et pas moi.* »

C'est ce qu'a dû penser Jake quand Ellory est tombé malade, mais au dortoir 4, nous sommes différents. Nous n'abandonnons pas les autres. Nous sommes meilleurs que ça, et Will est toujours l'un des nôtres.

À l'heure du coucher, Ashley lui demande s'il ne veut pas faire un tour à la chapelle, le lendemain, et Will se remet à pleurer, épaules affaissées, finissant par hoqueter à force de sanglots.

— Arrête tes conneries ! s'exclame Tom. Il va très bien.

— Je ne parle pas de sa santé, répond Ashley. Mais il est bouleversé et effrayé. La chapelle pourra l'aider, c'est tout ce que je veux dire. Ça pourra lui permettre de retrouver son calme.

Louis est dans la salle de bains et je suis étendu sur mon lit ; je n'ai plus d'énergie pour la bagarre, mais Tom est rempli d'une rage sans doute trop contenue jusque-là.

— T'es qu'un pauvre con paternaliste ! se récrie-t-il. Une mouche à merde avec des psaumes prétentieux et des prières débiles. Tu te prends pour Jésus même quand tu te déplaces, et si tu ne fermes pas ta sale gueule, je vais te casser tellement de dents que tu auras envie qu'on t'emmène au sanatorium sans délai. T'es qu'un sale cafard, t'es rien!

Alors qu'il insulte Ashley, il le domine de toute sa hauteur; celui-ci recule. C'est la première fois que je le vois si nerveux et ça me fait plaisir.

— J'essaie juste d'aider, plaide Ashley, intimidé. C'est tout.

— La ferme! s'écrie Will d'un ton las. Fermez-la tous. J'ai mal à la tête.

Et il se met à pleurer. Nous entendons tous ses petits sanglots qui proviennent de dessous la couverture. Cette mélopée me pique les yeux et enflamme mon estomac. J'aimerais tellement lui venir en aide, mais je ne peux rien pour lui; je m'en veux aussi d'avoir envie que ça cesse, afin d'arrêter de penser que le même sort m'attend dans un avenir pas très lointain. Louis finit par se glisser dans le lit de Will et lui raconte une histoire à voix basse, pour le distraire.

Comme je suis impatient que leurs somnifères fassent effet! J'ai besoin de silence, j'ai besoin de Clara.

La neige a commencé à fondre dans l'après-midi, mais les températures ont encore chuté, de sorte que ce qu'il en restait s'est transformé en glace; nous arrivons tout de même à franchir le mur. Il le faut. Nous courons aussi vite que possible jusqu'au petit port et nous montons en silence sur la jetée. Nous échangeons peu de mots, mais nous nous tenons étroitement par la main. Nous essayons tous deux d'oublier la demeure, mais sans grand succès. Je sais que Clara pense à Will, car moi aussi il m'obsède. Ainsi que l'infirmière, Matrone, et la solide sensation que tout a changé. Nous essayons de nous concentrer sur notre fuite. Il se peut que nous ne puissions pas nous soustraire à nos états d'âme, mais en revanche, nous pouvons fuir loin d'ici, ça ne fait pas un pli !

Nous ne rions pas et tous nos membres sont tendus quand nous nous glissons dans la petite embarcation pour vérifier qu'elle peut supporter notre poids. Le bois craque mais tient bon ; c'est comme si on était assis sur des planches de glace. Clara regarde autour d'elle, puis considère l'endroit où le bateau de livraison sera amarré, une nuit prochaine…

— Si on détache ce petit rafiot, on pourra rejoindre le cargo en ramant, avec les mains s'il faut, déclare-t-elle d'un ton tranquille.

Je renifle.

— Et ensuite il suffira de grimper à bord, et vogue le navire !

— Exactement ! approuve-t-elle. Et si, pour une raison ou une autre, ça ne marche pas, on peut essayer de monter directement dans le bateau de livraison, de la jetée.

— Ce que j'ai hâte d'y être !

Je tremblote, mes dents claquent. Autour de nous, la mer noire ressemble à une nappe d'huile épaisse et le vent est cinglant. J'ai la nostalgie de l'océan chaud et accueillant dont nous parlons si souvent.

— Apporte-moi des épingles à cheveux et j'irai demain dans le bureau de Matrone. Peut-être que c'est là que se trouvent les dates de livraison.

C'est juste un tout petit mensonge. Nous sommes assis l'un en face de l'autre pour que notre fragile vaisseau ne bascule pas, et j'ai une folle envie de la prendre dans mes bras. Elle lève les yeux vers le ciel.

— J'aimerais que les lumières reviennent.

Une mince écharpe rose strie l'horizon ce soir, rien de plus. Je détourne assez vite le regard, car elle me rappelle les traces sur les jambes de Will. Will, l'infirmière, Matrone… Je reprends la parole.

— À propos des comprimés, tu ne crois pas qu'ils rajoutent une substance dedans, pour accélérer le processus de la maladie ?

Elle tourne le visage vers moi. Elle ne tremble pas du tout, et je me demande comment elle fait pour ne pas avoir froid. Mais il est vrai que Clara m'inspire beaucoup de questions ; la reine des sirènes représente un mystère pour moi.

— Tu crois ? dit-elle d'une voix plus aiguë.

De fait, elle s'inquiète autant que moi, mais elle est plus douée pour masquer ses peurs.

— Je sais pas. Je me pose juste la question.

Après la façon dont le sort de l'infirmière a été réglé, plus rien ne me surprendrait venant de Matrone, et aussi terrible soit l'idée que les comprimés sont susceptibles d'accélérer notre Déficience, c'est finalement une bonne nouvelle pour nous, qui ne les prenons pas. Peut-être avons-nous encore des années devant nous, et pas de simples mois.

— À quand remonte la dernière fois qu'un Déficient s'est transformé ? demande-t-elle tout à trac.

— Je ne sais pas. Cent ans ? Quatre-vingts ? Je n'en ai aucune idée. Il y a très longtemps, c'est sûr. Ils ont commencé à faire les tests quand ma grand-mère était petite, donc c'était avant. Il y avait encore plus de Déficients.

— Je ne sais même pas en quoi on est censés se transformer. À l'école, il y avait un élève qui avait vu un film d'horreur là-dessus, à l'époque où les Déficients n'étaient pas encore bannis. Mais je n'ai pas voulu aller le regarder chez lui.

Je contemple l'eau sombre.

— Quoi que ce soit, il vaut mieux qu'on ne le sache pas.

— Peut-être qu'on devrait se trouver une île déserte, juste pour nous deux. Juste au cas où. Je ne voudrais représenter un danger pour personne. Et puis on devrait aussi se procurer un revolver. Comme ça, si l'un d'entre nous commence à se métamorphoser, l'autre pourra se charger de lui.

— Est-ce que t'es en train de m'annoncer que tu comptes me tuer ? dis-je pour tenter de plaisanter.

Je n'ai pas envie de penser aux gènes défaillants dans notre sang.

Elle m'adresse un sourire tendre, qui éclaire la nuit.

— Je me tuerai juste après, dit-elle.

— Moi aussi. Si c'est toi qui es atteinte la première.

Je ne suis pourtant pas certain de le penser. J'aime Clara, et imaginer la vie sans elle m'est insupportable. Cependant, il m'est impossible de me figurer le néant infini… Au fond, si je déteste tant Ashley, c'est peut-être parce que je ne peux pas partager son rêve de vie éternelle après la mort.

— On sera enfouis dans la terre, dit-elle. Et ensuite, nos atomes pourront parcourir le monde, complètement libres.

C'est une belle pensée, et pourtant, elle ne suffit pas à me délivrer de ma peur. Je veux être moi, celui que je suis pour toujours, et je sais que je me battrai bec et ongles pour rester en vie le plus longtemps possible. Je ne suis pas certain que je serai capable de pointer un revolver contre ma tempe et d'appuyer sur la détente. L'idée m'est détestable parce que j'aime Clara de tout mon cœur et que je ne veux pas avoir le sentiment d'être faible. Je refuse que cette frayeur prenne le pas sur mes sentiments pour elle.

Elle renifle.

— Je pensais que la neige arrangerait tout.

— Ça a été le cas pendant un jour ou deux. Le premier jour de neige était vraiment cool. Grandiose, même.

— Pauvre Will, dit-elle.

Au bout d'un moment, nous revenons sur la jetée, et nous évoquons tout ce que nous allons faire une fois partis, ce que nous mangerons, comment nous nous vêtirons, à quoi ressemblera notre vie ; pourtant, curieusement ce soir, ces propos semblent creux. Will rôde autour de nous. J'ai l'impression qu'il est posé sur l'une de mes épaules, et l'infirmière sur l'autre. Nous revenons au manoir et nous nous pelotons un peu dans la cuisine, mais nos caresses sont désespérées, elles résultent d'un besoin de nous prouver que nous sommes toujours en vie, et le tout est teinté de tristesse. Pourtant, la peau brûlante de Clara contre la mienne, toute fraîche, est une sensation qui m'apaise. Elle pleure un peu, ensuite, mais je ne trouve pas les mots pour la consoler. C'est à chier, tout est à chier, tout, à part ce qui nous unit. Demain soir, il faut que je me sois procuré la date de la prochaine livraison.

18

Je ne crois pas que je vais dormir et, finalement, je sombre dans un sommeil profond pour quelques heures et n'entends même pas la cloche. Tom doit me secouer pour me réveiller. Dehors, le ciel brille de façon éclatante et tout étincelle tandis que la neige et la glace continuent à fondre. C'est une belle journée et je m'habille en gardant les yeux fixés sur le paysage, à travers les carreaux. Puis je finis par pivoter sur mes talons…

Louis est en train d'aider Will à se vêtir et il est évident que son état s'est détérioré. Ses jambes tremblent, on dirait qu'il a maigri. Ses yeux semblent plus enfoncés dans son visage, et de la peur à l'état pur s'y reflète.

— Il faut qu'on l'aide à prendre son petit déjeuner, dit Louis en tournant la tête vers moi.

J'aimerais tant qu'ils ne s'en remettent pas toujours à moi. J'aime Will, mais je n'ai pas envie d'être à côté de lui, en ce moment.

— Bien sûr, dis-je malgré tout.

— Parfait.

Will essaie d'attacher ses souliers, mais ses doigts refusent de coopérer. Alors Louis se met à genoux et lace sa deuxième chaussure.

— C'est rien, assure Will, je vais bien.

Puis il nous considère tour à tour, d'abord Tom, puis moi et enfin Louis, cherchant désespérément une confirmation dans nos yeux. Seul ce dernier la lui donne, parvenant à arborer un sourire.

— Je sais, dit-il. T'as juste un petit problème ce matin, et on veut pas que les infirmières s'en aperçoivent alors qu'il y a encore de la neige à l'extérieur et qu'on n'a pas fini de fabriquer notre jeu d'échecs.

Je n'arrive pas à les regarder, ça me fait trop souffrir.

Au petit déjeuner, je dois prendre sur moi pour ne pas reculer ma chaise et m'éloigner d'eux. Je comprends mieux à présent la réaction des autres dortoirs. Il ne s'agit pas d'un manque de sensibilité, c'est juste qu'il est très pénible de voir le processus de tout près. Ce n'est pas *notre* Will. Notre Will mange trop et voit le bien en toute chose. Notre Will pense toujours qu'on va permettre à nos parents de nous écrire.

— Je veux pas que mes yeux saignent.

C'est la seule chose qu'il dit pendant que nous nous forçons à manger. Il regarde son toast, épaules affaissées. Il s'est exprimé d'un ton à la fois doux et vide. Et il me remplit d'effroi.

C'est une journée horrible, qui n'en finit pas ; la tension ne cesse de monter et j'ai l'impression que tous les tendons de mon corps vont craquer d'un coup. Je regrette que les nouveaux professeurs ne soient pas déjà arrivés, car, au moins, quelques heures auraient été occupées par les leçons. Nous sortons dans le jardin et, bien que le soleil soit éclatant, l'air reste très vif. Louis et Eleanor s'efforcent de distraire Will, et je crois que ni l'un ni l'autre ne s'imaginent que l'heure a sonné pour lui. Ils sont dans le déni de la réalité et, d'une certaine façon, leur attitude aggrave la situation, car ça signifie qu'il faut s'inquiéter pour eux trois.

— Tu vas bien ?

Jake est venu me rejoindre et s'est assis sur l'autre balançoire. Je me souviens alors que Louis et moi avions parié que Joe serait le suivant. Or, ce dernier est en train de jouer avec Daniel au ballon, dans la neige fondue. Ils ont tous les deux l'air en parfaite santé.

Je hoche la tête et précise :

— J'imagine qu'on pourra pas garder notre chance éternellement.

Il n'ajoute rien, et j'en suis soulagé. Quelle que soit la trêve dont nous sommes convenus, tout a changé, maintenant. Il n'est pas l'un des nôtres, pour le moment. Cette affaire concerne le dortoir 4 et nous nous serrons les coudes.

Dans l'après-midi, Will se met à tousser du sang, et c'est alors que nous comprenons tous – même Louis et Eleanor – que c'en est fini. La tache brille d'un rouge étincelant sur la neige, et Clara et moi nous dépêchons de la piétiner pour qu'elle disparaisse. Will me saisit la main et me la tient comme un petit enfant, tout en regardant le sol d'un air lugubre.

— Je veux pas aller au sanatorium. Pas tout seul, dit-il.

Il est de nouveau en pleurs.

— Je veux rentrer à la maison. Tu pourras leur demander si je peux rentrer chez moi ? Ne les laisse pas m'emmener là-haut. S'il te plaît.

Nous le conduisons à l'intérieur pour qu'il se rince la bouche, puis au dortoir, et nous prions alors Louis et Eleanor d'en sortir. Il nous supplie de ne pas le laisser tout seul et nous lui promettons que nous n'en ferons rien. Il finit par s'endormir tandis que Clara et moi restons à son chevet ; les minutes s'égrènent et sa respiration est de plus en plus saccadée. Il est en train de s'effacer sous nos yeux.

Pas assez vite pour échapper à l'effroi, mais malgré tout de manière inéluctable. Clara me prend la main, et ses doigts sont tout chauds contre les miens.

— Il ne peut pas aller au sanatorium, finit-elle par dire. Il faut faire quelque chose pour empêcher qu'on l'y monte. Il a trop peur. Il est si jeune.

— Elles viendront pas cette nuit. Je pense pas qu'elles aient remarqué quoi que ce soit.

Nous sommes bien plus attentifs que les infirmières au moindre changement chez chacun de nous. À moins qu'elles ne sachent intuitivement quand l'heure a sonné. On ne sait pas très bien ce qui se trame, là-haut, une fois qu'elles nous y ont conduits. Peut-être qu'elles attendent encore un peu avant de nous achever afin de voir ce qui se passe, ou de se livrer à des expériences. Il n'est pas non plus impossible qu'elles se servent ensuite de nos corps pour trouver une façon d'éradiquer une bonne fois pour toute la maladie. Ce qui au fond ne change pas grand-chose, dès lors que la mort a frappé.

— On devrait lui faire vivre une dernière aventure. Lui offrir une nuit extraordinaire, dit soudain Clara. Et si on l'emmenait à la grotte ? Il la trouvera formidable, c'est sûr.

Elle semble à la fois triste et si sincère. On dirait aussi que ses paroles portent une autre signification, que je ne saisis pas.

— Là-bas, il n'aurait pas peur, insiste-t-elle. Je ne veux pas qu'il soit terrorisé.

Je la regarde avec attention, et nous nous mettons à élaborer un plan. Quand Will finit par ouvrir les yeux, il se remet aussitôt à pleurer en silence. Je comprends alors que nous avons pris une bonne décision. Du moins, je veux y croire.

Je n'ai pas besoin de le réveiller, une fois que la maison est plongée dans le silence. En fin d'après-midi, dès que nous lui avons annoncé que nous avions un secret à partager avec lui, qu'il ne devait pas prendre ses vitamines, et n'en souffler mot à personne, pas même à Louis, son humeur s'est allégée un peu, et ses yeux se sont même remis à briller. Il nous a souri pendant la dernière collation lorsque nous l'assistions pour qu'il mange, et Louis a paru lui aussi soulagé. Il en a sans doute déduit que Will s'était remis, comme ce fut le cas pour Joe. Après tout, c'était peut-être un simple dérangement.

— Où on va ? murmure Will.

— C'est une surprise !

Je l'aide à mettre ses chaussures et le laisse s'appuyer sur moi quand nous descendons l'escalier ; pour une fois, le plancher ne craque pas trop. Je pense alors que je vais devoir le porter à un moment ou un autre.

— C'est pour ça que tu dors toute la journée ? Parce que tu restes réveillé la nuit ? me demande-t-il.

— Parfois.

— Pourquoi tu nous as rien dit ?

Dans l'obscurité, il semble encore plus pâle.

— Et pourquoi t'as gardé le secret à propos des médicaments ? ajoute-t-il d'un ton offensé.

— J'avais peur de me faire prendre si ça se savait.

Ce qui est vrai en l'état actuel des choses, même si je ne peux pas lui avouer qu'au départ, c'était juste parce que j'avais envie d'être seul, de me sentir comme affranchi d'eux et de la maison, l'espace de quelques heures.

— Je l'ai dit à personne. Pas même à Clara. Mais elle a décidé toute seule de ne pas les prendre, elle non plus.

Il acquiesce et renifle. Je suppose que mon explication le satisfait. Will ne garde jamais rancune aux autres ; il ne les imagine pas capables du pire.

Clara nous attend au bas de l'escalier : elle a mis deux Thermos dans un sac et porte une couverture sur ses épaules. Will lui sourit tandis que je l'aide à descendre les dernières marches. Elle me tend les deux épingles à cheveux de Harriet.

— C'est la clé du portail arrière que tu dois trouver, murmure-t-elle. On va attendre dans la cuisine, avec Will. On fera des sandwichs. (Elle lui sourit avant de me regarder de nouveau.) Rejoins-nous ici. Tu es bien sûr qu'elle est dans ce bureau ?

Je hoche la tête. Je lui ai dit que j'avais entendu les infirmières parler du casier à clés, une fois. C'est un mensonge, mais je ne pouvais pas lui avouer que j'avais vu les clés accrochées au mur pendant que l'infirmière pratiquait un nouveau prélèvement sur moi.

Quelques secondes, je me retrouve donc tout seul devant le bureau de Matrone… Je prends une profonde inspiration et glisse les épingles à l'intérieur de la serrure, comme Jake me l'a appris, tout en essayant de ne pas trop trembler. À cause de la sueur, mes doigts sont glissants, mais je me concentre très fort, je manque plusieurs fois mon but de peu, et soudain, j'entends le déclic… Plus question de faire machine arrière, désormais. J'ouvre la porte, hésitant, m'attendant presque à ce qu'une alarme se déclenche et que des projecteurs soient braqués sur moi, mais non, il ne se passe rien. Seule ma respiration bruyante déchire le silence.

Je scrute l'obscurité, terrifié à l'idée de voir la silhouette sombre de Matrone se profiler derrière son bureau, montrant ses dents pointues et arborant un regard monstrueusement brillant… Mais sa chaise est vide. Son bureau est une pièce ordinaire. Après avoir soigneusement refermé la porte, je me glisse jusqu'à sa table de travail pour allumer la lampe, puis je fonce vers le casier à clés et lis les étiquettes collées dessus, pour trouver la bonne. C'est une vieille clé couleur argent, longue, avec une boucle à l'extrémité, comme si elle était censée ouvrir un lieu magique ou un trésor. Elle est toute froide sur ma paume ; ma tête se met soudain à bourdonner et j'ai la nausée lorsque je la regarde. Quand je la rapporterai, tout aura changé.

Je la glisse dans ma poche et parcours rapidement les plannings sur le panneau d'affichage. Au début, je ne vois rien concernant le bateau, et je commence à paniquer… Des noms et des dates qui ne signifient rien pour moi défilent sous mes yeux… Soudain, j'aperçois le calendrier, sur le mur. Les battements de mon cœur s'accélèrent tandis que mes yeux se fixent sur un mot, écrit soigneusement au marqueur bleu, en regard du mardi 10 : « Livraison ».

Et je me rends alors compte que je n'ai pas la moindre idée du jour qu'on est. Je cherche un point de référence, et tout à coup, je le trouve. « Professeurs ». C'est le jour où ils ont quitté l'île. J'effectue un rapide calcul : aujourd'hui, nous sommes samedi. Demain, si j'en crois le calendrier, de nouveaux professeurs vont arriver, et quant à la livraison, elle est prévue dans une semaine. Mon cœur se met de nouveau à cogner très fort dans ma poitrine. Le bateau va revenir plus tôt que nous ne le croyions. Et pourtant, j'ai déjà envie d'être très loin d'ici ! Dans un havre où j'oublierai ce sordide manoir.

Je me retourne et m'apprête à éteindre la lampe de bureau lorsque je la vois… C'est une feuille sur laquelle figurent mon nom et celui de Louis, tapés en lettres majuscules. Je m'en saisis d'une main tremblante, et lis rapidement le texte en essayant de percer le jargon médical.

Et c'est quand j'atteins le dernier paragraphe que je saisis enfin. Je le relis trois fois, m'attendant presque à ce que les mots se modifient à chaque nouvelle lecture… J'éprouve des difficultés à respirer, je ne sais plus quoi ressentir. En fait, je n'arrive pas à croire ce que je lis.

Clara, Will, la grotte et la clé m'attendent… En un éclair, je fais une photocopie de la feuille, maudissant le temps que met la machine pour se mettre en marche, puis son bruit, et finalement, je repose l'original où je l'ai trouvé. La copie est toute chaude quand je la glisse dans ma poche après l'avoir pliée. Mon cerveau fourmille de pensées. Clara et moi. Louis et moi. Tous les autres. Le bateau. La fuite. J'ai envie de m'asseoir et de reprendre mon souffle, mais je n'en ai pas le temps. Pas encore.

Il faut se concentrer sur les projets de cette nuit, me dis-je en éteignant la lumière et en sortant du bureau. La feuille qui se trouve à présent dans ma poche n'a rien changé à l'actualité de la soirée.

Ils m'attendent sagement dans la cuisine. Comme Will a l'air enfantin, dans son pull épais et son gros manteau ! Clara lui a donné deux paires de chaussettes en guise de gants, afin qu'il n'ait pas froid aux mains. Son regard brille quand nous l'aidons à sortir dans la nuit glacée. Le ciel est clair et le froid n'a pas l'air de le gêner. Il pousse un petit cri lorsque nous ouvrons la porte arrière du jardin qui, par chance, ne grince pas, ou alors bien moins que ce à quoi je m'attendais. La joie qui s'affiche sur son visage me rappelle le sentiment de liberté que j'avais éprouvé lorsque Clara et moi avions escaladé le mur pour la première fois. À quel point je m'étais senti enfin vivant.

Nous effectuons lentement le trajet jusqu'à la plage. Will traîne les pieds et doit s'arrêter tous les deux mètres, car ses jambes se dérobent sous lui, mais il est déterminé à marcher et ne souhaite pas qu'on le porte sur notre dos.

— La mer ! s'écrie-t-il alors que nous nous tenons en haut du sentier pentu, le vent battant nos visages. Regardez !

— C'est beau, n'est-ce pas ? dit Clara en souriant.

La surface noire de l'eau qui reflète le scintillement des étoiles semble nous décocher des centaines de clins d'œil. Will approuve d'un hochement de tête, un sourire radieux aux lèvres. Il a oublié le sang qu'il a craché. Il a oublié ce qui lui arrive. Il est totalement immergé dans le moment de cette aventure.

— Viens, dis-je. C'est pas tout.

Nous poursuivons notre route au même rythme prudent, même si Clara et moi connaissons si bien le chemin que nous pourrions le dévaler en courant, yeux fermés, sans courir le moindre danger. Nous guidons Will, lui conseillons où poser les pieds, lui signalons les endroits à éviter, tout en le maintenant étroitement pour qu'il ne tombe pas.

Il halète quand nous atteignons les galets, et l'on entend un terrible crépitement dans ses poumons, mais il ne semble pas le remarquer. Je suis heureux que nous l'ayons amené ici, cette nuit. Les infirmières seraient venues le chercher demain, c'est certain.

— Le vent est fou ! s'écrie-t-il en me regardant.

Ses yeux pleurent, son nez coule. Je hoche la tête et nous rions, ravis des sensations grisantes que nous procure Mère Nature.

— Allons à la grotte !

C'est un peu notre maison, à présent, ce local en pierre, connu juste de Clara et moi jusque-là ; j'assieds Will sur les gros galets de l'entrée et l'enveloppe dans une couverture, tandis que Clara allume le bout de bougie restant. Je vois, à son expression, qu'il est littéralement submergé par tout ce qui lui arrive. Il est ébloui. J'en suis très fier, même si, en réalité, la grotte ne nous appartient pas au sens légal du terme.

— Qu'est-ce que vous faites ici, toute la nuit ? demande Will. Vous admirez la mer ?

Clara me lance un coup d'œil : elle a manifestement envie de rire. Will est si jeune qu'il ne pense même pas qu'on puisse se tripoter. Tout ça fait partie d'un avenir qui lui est volé d'avance.

— Entre autres, dit Clara en déballant les sandwichs.

Elle a coupé les tranches de pain de mie en forme de triangle, de sorte que Will puisse les manger plus facilement. On dirait les sandwichs servis lors d'un thé mondain. Sans doute Clara en a-t-elle vu défiler beaucoup sur des plateaux, dans sa vie d'*avant*.

— On parle, aussi, ajoute-t-elle. Toby me raconte des histoires de sirènes.

— De sirènes ? répète-t-il.

Et il croque un petit bout de son sandwich qu'il a visiblement du mal à avaler.

— Elles vivent dans les profondeurs de la mer, enchaîne Clara. Et parfois, elles se risquent jusqu'au rivage pour avoir une idée de ce qu'est un être humain, savoir comment on marche sur la terre. Mais elles ne viennent que la nuit. Elles attendent ensuite que le soleil se lève et que la marée les ramène vers les fonds marins.

Will la regarde avec une attention soutenue. La voix de Clara est douce et belle. J'en pleurerais presque de les contempler, tous les deux. Je ne peux accepter ce qui arrive. Je ne me rappelle pas avoir beaucoup versé de larmes, *avant*. Du moins pas depuis ma plus tendre enfance. Mais je crois que c'est le rapport sur Louis et moi qui me donne le plus envie de pleurer. Cette découverte a libéré quelque chose d'enfoui au fond de mon être… Là, au creux de la nuit, mon cerveau et mon cœur partent dans trop de directions opposées. J'ai mal à la gorge, elle est toute nouée. Je m'efforce de manger un peu, et alors que je mastique le pain froid, je sens ma bouche devenir plus sèche encore. J'ai besoin de boire, mais chaque chose en son temps.

— C'est la grotte d'une sirène, poursuit Clara, un bras passé sous celui de Will. Et tu es assis sur un siège de sirène.

— Les sirènes n'existent pas, dit Will en souriant. (Il hausse les épaules.) Mais c'est une belle histoire.

— Mais si, elles existent ! se récrie Clara. Et tu sais quoi ?

— Non…

C'est alors que je la vois. La première lueur verte au-dessus de l'horizon qui déploie vers le dôme de la nuit ses mèches fluo. J'écarquille les yeux, et j'en oublie ma nourriture et mes larmes. Les lumières sont revenues ! Ça ne pouvait pas mieux tomber : nous voulions offrir une nuit lumineuse à Will, et le ciel, en allié, nous a envoyé ce présent.

— Eh bien, elles donnent des fêtes extraordinaires sur la grève ! Elles boivent du vin de sirène dans des conques.

Je m'écrie soudain.

— Clara, regarde ! Ça recommence…

Un lavis de rose et de jaune s'est mêlé au vert, et les rayons lumineux se dressent vers le ciel de la nuit. On dirait qu'on en est train de contempler l'univers. Pendant quelques instants, j'en oublie presque la feuille qui est dans ma poche et qui change tout, j'en oublie que Will va mourir et que Clara et moi projetons de fuir. Nous sommes totalement captivés par la beauté des nuances qui tourbillonnent devant nos yeux, s'envolent au-dessus de nos têtes.

Will en reste bouche bée, les yeux rivés au ciel. Et j'aperçois alors, dans sa bouche ouverte, du pain de mie à peine mastiqué. Dans la pénombre, je ne peux voir si du sang s'y mêle, et d'ailleurs, je n'ai pas envie de le savoir. Tout ça n'a plus d'importance.

— Qu'est-ce que c'est ? demande-t-il dans un murmure.

Je l'aide à se relever et nous nous avançons vers l'entrée de la grotte.

Clara sort les Thermos de son sac et nous rejoint.

— La magie des sirènes, dis-je. Elles donnent un bal dans les profondeurs de l'océan. Une fête.

Je ne sais pas s'il m'écoute, et d'ailleurs, qu'est-ce que ça peut bien faire ? Nous contemplons le spectacle lumineux en silence, debout. Will oscille d'une jambe à l'autre, son corps est parfois pris de tremblements, mais il ne s'en aperçoit pas. Il est complètement absorbé par le jeu des couleurs. D'ailleurs, nous le sommes tous ; le temps s'est suspendu.

— C'est la plus belle chose que j'aie jamais vue, dit-il enfin. Comme un autre monde, juste pour nous. Comme si on était dans *Narnia*.

— Tu vois ? dit Clara. Les sirènes existent ! La magie également. Et peut-être même que le monde de *Narnia* est réel, lui aussi.

— C'est fantastique, fantastique ! répète Will.

Alors qu'il ne perd pas une miette du spectacle, Clara me lance un regard en biais, et mon estomac se contracte…

— J'ai froid, dis-je alors, essayant de m'exprimer sans chevrotement dans la voix. Tu as apporté du café ?

— Oui, dit-elle. Prends.

Et elle me tend une Thermos. Je l'ouvre et bois une petite gorgée, prudemment ; lorsque mes papilles reconnaissent la boisson amère, je sais qu'elle m'a donné la bonne bouteille.

— J'ai du chocolat chaud fait maison, Will, dit-elle. Tu en veux ?

— Oui, s'il te plaît !

Il la regarde et lui décoche un large sourire, heureux. Insouciant. Il vit la meilleure nuit de son existence, me dis-je, et pourtant, les lumières vont bientôt se résorber… Clara a les mains qui tremblent quand elle ouvre la Thermos, et j'aide Will à saisir la bouteille de ses mains emmitouflées dans des chaussettes. Il parvient à la porter à sa bouche. Je ne sais pas s'il s'en rend compte, mais Clara la maintient à la base, au cas où…

Je souffre avec une férocité qui me surprend. J'aime Will. Pas de la façon dont j'aime Clara, bien sûr, mais comme un petit frère. Et il va être le premier de notre dortoir à partir… Je repense à la lettre, dans ma poche. J'aimerais tant ne pas l'avoir découverte cette nuit !

— Bois encore, lui dis-je. Ça va te réchauffer.

Will avale une autre gorgée, et une moustache en chocolat macule alors sa bouche.

— Merci, Toby, dit-il avec une reconnaissance qui me brise le cœur. C'était super.

Après quoi, nous nous taisons. Il sirote toujours le chocolat chaud et je m'efforce de finir mon café. Puis nous contemplons le ciel, même si je sais que Clara et moi ne voyons plus vraiment les lumières. Quand bien même nous le voudrions, nous ne pourrions plus les voir correctement à travers le brouillard des larmes qui coulent de nos yeux.

Au bout d'un moment, Will laisse échapper la Thermos et s'affaisse comme un poids mort entre nous. Nous nous rasseyons sur les galets, à l'entrée de la grotte, et je m'assure que son visage est bien tourné vers les lumières qui dansent joyeusement dans le ciel. Je le tiens tout contre moi pour le réchauffer ; il a les yeux clos et dodeline de la tête, mais il respire encore. Lentement et de façon irrégulière, mais il respire. J'aimerais que cette nuit dure toujours pour lui ; je veux qu'il continue à admirer le ciel éblouissant aussi longtemps que possible.

Sa respiration finit par s'arrêter au bout d'un bon moment, après avoir peu à peu décliné. Il est collé à moi, soudain plus lourd et vide à la fois. Il a vraiment expiré tout contre mes oreilles.

J'ai l'impression que le monde se met à tanguer, et Clara laisse couler ses larmes… De la manche de mon manteau, j'essuie soigneusement le chocolat sur les lèvres de Will. Il ne faut pas qu'il ait l'air sale quand ils vont le trouver. Je ne le supporterais pas.

Nous restons encore assis sans bouger, Clara et moi, les bras passés autour des épaules de Will, aucun de nous n'ayant envie de le laisser, même s'il nous a déjà quittés. De ses doigts, Clara touche les miens.

— On a fait ce qu'il fallait, n'est-ce pas ? murmure-t-elle.

J'entends de la peur dans sa voix, comme si elle venait de se rendre compte de l'énormité de notre initiative. Je finis par répondre :

— Oui. C'est vraiment terrible, mais on a agi en notre âme et conscience.

Ma tête de lit est vide, à présent. Dans l'après-midi, Clara et moi avions rassemblé tous nos somnifères et pris notre décision. Je me demande si, au fond, je n'avais pas gardé les miens pour les ingérer en une fois quand l'heure de monter au sanatorium aurait sonné pour moi. Encore qu'à bien y réfléchir, ce n'est pas vraiment plausible. J'aurais fait comme les autres, je serais tombé malade, et j'aurais continué à prier pour qu'il y ait une erreur. Maintenant, j'éprouve une impression étrange, alors que Will est mort à côté de moi, et que j'ai ce fameux document dans ma poche. Je ne peux pas en parler à Clara. C'est impossible. C'est un nouveau maillon qui vient se greffer à la chaîne de mes secrets. Mais je l'aime, je l'aime de toutes mes forces, et plus encore maintenant, après l'acte que nous avons commis. Je refuse que quoi que ce soit vienne gâcher notre relation. Je veux qu'elle reste aussi proche de moi que je le suis d'elle ; je refuse qu'elle me voie avec des yeux différents.

— Il faut rentrer, dis-je, tandis que les ultimes lumières s'évanouissent définitivement dans le dôme de la nuit.

Elle hoche la tête et rassemble nos affaires ; de mon côté, je prends Will dans mes bras. Il est plus lourd que je ne le pensais, mais ce n'est pas grave. Le ramener au manoir constitue un privilège pour moi, un honneur. C'est aussi une façon de faire pénitence, et un devoir après le choix que Clara et moi avons fait.

Je transpire à grosses gouttes lorsque nous entrons par la petite porte arrière. Mes vêtements me collent à la peau et mes bras tremblent. Mon dos me hurle de lâcher Will, mais je le transporte encore jusqu'au gros chêne où je le dépose aussi doucement que possible, pour pouvoir l'adosser au tronc de l'arbre. Soudain, il s'affaisse d'un côté ; Clara et moi nous efforçons aussitôt de bien le caler, à l'aide notamment de la Thermos. L'arbre est imposant et représente un bon soutien. Tout à coup, j'éclate en sanglots, incapable de me retenir. Clara recouvre Will de la couverture, et nous le regardons encore un bon moment ; elle glisse son bras sous le mien, cependant que je continue à pleurer. Puis elle finit par se détacher de moi.

Je ne veux pas le laisser seul ici, mais le jour se lève déjà. Je devrais le porter jusqu'à son lit pour que ça paraisse moins suspect, mais je n'en ai pas envie. Je souhaite que Matrone croie que Will l'a défiée en ses derniers instants.

Qu'il est sorti tout seul pour mourir à l'ombre du chêne, en plein air, et non dans la demeure. C'est comme une petite rébellion, mais je désire que tous respectent Will dans sa mort, même si c'est à contrecœur.

— Bonne nuit, Will, dis-je, les yeux brouillés de larmes. Dors bien.

Sur ces mots, Clara me prend la main et me conduit à l'intérieur. Elle se rend alors dans la cuisine pour ranger, tandis que je m'emploie à remettre la clé à sa place dans le bureau de Matrone. Cette fois, je ne me bats pas avec les épingles, c'est facile. Mes mains ne tremblent plus. Je suis juste épuisé ; je sens la fatigue s'abattre sur moi, non pas en raison des efforts que j'ai fournis pour porter Will, mais à cause de ce nouveau secret qui entoure sa mort.

Pourtant, nous avons fait ce qu'il fallait, me redis-je, alors que Clara et moi nous allongeons sur le lit d'un dortoir vide, et que nous pleurons à chaudes larmes, visage contre visage, jusqu'à ce que nous nous sentions complètement vidés. C'était la fin la plus douce à lui accorder. Je ne pouvais pas le laisser mourir seul au sanatorium. C'était impossible.

Il avait encore le goût poisseux et sucré du Coca dans la bouche lorsqu'il remonta l'allée qui menait à la maison et s'arrêta pour considérer le van garé devant. Sa mère avait dû embaucher des ouvriers, pensa-t-il. Peut-être s'était-elle enfin décidée à faire réparer la douche dont le mitigeur présentait un problème et ne donnait parfois que de l'eau froide. Son cartable pesait lourd, car il avait beaucoup de devoirs qu'il n'avait pourtant pas vraiment l'intention de faire, ce week-end. Il fouilla dans ses poches pour prendre ses clés. Au fond, il sortirait peut-être ses livres et les parcourrait, même si toutes ses pensées seraient accaparées par la fête du samedi soir et la meilleure stratégie pour impressionner Julie McKendrick, sans avoir l'air d'un complet idiot. Et puis il devait aussi s'occuper de Jonesy ! Il allait le voir ce soir, et il devrait d'ici là avoir pris une décision à son sujet : l'emmènerait-il à la fête, oui ou non ? Il n'en avait pas envie, pas vraiment, mais rien qu'à l'idée de la tête que ferait Jonesy quand il lui annoncerait qu'il ne venait pas, il sentait déjà son estomac se contracter. Sans compter, ce qui n'était pas exclu, que si Julie ne voulait finalement pas de lui, il ne souhaitait pas fiche en l'air son amitié avec Jonesy. C'était délicat. L'adolescence était une époque foutrement délicate.

Il n'entendit pas la porte du van s'ouvrir derrière lui. Il avait juste envie de rentrer dans la maison où régnait à coup sûr une apaisante fraîcheur, et de prendre une boisson dans le réfrigérateur pour effacer la sensation sucrée et chaude qui avait envahi sa bouche. Il espérait que sa mère avait acheté du jus de fruits.

Ce ne fut qu'après être entré dans le vestibule et avoir jeté son sac près de la rangée de chaussures qu'il comprit que quelque chose n'allait vraiment pas. Il entendit soudain des pleurs, si terribles et désespérés, qu'il lui fallut un bon moment pour se rendre compte qu'ils provenaient de sa mère. À ce moment-là, pourtant, il n'avait toujours pas fait le rapprochement, en dépit du van à l'extérieur, du test, des sanglots. Il songea aussitôt que son père avait dû avoir un accident. Un terrible accident sur le long trajet qu'il effectuait pour revenir du travail. Son cœur se mit à cogner violemment dans sa poitrine.

— Maman ?

Il se dirigea vers la cuisine en accélérant le pas. Mais il n'avait pas atteint la porte qu'il l'entendit s'écrier :

— Va-t'en, Toby ! Cours, je t'en supplie…

Il vit alors qu'elle était immobilisée par des bras vigoureux et il considéra la scène, sans comprendre. Étaient-ils victimes d'un cambriolage ? Un homme maintenait sa mère et lui parlait calmement tandis qu'elle ordonnait à Toby de fuir en courant. Un autre brandissait des vêtements qui lui appartenaient : jeans, tee-shirt, tennis…

— Tu pourras te changer dans le van, lui dit-il.

Toby prêta à peine attention à ces paroles. Tout ce qu'il entendait, c'était les pleurs déchirants de sa mère, qui les implorait de ne pas l'emmener, de lui laisser son bébé, qu'il devait y avoir une erreur.

Elle hurlait qu'elle l'aimait, qu'elle l'aimerait toujours, alors qu'ils le menaient comme un agneau sans volonté vers le van stationné au soleil. Ce fut lorsqu'il regarda à l'intérieur que la réalité le frappa de plein fouet et qu'il se mit lui aussi à hurler pour appeler sa mère à son secours.

19

À notre réveil, nous constatons que le lit de Will a été enlevé. J'essaie d'arborer le même air choqué que les autres, mais j'étais éveillé, yeux fermés, tentant de maîtriser ma respiration alors que mon cœur battait comme un fou, quand les infirmières sont venues chercher ses affaires pour les emporter dans l'ascenseur. Elles m'ont alors semblé affolées et surprises, murmurant entre elles. C'était une petite victoire bien amère. Je me demande laquelle a regardé en premier par la fenêtre et a découvert Will, assis contre le tronc. En réalité, j'espère que c'est Matrone. Elles n'avaient plus beaucoup de temps pour agir, mais elles se sont précipitées dans les couloirs, dans le dortoir. Et à l'heure où la cloche a sonné, tout était redevenu normal. Enfin aussi normal que ça puisse l'être quand l'un des vôtres a disparu au milieu de la nuit.

— Pauvre Will ! finit par dire Ashley. Je pensais qu'il vivrait au moins un jour de plus.

Louis regarde fixement un point dans le vide avant d'éclater en sanglots poignants. Je veux alors le consoler, mais il me repousse.

— Laisse-moi tranquille, m'ordonne-t-il.

On dirait un animal meurtri et furieux.

— Ne me touche pas, laisse-moi tranquille ! répète-t-il devant mon insistance.

Il me foudroie du regard et je recule. Je ne m'attendais pas à une telle réaction de sa part, car Louis a toujours été très respectueux envers moi. Tom me jette un coup d'œil et hausse les épaules. C'est la peine liée au deuil, semble-t-il me dire. Rien d'autre.

— Je suis ici si tu as besoin de moi, marmonné-je.

Je me sens proche de Louis. Nous partageons un secret, même s'il ne le sait pas encore. Je sens la feuille me brûler la cuisse à travers la poche de mon jean.

— Je te parlerai plus tard, lui dis-je encore tandis que nous descendons l'escalier pour prendre le petit déjeuner.

Il ne me répond pas, se place à un bout de la table et se met à manger comme un robot.

Clara est toute pâle, et quand Eleanor fait remarquer que Will n'est plus là, elle éclate en sanglots. Tout le monde nous observe. J'ai l'impression que les yeux sont plus précisément braqués sur moi. C'est horrible. J'ai la nausée. Je me sens à des kilomètres de la grotte, et pourtant, j'essaie de me rappeler l'expression émerveillée de Will, cette nuit, quand il buvait son chocolat chaud. Les autres ne le sauront jamais, mais Clara et moi avons commis une très bonne action. Je m'accroche à cette idée, à cette petite bouée dans l'océan obscur qui m'entoure. Plus qu'une semaine, me dis-je. Une semaine, et après, nous serons libres. En dépit de tout ce qui se passe, cette perspective me procure un sentiment de soulagement. Clara et moi allons partir pour l'aventure. Une plage chaude. Insouciants et joyeux. Je lance un coup d'œil à Louis et la culpabilité m'assaille… C'est comme pour Jonesy et la fête. Est-ce que je l'emmène avec nous ou pas ? Mes yeux me démangent, tellement je suis fatigué. Je réfléchirai à la question plus tard. Je lui parlerai quand il se sentira mieux.

Il ne faut pas attendre longtemps pour qu'Ashley colle des affiches annonçant une messe de commémoration en l'honneur de Will, ce soir. Je me demande bien pourquoi il se fatigue à fabriquer ces fichus placards ; il lui serait plus facile de passer entre nous pour nous en informer. C'est sans doute pour se donner de l'importance... Qu'en penserait Will ? Je ne sais plus s'il était aussi agacé que moi par la chapelle d'Ashley ; en fait, je ne crois pas qu'il y accordait une grande attention. Je me rends compte qu'il y a énormément de détails que j'ignore au sujet de Will.

Clara est sortie du réfectoire pour consoler Eleanor, mais ce n'est pas grave. J'ai besoin d'un peu de temps à moi pendant que la maison se remet du vide laissé par Will. Elle m'inspire presque les mêmes impressions qu'à mon arrivée, bien que maintenant, je me rends compte que j'y ai accumulé des souvenirs ; je ne souhaite vraiment pas les emporter avec moi lorsque nous quitterons les lieux. Cette maison, qui n'en est pas une, est si étrange ; c'est le purgatoire des damnés.

Louis est dans la salle d'arts plastiques avec Harriet. Devant lui, il a posé une grande feuille de papier jaune, et sa langue touche presque son nez tandis qu'il trace avec application des lettres au stylo. À côté de lui se trouve également une boîte de feutres épais. Il est manifestement en train de réaliser une illustration pour le mur de la chapelle. Une autre épitaphe. J'ai envie de lui conseiller de créer une bande faite de vert et de rose, comme dans le ciel de la nuit, mais je n'ose pas. Je finis par me soustraire à tout ça en me réfugiant dans le dortoir où je sombre dans le sommeil jusqu'à l'heure du déjeuner.

Dans l'après-midi, nous observons l'arrivée des nouveaux professeurs et infirmières par la fenêtre du dortoir. Même

Louis, qui s'est enfermé dans le silence, se joint à nous. Nous sommes tous abattus. Ils ont l'air sérieux et efficaces, et ne bavardent pas entre eux tandis qu'ils se dirigent vers l'entrée, leurs petites valises à la main, la neige fondue crissant sous leurs pieds. Elle ne forme plus un manteau blanc immaculé ; maintenant, c'est juste de la boue grise qui colle aux graviers. Dans le jardin, on distingue de nouveau l'herbe. Le bonhomme de neige a l'air perdu, et j'ai envie de le bourrer de coups de pied au lieu de regarder le sinistre cortège d'arrivants qui va se fondre peu à peu dans le néant de cette demeure, dans le monde des oubliés et des abandonnés. Ils ne me semblent ni affables, ni amicaux, mais froids et informes, comme s'ils nous détestaient déjà de les avoir convoqués ici, pour les laisser tomber par la suite. Nous avons accueilli la neige avec un trop grand enthousiasme ; elle ne pouvait pas accaparer notre attention très longtemps. Nous avons pourtant appris à accepter des réalités plus incroyables qu'un temps inhabituel.

Clara et moi sommes dans son dortoir, après la dernière collation, quand nous entendons des bruits de pas dans le couloir. Eleanor passe la tête par l'entrebâillement de la porte.

— Vous venez ? demande-t-elle. C'est la messe de célébration pour Will. On est plein à y aller. Tom, Louis. Joe, aussi.

— On va voir, répond Clara.

Eleanor hoche la tête et disparaît.

— Tom et Louis ne croient même pas en Dieu.

Mon ton est plus amer que je ne le voudrais. Tom déteste la religion. Pourquoi participe-t-il à cette mascarade ? Qu'attendent-ils d'Ashley ? Qu'il les guérisse ?

Nous sommes peut-être des lépreux, mais lui, il n'est pas Jésus, et tout ça, c'est des conneries.

—Il ne s'agit pas de Dieu, reprend Clara en jouant avec mes doigts, mais de Will. C'est une cérémonie pour lui dire au revoir.

—Nous l'avons déjà fait.

—On devrait peut-être y aller quand même. Pour les autres.

Je plonge mes yeux dans les siens, et j'imagine la façon dont l'océan chaud s'harmonisera avec leur couleur.

—Il va bien falloir qu'ils s'habituent à notre absence. Il n'y a plus qu'une semaine d'ici notre départ.

Pour la première fois de la journée, elle me sourit. Ses dents blanches sont éclatantes sur sa peau de rousse.

—J'ai tellement hâte d'y être, soupire-t-elle.

—Il faut prendre nos comprimés, ce soir, dis-je. Et demain aussi, au cas où.

Nous avons laissé la Thermos de chocolat chaud près de Will, afin que l'équipe qui nous surveille teste son contenu et en déduise qu'il n'avait peut-être pas pris ses somnifères régulièrement et qu'il les a tous ingérés en une fois, quand il s'est su malade. Du même coup, ça va les rendre suspicieux, et il est possible que les infirmières effectuent des rondes pour s'assurer qu'on a bien pris nos somnifères. Je n'accorde aucune confiance à Matrone. Je repense au document, dans ma poche, et je croise les doigts pour que le bateau soit bien au rendez-vous dans une semaine. J'ignore quand elle va prendre des mesures contre Louis et moi, mais je n'ai aucun doute sur ses intentions. Ne s'est-elle pas débarrassée de sa malheureuse collègue ? Mais avec nous, il n'y a pas d'urgence. Nous n'irons nulle part, du moins est-ce ce qu'elle croit. Il faut que j'avertisse au plus vite Clara que nous allons emmener Louis avec nous. C'est nécessaire.

— OK, acquiesce Clara, m'arrachant à mes réflexions. Mais nos nuits vont me manquer. (Elle se penche vers moi et m'embrasse.) Bientôt, on passera tout notre temps ensemble, sans avoir à faire le mur.

Elle se blottit alors contre moi, et j'ai l'impression que je ne peux rien éprouver de meilleur. Nous restons enlacés pendant un bon moment, puis des notes de saxophone s'élèvent soudain dans le silence, remplissant l'escalier… C'est comme si le manoir s'était mis à chanter un vieux blues du sud des États-Unis. Ça vient de la chapelle, c'est évident. J'en conclus donc que même Albi est là-haut. Si Will pouvait voir ça !

Clara se redresse et plonge ses yeux dans les miens. Elle n'a pas besoin de prononcer la moindre parole : nous devrions être avec les autres, tout particulièrement nous, pour prendre congé de Will et de la demeure. Je hoche la tête.

— OK, allons-y.

Nous distinguons les lueurs des bougies, qui réchauffent l'atmosphère, avant même d'atteindre le seuil de la chapelle. Les flammes dansent doucement sous les vibrations de la musique. Clara ouvre la voie et je la suis, nerveux, à l'intérieur. Je suis surpris par le nombre de personnes présentes, mais je ne vois pas Jake. Curieusement, cela me procure un certain soulagement. Il a ses défauts, mais il n'a aucune tolérance pour les conneries. En venant ici, c'est un peu comme si j'avais trahi une sorte de confiance tacite entre nous, mais en même temps, je ne peux résister à l'appel de Will ; j'ai l'impression qu'il a envahi toute la maison, qu'il plane au-dessus de nous. Ashley, debout devant les chaises en demi-cercle, nous regarde entrer et nous sourit. Je ne sais pas si c'est un signe d'amitié ou de triomphe, et je préfère ne pas en tenir compte. Il ne s'agit pas de lui.

Dans un coin, Albi souffle une dernière et longue note, et quand elle s'évanouit définitivement, Ashley se tourne vers Louis.

— Tu voulais faire un petit discours ?

Louis est petit par rapport aux autres, mais ses yeux me transpercent quand il les braque vers moi.

— Pas avec eux dans cette pièce. Ils n'ont pas le droit d'être ici !

Ma gorge se noue affreusement. Clara considère tour à tour Louis, puis moi, confuse, de toute évidence traversée par un vent de panique… Louis ne peut pas savoir ! *Il ne peut tout simplement pas savoir.*

— Tout le monde est bienvenu, ici, assure Ashley.

Et j'ai envie de lui envoyer mon poing sur la figure pour son arrogance. Louis a raison, c'est vrai que je n'ai rien à fiche ici. Je suis un intrus, mais lui aussi.

— Pas eux ! insiste-t-il. Qu'ils aillent se faire foutre !

J'ai l'impression qu'il vient de me cracher au visage. Je ne l'ai jamais vu dans cet état.

— OK, on s'en va, déclare Clara, d'un ton maladroit.

Mais c'est trop tard.

— Maintenant que vous avez tout détruit, vous pouvez rester ! se récrie Louis. C'est moi qui me casse. Je n'ai pas besoin de cette chapelle.

Il jette alors par terre l'affiche qu'il tenait à la main et passe comme un ouragan devant nous, me bousculant au passage. Son visage est déformé par la rage, chaque nerf tendu et apparent.

— Je vais avec lui, dis-je à Clara. Toi, reste là.

Je vois ses lèvres trembler, mais elle acquiesce d'un mouvement de tête. Ashley propose alors d'entonner un hymne ; tout comme moi, il a perçu l'électricité qui craquait dans l'air. J'ai l'estomac tout contracté quand je sors de la chapelle et suis l'écho des pas rageurs de Louis dans l'escalier.

Je le retrouve dans la salle de bains – celle où nous avons lavé les jambes tachées de sang de Will. Alors, pendant quelques secondes, je revois Will assis ici, alors qu'il n'était plus que l'ombre de lui-même ; par esprit de rébellion, je m'assieds sur sa silhouette et il disparaît, bien sûr. C'était une vision. Il n'est plus rien, maintenant. *Il n'existe plus.*

Je tourne la tête vers Louis. Il est assis sur le siège des toilettes et darde sur moi des yeux dilatés par l'effroi ; j'en ai la nausée. Que croit-il que je vais lui faire ?

— Il m'a tout raconté, me dit-il.

Son corps frémit de peur et de colère. Il est complètement bouleversé, et c'est ma faute.

— Tu croyais peut-être qu'il n'allait rien me dire ? poursuit-il. C'était mon meilleur ami !

— Et qu'est-ce qu'il t'a dit ?

— Il m'a parlé d'une aventure.

Il est si amer que chacun de ses mots me fait l'effet d'un morceau de verre qui sortirait de sa bouche.

— Clara et toi lui avez demandé de ne pas prendre ses vitamines, sous prétexte de l'emmener vivre une aventure.

— Ce ne sont pas des vitamines.

Je suis fatigué, je ne peux pas l'affronter.

— Je sais. Depuis longtemps !

Il me regarde comme si j'étais un idiot.

— Mais je ne veux pas rester réveillé, poursuit-il. Pourquoi avoir plus de temps pour penser ?

Je ne dis rien. Je me rappelle combien son cerveau est complexe et j'imagine que ce doit être un fardeau. Bien sûr, il a besoin de la paix que lui apporte le sommeil. Au bout d'un moment, la colère l'abandonne et il se met à pleurer, des sanglots profonds, qui semblent lui remonter du fond de l'âme.

— Tu l'as tué, Toby. Tu l'as entraîné dehors une fois la nuit tombée, et tu l'as tué. Comment t'as pu faire ça ?

— Je voulais pas qu'il ait peur.

J'entends à peine mes propres paroles. Ce sont comme des volutes de fumée.

— Je voulais pas qu'il aille au sanatorium.

— Il te faisait confiance, et moi aussi. Je pensais que tu le ramènerais. Je t'ai vu par la fenêtre quand tu l'as calé contre l'arbre. Et même là, je n'ai pas compris ce qui se passait. Ce que j'ai été stupide !

— Il n'avait pas peur, il était heureux.

Tout à coup, je repense à Jake, à la façon dont il a gentiment caressé les plumes de Georgie avant de lui briser la nuque.

— On était…

Je bute sur les mots. Tout semble vaciller autour de moi. Qu'avons-nous fait, au juste ?

— On lui voulait du bien. Je supportais pas l'idée qu'il ait peur.

Je me répète, j'en ai bien conscience, j'ai l'air de plus en plus lamentable. Je sens que j'ai les joues toutes rouges et mes paumes sont complètement moites.

— On voulait lui offrir une nuit merveilleuse. Grandiose. Pas qu'il meure au sanatorium.

Cette déclaration est une forme de confession ; il me semble qu'en la formulant, le poids lié à la mort de Will va glisser de mes épaules.

— J'ai compris, dit-il en soupirant. Je suis pas demeuré.

Pris de court, je fronce les sourcils, car pour le coup, c'est moi qui ne saisis plus. Il me regarde comme on considère un enfant dur à la détente, qui ne fournit pas la réponse pourtant évidente qu'on attend de lui. Ses yeux sont remplis de larmes et ses épaules tremblotent.

— J'aurais dû être là, moi aussi. T'aurais dû m'emmener avec vous.

Cette fois, il a gémi comme un enfant blessé, et ses reproches s'enfoncent dans mon cœur comme autant de lames.

— Je crois pas que… Je…

En fait, je ne sais pas quoi répondre. Que je ne lui ai pas fait confiance ? Que je pensais qu'il le répéterait ? Nous étions tellement concentrés sur Will, sur l'inquiétude que nous nourrissions pour lui, que nous n'avons pas pensé aux répercussions de notre décision sur Louis. Comme j'aimerais revenir en arrière et m'y prendre autrement !

— J'ai pas pu lui dire au revoir, gémit-il alors.

De la morve lui coule du nez, mais il ne prend pas la peine de l'essuyer.

— Il a fallu que j'assiste à cette stupide cérémonie, à la chapelle, et même ça, c'était raté, poursuit-il. J'aurais dû être là, Toby ! J'étais son meilleur ami !

Sur ces paroles, il me regarde avec une telle intensité que je commence à me demander si nous n'allons pas vraiment finir par remonter le temps pour que je fasse amende honorable.

— Ce n'était pas toi, ni Clara, qui devait l'entourer, mais *moi*.

— Je suis désolé.

C'est tout ce que je peux lui dire, et je sais que ça paraît vraiment godiche. Pourtant, je répète :

— Je suis désolé.

Il finit par prendre plusieurs feuilles du papier hygiénique qui se trouve derrière lui, et se mouche bruyamment.

— Oui, ça, j'imagine que tu l'es. Mais je m'en fous.

Il se lève brusquement et reprend contenance.

— Je veux plus jamais que tu m'adresses la parole, poursuit-il. Et je ne te parlerai plus jamais non plus. Tu comprends ça ?

— Mais Louis, il *faut* que je te parle ! J'ai quelque chose d'important à te dire !

— Va te faire foutre, Toby ! dit-il en ouvrant la porte. Va te faire foutre et *crève* !

Je reste assis quelques instants sur le rebord de la baignoire après qu'il est sorti, là où était Will, et je me mets à pleurer comme un bébé. Je pleure sur nous tous. Je pleure, car je ne sais plus quoi ressentir. Je pleure parce que j'éprouve trop de choses. J'essaie d'évacuer tout ça par les larmes, mais je n'y arrive pas. C'est comme un poids qui reste accroché à l'intérieur de moi.

Peu à peu je finis par me calmer, puis je demeure immobile pendant de longues minutes encore… Je ne veux pas qu'on pense que j'ai sangloté. Je m'asperge ensuite le visage d'eau froide. Le rouge autour de mes yeux masque en réalité les dernières marques de mes blessures. Mon corps est agité de spasmes, j'ai froid. Louis va se calmer, je le connais. Oui, il se calmera, je le souhaite de tout cœur. Il faut que je puisse lui faire confiance si je veux lui avouer notre projet de fuite avec Clara, d'autant que ce plan l'inclut. De toute façon, je ne pourrai pas partir sans le lui dire. Est-ce que, par dépit, il pourrait le rapporter à Matrone ? Non, c'est inimaginable… Cependant, je n'aurais jamais cru qu'un jour Louis me dirait d'aller me faire voir et de mourir.

Personne ne prononce de telles paroles ici, elles sont trop lourdes de sens, elles comportent un trop mauvais karma.

Jake est en train de remonter l'escalier en compagnie de Daniel quand je sors enfin de la salle de bains. J'espère que j'ai retrouvé une tête normale. Jake, c'est une chose, mais l'idée qu'un petit trou du cul comme Daniel sache à quel point je suis bouleversé m'achèverait. Nous hochons la tête quand nous nous croisons, chacun sur ses gardes. Nous sommes encore dans l'étrangeté liée à la mort de Will. Son lit et ses affaires ont beau avoir été enlevés, tant qu'Ashley n'en aura pas fini avec ses commémorations, il sera toujours omniprésent. Et puis, je dois encore affronter Louis et ma propre culpabilité. Peut-être que si j'arrive à calmer le jeu avec ce dernier, ce sentiment régressera de lui-même. Je ne veux pas vivre avec le fantôme de Will tout le reste de mon existence, je ne pourrai pas le supporter. Je veux le laisser derrière moi, il le faut.

— Est-ce qu'il sait ? me demande Clara, affolée, une fois la messe de commémoration terminée.

Je hoche la tête.

— Tu crois qu'il va le dire ? ajoute-t-elle.

— À mon avis, non.

Elle a l'air inquiète. Elle aussi pense au bateau. Nous sommes si près du but.

— On aurait dû l'emmener avec nous, dis-je avec douceur. Il aurait fallu qu'il soit présent. C'est parce qu'on l'a mis à l'écart qu'il est si bouleversé.

Elle paraît alors soulagée, et je me rends compte qu'elle aussi éprouve de la culpabilité. Nous avons certes accompli un acte nécessaire, mais également épouvantable, et je n'arrive pas à évaluer quel côté pèse le plus dans la balance. Mais comme Louis est un génie, s'il tenait à être présent, c'est sans doute que la mission que nous nous étions fixée n'est pas répréhensible. Je me rappelle la façon horrible dont le corps de Will s'est affaissé lorsqu'il est mort. Cette image ne me quittera jamais. J'essaie alors de repenser à son visage quand il contemplait la lumière, émerveillé. Son poids physique l'ancrait à la terre, mais son expression, elle, l'élevait vers l'éther dans les dernières minutes de sa vie. La nuit et la lumière. L'horreur et la beauté. Tout est extrême. J'ai envie de dormir et que cette journée finisse.

— Eh bien, qu'est-ce que vous mijotez, tous les deux ? me demande Tom quand Louis va se brosser les dents.

— Rien, dis-je en haussant les épaules.

— Ça n'en a pas l'air.

— Il est chamboulé, c'est tout.

— J'ai capté, merci. Mais pourquoi est-ce que c'est à cause de toi ?

— Il s'en remettra, dis-je, éludant sa question.

Puis je lui tourne le dos et me mets au lit. Lorsque l'infirmière nous apporte nos somnifères, j'avale le mien avec plaisir, et je suis certain que Louis éprouve la même impression. Aucun de nous n'a envie de rester seul avec ses pensées.

20

Les jours suivants, la vie s'apaise un peu. La neige a complètement fondu, et le soleil revient avec sa chaleur familière. Après le petit déjeuner, nos nouveaux professeurs nous font cours. Ils sont tous aussi froids et assommants les uns que les autres, de sorte que j'en viens à me demander si les précédents ne sont pas partis parce que Matrone désapprouvait le fait qu'ils buvaient ou fumaient, ou les activités auxquelles ils se livraient dans leurs quartiers. Ce n'étaient pas des petites vacances, comme nous l'avait dit l'infirmière disparue. Je m'efforce de parcourir mes manuels, mais je garde un œil sur le soleil éclatant, à l'extérieur, et même si le fantôme de Will hante toujours mes pensées, mon être pétille d'excitation à l'idée d'être bientôt loin d'ici.

J'imagine Clara en train de courir sur la grève, dans un short en jean, riant et me poussant dans l'eau. Je me la représente libre et sauvage, comme elle est destinée à l'être. Je repense à combien j'étais mal à l'aise et gauche, *avant*. À la façon maladroite dont je me comportais avec Julie McKendrick. Clara m'a transformé. La demeure aussi, bien sûr, mais surtout Clara. Sans elle, je n'aurais pas escaladé le mur. Je serais toujours en train de broyer du noir, pétri de peur et dépourvu d'espoir. Je n'aurais jamais échafaudé un plan pour m'enfuir. Je n'aurais pas pensé au bateau.

Tout ça, je le dois à Clara. Sans elle, je n'aurais pas trouvé le rapport, sur le bureau de Matrone.

J'ai lu et relu tant de fois la photocopie que j'ai fini par commencer à y croire. Cette réalité m'obsède désormais davantage que Will. Elle me galvanise et m'effraie à la fois. C'est à cause de ce document que Matrone a fait... ce qu'elle a fait à l'infirmière. J'essaie de ne pas employer le mot *meurtre* parce que cela me fait penser à Will – « *Merci, Toby, c'était super* » – et mon cœur se met à saigner.

Louis continue à m'éviter. Il fuit mon regard et ne me parle pas. S'il a besoin qu'on lui donne par exemple le sel, à table, il s'adresse à quelqu'un d'autre. Pendant les cours, il a la tête penchée sur ses livres et semble concentré, mais je ne crois pas qu'il le soit vraiment quand il griffonne ses réponses. En fait, je sais qu'il n'a pas besoin d'écrire quoi que ce soit. Son cerveau travaille si vite qu'il peut penser à cent choses à la fois. L'après-midi, il joue aux échecs contre lui-même, ou va s'asseoir sur la balançoire. Il marmonne dans son coin, sans s'adresser à personne en particulier.

De temps à autre, je me dis que je dois aller lui parler, mais au dernier moment, je recule, et je remets la tâche à plus tard. Il faut bien sûr que je l'informe de la teneur du rapport, mais je redoute sa réaction. Il n'est pas lui-même, en ce moment. Je voudrais tant qu'il redevienne Louis, mais en réalité, je ne suis pas certain de savoir qui est Louis sans Will. Il n'a jamais vraiment parlé des amis qu'il avait avant d'arriver au manoir, ou bien peut-être s'est-il confié à Will, mais celui-ci n'est plus là.

Clara et moi nous refermons aussi sur nous-mêmes. Nous ne traînons plus avec les autres et ils ont cessé de nous poser des questions. Nous allons à la bibliothèque, où nous consultons des atlas et des encyclopédies, et échafaudons des plans pour nous embarquer sur des navires de commerce et partir à l'aventure. Il suffit que nous gagnions la France, et après ce sera facile, du moins c'est ce que Clara laisse entendre.

Au bout de trois nuits, nous cessons de prendre les somnifères. Clara affirme que nos errances nocturnes lui manquent, et même si je suis inquiet, je ne la contredis pas. Elle rit et me dit que je suis son côté sérieux, et qu'elle est ma folie. Son humeur a changé, depuis Will. Il se dégage d'elle une énergie nerveuse au fur et à mesure que la date de la livraison se rapproche.

Comme toujours, elle a raison. Je reste allongé dans mon lit un bon moment avant de trouver le courage d'en sortir et d'aller la rejoindre. Je regarde Louis pendant quelques instants, mais je suis certain qu'il dort. Je remonte un peu les couvertures sur ses bras. Le soleil a beau briller de nouveau, il fait toujours froid la nuit dans la demeure.

Nous ne sortons pas – même Clara estime que ce serait risqué –, et à la place, nous choisissons une pièce entre nos deux dortoirs pour nous serrer l'un contre l'autre ; ainsi, au cas où nous entendrions du bruit, chacun pourrait promptement regagner son lit. Le danger suspendu dans l'air rajoute à notre excitation, et en un rien de temps, elle m'attire sur elle pour m'embrasser avec passion.

— Je t'aime, je t'aime, je t'aime, murmure-t-elle encore et encore.

Son souffle est chaud et je l'embrasse moi aussi avec ferveur. Elle rend toute chose meilleure.

Ensuite, nous restons étendus, essoufflés et souriant. J'ai la tête qui tourne après le prodige que nous avons accompli, et je me sens détendu et heureux pour la première fois depuis la fameuse nuit. Je me demande bien ce que Jonesy penserait de tout ça. Moi, amoureux d'une belle fille qui m'aime en retour, avec qui je fais l'amour et que je satisfais. Jonesy me semble un enfant, maintenant, et Julie McKendrick s'efface dans le néant.

Je fais glisser mes doigts sur la peau douce de Clara… J'espère que Jonesy va bien. Il n'avait pas beaucoup d'amis à part moi. Il se confond un peu avec Louis, dans ma tête. Soudain, Clara tressaille et je me penche vers elle ; j'aperçois alors un gros hématome sur sa hanche. Je pose délicatement un baiser dessus et lui demande :

— Comment tu t'es fait ça ?

— Je me suis cognée, comme une idiote, dit-elle. C'est rien.

Ça ressemble à une rose noire sur sa peau pâle.

— Ça a dû sacrément faire mal, dis-je en lui souriant. Essaie de marcher au lieu de courir.

— Désolée, papa.

Je fronce les sourcils.

— C'est pas drôle, Clara.

Je pense à mes parents. Est-ce que je les appellerai quand nous serons partis d'ici ? Ne seront-ils pas complètement paniqués ? Peut-être que je donnerai signe de vie une fois que nous serons en sécurité quelque part. Plus tard. Ma maison d'*avant* ne me semble plus être mon foyer.

— Je pense que Will aurait approuvé notre initiative, dit Clara tandis que nous regardons le plafond en imaginant le dôme de la nuit scintillant d'étoiles, au-dessus de la plage. Oui, j'en suis persuadée.

Je la laisse parler sans émettre de commentaire. En réalité, la question est moins de savoir si Will aurait approuvé, que si nous pouvons vivre avec cet acte sur la conscience, mais je ne veux pas la perturber. Je le suis assez moi-même.

— C'est ce que j'aimerais qu'on fasse pour moi, poursuit-elle, d'une voix douce et sérieuse. Si on savait que je vais être transférée sous peu au sanatorium.

D'une certaine façon, je l'envie d'avoir trouvé la paix si facilement. Je pense qu'elle est comme les étoiles dans le ciel : brillante, fascinante, légère. Alors que moi, je suis un poids lourd et noir, rattaché à la terre.

— Il faut profiter de chaque minute, poursuit-elle. Donner de l'importance au moindre détail. C'est de cette manière qu'on peut honorer la mémoire de Will. On lui doit d'être heureux.

— Je suis heureux.

Et c'est la vérité. J'ai de nombreux secrets que je ne peux pas partager avec elle, mais actuellement, je suis heureux.

— Grâce à toi.

— Même ici ? s'enquiert-elle.

— Oui.

Elle entortille une mèche de cheveux autour de son doigt, songeuse.

— Je n'arrive pas à imaginer ne pas te connaître, déclare-t-elle. Je ne peux pas me représenter dans mon ancienne vie et ne jamais t'avoir rencontré.

— Moi non plus.

Le temps s'écoule d'une drôle de façon, ici. J'ai l'impression que je la connais depuis toujours, et que tout était un rêve, avant.

— Ça ressemble au destin, non ? dit-elle d'une voix douce et tendre. Toi et moi, deux Déficients. Comme si nous étions *destinés* à nous rencontrer ici.

— Peut-être…

— Non, c'est sûr.

Elle me donne une petite tape sur la tête, par jeu, puis pousse un soupir.

— Depuis que je te connais, je n'ai plus peur.

Mon cœur se serre fortement : je n'arrive pas à imaginer que Clara puisse être effrayée. Je l'embrasse de nouveau. Elle est vulnérable, douce, et son corps est tout chaud. J'ai envie de la protéger.

— Ensemble pour toujours ? demande-t-elle.

— Ensemble pour toujours.

Je pense alors à la feuille dans ma poche, et une partie de moi se fissure. Je souris pour masquer ce que j'éprouve.

— Je t'ai épousée, tu te souviens ?

— Tu ne m'abandonneras jamais ?

— Jamais.

— Au moins, on aura la chance de ne pas devenir vieux et moches, dit-elle. Tu ne finiras pas chauve et gros comme mon père. On ne deviendra pas suffisants l'un envers l'autre. Notre amour ne s'évanouira pas avec le temps.

— Jamais on aurait pu être moches, dis-je avec un sourire. Et notre amour ne se serait jamais évanoui. C'est le destin qui nous a rassemblés, oui ou non ?

Elle noue ses mains autour de mon cou et m'étreint très fort contre elle.

— J'ai hâte de m'enfuir loin d'ici, murmure-t-elle, tandis que son souffle caresse ma peau. J'ai tellement hâte.

21

Ce jour-là, les vans sont au nombre de sept. Comme la dernière fois, nous nous tordons le cou derrière la fenêtre du dortoir pour voir les enfants en sortir. Il y en a un par camionnette. J'ai été tellement absorbé par ma propre exaltation, à l'idée de partir, que je ne m'attendais pas à ce que d'autres arrivent. Mais la maison a développé son propre univers et il continue de tourner.

— Je me demande s'il y aura un nouveau dans notre dortoir, dit Tom.

Il ne paraît pas ravi à la perspective qu'un intrus se glisse parmi nous, et j'ai presque envie de sourire : il n'y a pas si longtemps, nous nourrissions les mêmes réticences envers lui.

— Peut-être qu'il y aura de nouvelles filles, dis-je d'un air entendu.

En un sens, je l'espère pour Jake et lui, ce qui me permettrait de déculpabiliser pour leur avoir « volé » Clara, même s'il n'en est pas vraiment ainsi, puisque Clara et moi étions destinés l'un à l'autre. Je ne peux pas imaginer d'autres personnes éprouvant les mêmes sentiments que nous. Cela dit, de nouvelles filles pourraient les distraire… En réalité, je ne partage pas réellement l'enthousiasme ambiant, car je crains que ces nouveaux enfants ne viennent perturber mes projets de fuite avec Clara. Ils auront intérêt à prendre leurs comprimés ! Je suis tellement impatient de partir que je redoute à tout instant qu'un grain de sable vienne perturber nos plans.

Louis est lui aussi à la fenêtre, mais au bout d'un moment, il s'en éloigne et va s'asseoir en tailleur sur son lit, devant l'échiquier artisanal qu'il avait fabriqué avec Will. Il déplace une pièce des noirs, puis marmonne des mots inintelligibles, avant d'émettre un petit rire étrange. Son comportement est déstabilisant.

— Tu te parles à toi-même, maintenant ? lui demande Tom. C'est carrément bizarre.

Louis lève la tête vers lui, écarquillant des yeux surpris.

— Je me parle pas à moi-même !

— Si !

— Mais non !

— À qui tu t'adresses, alors ?

Louis sourit, et il a presque son ancien sourire. Presque, pas tout à fait.

— À Will, bien sûr, répond-il. Je discute avec Will.

Et sur cette affirmation, il se remet à jouer tandis que nous le regardons avec curiosité. Tom finit par émettre un son avec la langue pour exprimer son dégoût.

— C'est un endroit de dingues, ici, maugrée-t-il.

Après cet échange, personne n'a vraiment envie de prendre la parole. Le spectacle de la fenêtre finit par me lasser et je vais m'allonger sur mon lit. Je me demande si Louis n'a pas adopté ce comportement pour me rendre fou. Pour que je n'oublie pas. D'une certaine façon, j'espère que c'est ce qui explique son attitude ; c'est fichtrement préférable à l'idée que Louis, le petit génie, ait perdu la boule. Qu'il puisse supporter le fait d'être Déficient, de vivre dans cette demeure, mais pas de perdre son ami. Je peux accepter qu'il me déteste, mais comme je suis obligé de lui faire part de nos projets d'évasion, j'ai besoin qu'il ait toute sa tête. Le temps passe, nous entendons des pas dans le couloir, mais aucun nouvel arrivant n'entre dans le dortoir 4. Il est clair que nous en sommes tous soulagés. Nous avons déjà assez de problèmes sans qu'on nous apporte du sang frais.

À l'heure du thé, Jake fait le crâneur et sa voix domine le brouhaha ambiant. Deux nouveaux garçons occupent la table du dortoir 7 et il tient à montrer qui est le chef. Je regarde à peine les nouveaux visages et je ne demande pas les noms. L'air vibre d'excitation, et je sens qu'une nouvelle ère commence, mais je n'ai plus la sensation d'appartenir au manoir.

— Pas de filles, marmonne Tom en mordant dans son crumble.

Louis n'a pas levé la tête de son assiette pendant tout le repas, retranché dans ses souvenirs.

D'après ce que nous pouvons en conclure, tous les nouveaux ont pris leurs vitamines, et dans le silence de la nuit, Clara et moi faisons le tour des dortoirs, tels des fantômes hantant une maison endormie, et nous les observons. Ils sont totalement immobiles, pas la moindre petite contraction, de sorte que je commence à penser qu'ils ont augmenté les doses du soir depuis ce qui est arrivé à Will. Dans le dortoir 9, un enfant a le visage mouillé, comme s'il avait pleuré dans son sommeil. Je ne me souviens pas si j'ai moi aussi versé des larmes en arrivant ici. Je sais que ce fut le cas de Will, et peut-être même d'Ashley. Je ne me rappelle plus très bien ces premières nuits, à présent. Nous nous sommes endurcis.

— Je t'ai dit que c'était le destin, murmure Clara tandis que, main dans la main, nous nous dirigeons à pas feutrés vers la salle de jeux. Toi et moi, seuls veilleurs dans la nuit.

— Tu veux qu'on aille dans la grotte ?

C'est idiot, mais j'ai envie de prendre congé de ces lieux, avant que nous ne partions. C'est notre endroit, il incarne à la fois le bien et le mal.

— J'ai plutôt envie de danser, dit-elle. Restons à l'intérieur.

La nuit n'est pas si froide, et comme, de surcroît, elle est habillée, sa réponse me surprend. Elle porte un jean, des chaussettes, un long pull, alors que normalement, elle aime bien sentir l'air circuler librement sur ses jambes. Elle choisit un disque et brandit le casque.

— Mets-le, dis-je. Je veux être en mesure d'anticiper si quelqu'un vient.

— Toujours aussi raisonnable, Tobes.

Et elle se penche vers moi pour m'embrasser avant de m'étreindre le bras.

— Faisons comme si nous étions sur la plage, murmure-t-elle en fermant les yeux. Il est minuit et un feu de camp crépite. Un vieux type joue de la guitare et on est en train de danser.

— Dans peu de temps, on n'aura plus à faire semblant.

Mais elle ne m'entend pas. La musique, qui n'est qu'un petit filet de son pour moi, lui emplit toute la tête. Je me déhanche avec elle du mieux que je peux, mais j'ai toujours l'impression d'avoir l'air d'un pauvre con quand je danse. Mes bras et mes jambes ne bougent pas comme ils sont censés le faire, et je ne parviens pas à suivre son sens inné du rythme. De son côté, Clara est happée par la danse et s'en fiche. Soudain, elle entrouvre la bouche et je l'embrasse, l'arrachant à ses songeries. Je ne peux pas m'en empêcher, elle représente une telle tentation pour moi. Puis mes lèvres descendent le long de sa gorge et elle recule soudain, tout en retirant le casque.

— Non, ne le faisons pas, dit-elle. Pas avant d'être loin d'ici.

— OK.

Je me sens tout gauche, comme si j'avais commis un faux pas, et mon embarras doit se lire sur mes traits, car elle prend mon visage entre ses mains et m'embrasse de nouveau.

— Ça ne te dérange pas ? s'enquiert-elle.

— Bien sûr que non !

J'essaie de sourire, mais on dirait que ma bouche est figée. En fait, ça ne m'est pas tout à fait égal. J'ai l'impression qu'elle vient de me rejeter et un terrible doute m'assaille : en a-t-elle assez de moi ? Attend-elle que nous nous soyons enfuis pour me laisser tomber ? Et cette destinée qui est la nôtre et qu'elle évoque à tout bout de champ, qu'est-ce qu'elle en fait, alors ? Elle ne peut quand même pas ne plus être amoureuse de moi !

— Dansons alors, murmure-t-elle. (Elle remet le casque.) J'adore danser.

Elle ferme les yeux et m'attire contre elle. Je continue à broyer du noir à l'idée qu'elle ne veuille plus de moi. Et même si je sais que c'est idiot de ma part, à cet instant précis, la pensée qu'elle se trémousse un jour avec un autre me rend malade.

Nous regagnons nos lits plus tôt que d'habitude, Clara ayant décrété que nous devions préserver notre énergie pour notre évasion ; pourtant, elle m'embrasse, me presse contre elle et me dit qu'elle m'aime. Alors, je me sens un peu rasséréné.

— Ensemble pour toujours, dis-je, en m'efforçant de ne pas paraître trop désespéré.

Sur le seuil de son dortoir, elle me lance un dernier regard par-dessus son épaule et m'adresse un grand sourire.

— Ensemble pour toujours, roi des sirènes.

Et je suis de nouveau heureux.

22

— Pourquoi tu ne m'as pas réveillée ? me demande Clara alors que nous entrons dans le réfectoire pour le petit déjeuner.

C'est le dernier matin avant l'arrivée du bateau. Je suis tout électrique, m'efforçant de contenir mon excitation intérieure, et sa colère me prend de court. Elle a les traits tendus, les lèvres serrées, et me regarde fixement. Elle ne s'est jamais comportée ainsi avec moi auparavant, et de nouveau, je ressens ce sombre élan de peur, la peur qu'elle se soit finalement rendu compte que j'étais un pauvre con.

— Je suis désolé, mais j'ai pensé que tu étais fatiguée. Je me suis dit, enfin, tu vois, que pour cette nuit, c'était mieux de te laisser dormir.

Ce n'est vraiment pas le moment qu'elle soit furieuse contre moi, car je dois précisément lui annoncer qu'on emmène Louis et je sais qu'elle va paniquer à cette perspective. J'ignore comment je réagirai si elle refuse. De toute façon, Louis viendra avec nous, et je m'occuperai des répercussions plus tard. À condition, bien sûr, que celui-ci accepte de nous accompagner. Je prends un risque en lui avouant la vérité, à notre sujet, mais je n'ai pas le choix, sans quoi je ne pourrais plus jamais me regarder dans une glace.

— C'était notre dernière nuit, dit-elle, d'un ton blessé. C'était important.

— Je suis vraiment désolé.

Je me sens tout penaud. J'ai envie d'admettre que j'ai failli la réveiller, que je voulais me rendre à la grotte avec elle et que je souhaitais aussi que nous prenions congé du manoir ensemble. Même si l'idée me meurtrit, notre histoire est essentiellement liée à ces murs. Le meilleur peut naître parfois du pire. Je voudrais aussi lui confesser qu'en réalité une partie de moi-même était en colère qu'elle se soit endormie par une nuit si cruciale. Que je l'ai contemplée dans son sommeil, puis que je me suis livré à nos activités habituelles : je me suis préparé des sandwichs dans la cuisine et je les ai savourés dans la salle de jeux, en admirant le ciel. Je me suis senti seul sans elle même si, par ailleurs, je me suis réjoui d'avoir un peu de temps à moi, afin de réfléchir. De faire mes propres adieux. J'ai vécu ici plus longtemps qu'elle, et je devais dire au revoir à un autre *avant*, celui qu'elle n'a pas partagé avec moi dans cette maison. Pourtant, je ne parviens pas à lui livrer mes pensées. En réalité, je n'ai pas envie qu'on se querelle, et puis on ne peut pas revivre cette nuit-là, alors à quoi bon se lancer dans des explications ?

— Comme je te dis, je pensais que… que tu étais fatiguée, voilà.

Elle pousse un soupir et son dos est tout raide quand nous nous asseyons. Je lui étreins la main sous la table, et elle presse la mienne en retour. Je ne peux pas croire qu'elle reste longtemps remontée contre moi. Elle vit trop dans l'instant pour ruminer un ressentiment.

— Je suis désolé, dis-je de nouveau dans un murmure.

— Je sais, c'est la troisième fois que tu le répètes.

— Je ne le ferai plus, promets-je, sourire et clin d'œil à l'appui.

La nuit est derrière nous, et je n'arrive pas à imaginer que demain, à la même heure, nous filerons vers le continent.

Je ne suis pas inquiet au sujet du bateau, nous trouverons où nous cacher. Peut-être dans un canot de sauvetage, d'ailleurs. J'ai vu ça une fois, dans un film, les fugitifs s'en étaient sortis de cette façon. Nous poursuivrons notre destin loin de la maison des morts.

Après le déjeuner, nous disposons de dix minutes avant le début des cours. Alors que Clara sort des toilettes, je l'entraîne dans la salle de jeux, à l'écart.

— Qu'est-ce qui se passe ? demande-t-elle.

Elle a les yeux écarquillés, le teint pâle, et paraît préoccupée. Elle doit avoir hâte de partir, elle aussi. Je prends une profonde inspiration. Ça va être la conversation la plus difficile de la journée, et quand la situation est sérieuse, je bute sur les putains de mots.

— C'est Louis.

— Quoi Louis ?

Mon cœur cogne à toute vitesse.

— Je pense qu'il faut l'emmener avec nous. Je veux dire, pas jusqu'au bout, pas sur notre plage, ni dans notre nouvelle vie, mais nous devons le faire sortir d'ici. Il n'est plus lui-même sans Will. Si nous aussi nous partons… (Les mots s'embrouillent sur ma langue, et pourtant, je ne lui dis rien d'autre que la vérité.) Enfin, j'ai peur qu'il craque complètement, voilà.

— Bien sûr, dit-elle alors. C'est une très bonne idée.

— J'aurais aimé ne fuir qu'avec toi, mais je ne peux pas le laisser, c'est impossible, vraiment.

J'étais tellement certain que j'allais devoir la convaincre, que mon cerveau n'arrive pas à assimiler sa réponse et que je continue à plaider la cause de Louis.

— Je t'ai dit que c'est très bien, dit-elle en m'étreignant le bras. Oui, c'est une idée géniale.

Et elle me donne un baiser qui me fait l'effet d'une caresse de papillon.

— Vraiment, insiste-t-elle.

— Tu es sûre ?

J'attendais au moins des questions de sa part, puisque nous n'avions jamais évoqué l'éventualité d'emmener quelqu'un d'autre, pas même la petite Eleanor.

Elle hoche la tête et sourit, puis elle sort de la salle de jeux. Je me demande si je la comprendrai un jour, et pourtant, je ressens un gros poids en moins. En réalité, je n'ai pas eu besoin de lui mentir. Tous les arguments que j'ai formulés sont vrais, même s'ils ne constituent pas *la* vérité. Bon, il va falloir à présent que je parle à Louis. Je le ferai un peu plus tard.

C'est une étrange journée. Pendant tout mon séjour dans la demeure, j'ai souhaité que le temps ralentisse, et maintenant, j'aimerais qu'il s'accélère. J'ai du mal à rester tranquillement assis pendant les cours, et mes cuisses me démangent, sur la chaise en bois. Le ciel est clair et ensoleillé, et j'espère que ça ne se gâtera pas d'ici ce soir. Toutes mes pensées sont cristallisées sur cette nuit. J'essaie de me concentrer sur le texte que je suis censé étudier, mais les mots dansent devant mes yeux. J'ai juste conscience que tout est allé de travers pour Ralph et Piggy, sur leur île, mais Clara et moi n'allons pas connaître le même sort. J'arrive à gribouiller des réponses. Je ne veux surtout pas attirer l'attention sur moi, et tant pis si celles-ci sont fausses. Qui va le remarquer ? Personne.

Même si j'ai l'impression que le temps ne passe pas, l'heure du déjeuner finit par arriver et je m'efforce de manger mon hachis Parmentier. Clara ne parvient à avaler que quelques bouchées avant d'annoncer qu'elle n'a pas faim et de s'éclipser avec Eleanor. Je sais qu'elle va manquer à cette dernière, surtout après la disparition de Will, et cela me tracasse. Pendant le déjeuner, Tom évoque les nouveaux enfants, affirme qu'il y en a un qui n'arrête pas de pleurer, mais je ne l'écoute pas. Jake est dans son élément, et les deux nouveaux garçons du dortoir 7 le prennent visiblement comme modèle. Daniel va redevenir le souffre-douleur du groupe. J'observe mon entourage sans vraiment le voir. J'ai les oreilles qui bourdonnent. C'est notre dernier repas ici. Tout me semble irréel.

Je suis dans la salle de jeux, en train de regarder le jardin par la fenêtre, quand Jake vient me voir. Clara est montée dans l'arbre et elle regarde la mer. Elle caresse l'écorce du tronc, et bien que je ne voie pas très bien d'où je suis, je suis certain qu'elle touche le cœur où elle a gravé nos initiales ; une délicieuse chaleur me submerge. C'est une journée magnifique. Tout est lumineux.

— Toi aussi, tu l'as remarqué, hein ? me dit Jake.

Je lève les yeux vers lui.

— De quoi tu parles ?

J'ai peur qu'au dernier moment quelqu'un vienne me dire qu'il est au courant pour notre plan, même si ce n'est pas rationnel.

— De notre prêtre en herbe, répond-il en désignant le jardin du menton. Il est tombé malade. Joe dit qu'il pue.

C'est alors que je remarque Ashley, assis sur l'une des balançoires.

— Ça va vous en faire deux de moins, dit-il avec un sourire suffisant.

De toute évidence, l'arrivée des nouveaux enfants l'a revigoré. Il est redevenu le vieux Jake, le chef de meute, celui qui ne pense qu'à écraser ses rivaux. Quels que soient les sentiments que lui inspire cette maison, il ne les partagera avec personne. Et j'espère que ça va continuer ainsi longtemps pour lui ! Je lui rétorque alors :

— Ashley n'est pas encore parti.

Jake se met à rire, puis s'éloigne. Je me fiche qu'il se croie victorieux, je n'ai jamais pris part à son petit jeu. Je scrute Ashley, au-dehors, et pour la première fois, je vois un garçonnet tout menu, pas un idiot doublé d'un arrogant. Contrairement à Jake, l'éventuelle maladie d'Ashley ne me fait pas rire. Un deuxième cas qui surviendrait si peu de temps après la mort de Will, ce serait un peu louche… Je pense à Matrone, aux comprimés, aux nouveaux enfants. Peut-être qu'elle « s'arrange » pour que le nombre de ses pensionnaires ne dépasse pas un certain seuil, afin que le tout reste gérable.

Ashley a l'air bien seul sur la balançoire. Peut-être que je devrais aller le rejoindre. Après tout, il est du dortoir 4.

— Tu te sens bien ?

Ma question est stupide. En dépit de la légère brise qui danse dans l'herbe haute, je perçois l'odeur qui émane de lui. On dirait du lait aigre. Il doit s'être sacrément récuré dans la salle de bains pour nous la cacher, jusque-là. Un fumet, ce n'est pas heureux, car les infirmières vont rapidement le sentir. Il a une bible ouverte sur les genoux pendant qu'il se balance.

— Pas trop mal, répond-il.

Puis il lance un coup d'œil vers les fenêtres du dernier étage, celles du sanatorium. Il est apeuré. Il a beau croire en son dieu, il est visiblement effrayé. Tout le monde l'est, ici, et il n'échappe pas à la règle.

— J'espère qu'ils continueront à venir, dit-il d'un ton tranquille.

Je fronce les sourcils, l'air confus.

— Qui ?

— Ceux qui viennent à la chapelle. Et j'espère aussi que je ne les laisserai pas tomber. Je ne veux pas faire comme Henry. (Il lève les yeux vers moi.) Au fait, pourquoi tu me demandes si je vais bien ?

Je pense à toutes les fois où je l'ai rabaissé depuis qu'il est arrivé. Pourquoi me suis-je conduit ainsi ? Il ne m'a jamais offensé, lui. Enfin, pas vraiment.

— Tu fais partie du dortoir 4.

Je voudrais lui avouer que je suis désolé, mais je ne sais pas comment m'y prendre.

— Tu ne seras pas comme Henry.

Je respire de façon saccadée et j'espère qu'il ne le remarque pas. Son état s'est dégradé rapidement, si tant est que l'odeur qui émane de lui soit significative. Il ne sentait pas si mauvais, cette nuit, sans quoi nous nous en serions aperçus au réveil. Will est parti à toute vitesse, et la même chose arrive à Ashley. Je repense aux vitamines. Matrone ne nous considère pas comme des êtres humains, c'est indéniable, parce qu'elle-même n'est pas normale. Je ne suis même pas certain qu'elle appartienne à la race des humains. Pour elle, nous sommes semblables à des articles dans une boutique et, comme elle en a reçu de nouveaux, il est temps qu'elle se débarrasse de l'ancien stock. Après ce qu'elle a fait à l'infirmière, je la crois parfaitement capable d'accélérer le cours de notre Déficience.

— Tout le monde se moque toujours de moi, enchaîne Ashley, les yeux rivés au sol. Mon père était pasteur. Un grand pasteur. Les gens l'écoutaient avec respect, même si son discours les terrifiait. (Il fait une pause et renifle.) Je n'ai jamais compris pourquoi il fallait avoir peur de la religion. Le monde est déjà assez effrayant comme ça. Moi, je la vois comme une source d'amour. Et même si les enfants, à l'école, se moquaient de moi, donnaient des coups de pied dans mon cartable et m'insultaient, j'ai toujours gardé Jésus dans mon cœur.

Malgré moi, j'ai un mouvement de recul. J'ai du mal à avaler cette daube, même si moi aussi tout ça m'effraie. Je préfère Clara et ses atomes, Clara et notre course autour du monde.

— Je n'ai pas été surpris d'apprendre que j'étais un Déficient. C'était mon destin. Je ne suis pas fait pour ce monde.

Maintenant qu'il a commencé à parler, il ne s'arrête plus. Je vois les jambes de Clara se balancer dans le vide. Comme je regrette de ne pas être avec elle !

— Quand ils sont venus me chercher, ma mère était à l'étage, et elle n'a même pas pu me dire au revoir. Il y avait juste mon père, et il avait l'air satisfait. Tu trouves ça normal ? Il m'a donné cette bible, m'a ordonné d'arrêter de pleurer, et d'aller porter la parole de notre Seigneur là où régnait l'abomination.

Il plonge ses yeux dans les miens.

— Tu crois que c'est mal de détester son propre père ?

— Pour parler franchement, il m'a l'air d'une tête de nœud.

Les pleurs de ma mère résonnent alors à mes oreilles, et je parie que mon père n'a jamais pu se pardonner son absence de la maison le jour où le van est venu me chercher. Je repense à tous les mensonges que j'ai racontés quand je suis arrivé ici, pour jouer les durs, et la honte m'envahit.

— Ouais, acquiesce Ashley, avec un demi-sourire.

Il me semble soudain si ordinaire.

— J'imagine que c'en était une. Mais j'ai eu ma revanche. Je n'ai fait peur à personne, et je n'ai pas perdu la foi. J'ai agi à ma façon.

— C'est vrai, et tu vas continuer.

J'essaie de prononcer des paroles gentilles.

— J'espère que je ne les laisserai pas tomber, dit-il. Je ne veux pas qu'ils me voient effrayé.

Après quoi, il se tait, et je n'arrive pas à trouver les mots pour le rassurer. Je me sens nul. Je sais qu'Ashley pourrait encore m'insupporter, mais pour l'instant, je suis désolé pour lui. Il est perdu dans ses pensées, à présent, et au bout d'un moment, je me lève et je m'éloigne de lui. Je me réjouis à l'idée que je n'aurais pas à constater la disparition de son lit, demain, au réveil. Peut-être qu'on permettra à Tom de rejoindre le dortoir 7 lorsque Louis et moi serons partis.

Je me dirige de l'autre côté du jardin. La brise, vive et légère, me caresse le visage et le soleil me réchauffe le dos. J'en tire du plaisir, même après avoir entendu les doléances d'Ashley. Oui, cela détend mes muscles noués. Tout à coup, je pense à la lettre que j'ai sur moi... Je m'arrête devant la tombe de Georgie, et derrière moi, j'entends un bruissement de feuilles et de branches : c'est Clara qui descend de l'arbre pour me rejoindre. Nous prendrons au moins congé de lui tous les deux. Je sens encore le pouls rapide de Georgie sous mes doigts. La douce chaleur de ses plumes. Ses yeux noirs braqués sur nous.

— J'aurais tellement aimé qu'il puisse s'envoler, dit Clara.

Elle a l'air triste, et elle emmêle ses doigts tous fins aux miens.

— On prendra notre envol à sa place. Pour tous.

Elle acquiesce, puis baisse la tête. Sa longue chevelure cache en partie son visage.

— On se retrouve dans la cuisine, cette nuit ? dis-je. Je n'ai pas encore parlé à Louis, je le ferai avant d'aller au lit. Je ne veux pas prendre le risque qu'il le répète aux autres.

Soudain, je suis de nouveau très excité.

— Viens plutôt me chercher dans mon dortoir quand tu seras prêt.

Elle me sourit. Aujourd'hui, elle n'est pas comme d'habitude. Elle est plus calme. Songeuse. Elle aussi doit trouver bizarre de faire ses adieux à la maison.

— Je t'aime, Toby.

— Je t'aime plus encore.

— Impossible.

— Je vais gerber si on continue.

Elle rigole et son rire résonne comme un miracle, dans la lumière du soleil.

23

— Il faut que je te parle.

Les enfants sont en train de regagner leurs dortoirs, une fois le film terminé, et je saisis Louis par le bras. Tom se plaint déjà de l'odeur qui règne dans notre chambre depuis qu'Ashley est revenu de la chapelle, et comment l'en blâmer ? Elle se répand jusque dans le couloir comme un affreux pet. J'espère que les ouailles d'Ashley le soutiendront ; en tout cas, je sais qu'il peut compter sur Harriet. Nous avons tous tissé des liens ici, que nous le voulions ou non, et je m'en réjouis. Ce qui compte vraiment dans la vie, c'est ça : l'amour. Ashley a raison à ce sujet.

Louis se dégage de mon étreinte.

— Fous-moi la paix, dit-il en essayant de me dépasser. Je te le répète, fous-moi la paix. Arrête de m'adresser la parole.

— C'est à propos du deuxième test.

Il s'immobilise et me jette un regard méfiant.

— De quoi s'agit-il ?

— J'ai quelque chose à te montrer, mais je ne peux pas le faire ici.

Il se mord la lèvre, visiblement déchiré entre la haine que je lui inspire et son envie de savoir.

— OK, finit-il par dire.

Il s'engouffre alors dans la salle de bains la plus proche, et je lui emboîte le pas, le cœur battant. Je referme la porte, puis je sors le document plié. Sans mot dire, je le lui tends pour qu'il le lise.

Il le parcourt et garde les yeux fixés sur la feuille un bon moment, sourcils froncés, se détend, se crispe de nouveau. Je conçois que ce soit une nouvelle difficile à absorber. Quand on a vécu si longtemps en compagnie de la peur, elle est presque devenue votre amie. La mort était au fond la seule réalité que nous tenions pour certaine. Il finit par lever les yeux vers moi.

— Où est-ce que t'as trouvé ça ?

— Dans le bureau de Matrone.

Il baisse de nouveau les yeux. Il tremble.

— Mais… Je comprends pas. Pourquoi elle nous a rien dit ? (Il braque son regard sur moi.) Pourquoi on est encore ici ?

— Tu te souviens de l'infirmière que Will aimait bien ? Celle qui avait fait un commentaire sur son livre ?

Il tressaille à la mention de Will.

— Ouais, qu'est-ce qu'elle a ?

— Elle voulait intervenir en notre faveur. Et Matrone l'a emmenée au sanatorium.

— Quoi ? (Il écarquille de grands yeux.) Comment tu sais ça ?

— Je le sais, c'est tout.

Je commence à ressentir de l'impatience, même si moi, j'ai eu des jours pour m'habituer à ce document alors que Louis vient juste d'en prendre connaissance. Je précise :

— Je l'ai surprise en pleine action.

Et soudain, il comprend.

— Qu'est-ce qu'elle va faire de nous ?

— Peu importe…

Je suis sur le rebord de la baignoire, refusant d'y voir le fantôme de Will, même si je crois que celui-ci approuverait mes intentions de fuite.

— On va s'enfuir.

— Elle va nous envoyer au sanatorium, s'écrie Louis, les yeux remplis d'horreur, comme s'il ne m'avait pas entendu.

— Elle n'en aura pas le temps. Écoute, j'ai un plan… (Je lui secoue le bras.) On va s'enfuir.

Il finit par tourner les yeux vers moi, par saisir ce que je suis en train de lui répéter.

— Pour aller où ?

— Un bateau accostera sur l'île ce soir ; il apporte de la nourriture et des fournitures pour la maison. Clara et moi serons à bord quand il repartira. C'est ça, notre plan.

À m'entendre, on croirait que nous sommes bien plus organisés que dans la réalité ; d'ailleurs, si nous avions inclus Louis, il aurait peut-être trouvé une solution plus intelligente.

— Et tu vas venir avec nous.

— Clara est au courant ? dit-il en désignant le document.

— Non, dis-je du ton le plus naturel possible. Je lui raconterai plus tard. Mais il faut que tu viennes avec nous.

Il me considère pendant de longues secondes, et je sais que le compte à rebours s'est enclenché dans son cerveau. Je vois ses doigts se crisper sur la feuille.

— On va partir, tout simplement ? demande-t-il, l'air abasourdi.

— Oui, cette nuit. Ne prends pas tes comprimés. Fais semblant de dormir. Quand la maison sera plongée dans le calme, on se relèvera et on ira attendre le bateau de livraison.

— Une aventure, quoi, dit Louis avec douceur. Comme ce que tu avais promis à Will.

Je me penche en avant et lui serre plus étroitement le bras.

— Non, ça n'a rien à voir ! Et tu le sais. Will était malade. (Je plonge mes yeux dans les siens.) Il faut que tu viennes Louis. *Il le faut.*

— Pourquoi ?

Il dégage son bras et me redonne la feuille. Il est encore tellement furieux contre moi qu'il pourrait agir contre ses propres intérêts. Et les nôtres.

— Pour que tu aies moins mauvaise conscience au sujet de Will ? ajoute-t-il.

— Non. (Et je trouve enfin le bon argument.) Parce que Will l'aurait voulu.

Il se met de nouveau à sangloter ; de longs spasmes lui secouent violemment la poitrine. Et je comprends qu'il ne pleure pas juste à cause de Will, mais sur tout. Sur le document, sur moi, sur la vie, sur Matrone, sur l'infirmière. Il a besoin d'expulser toutes ces tensions de son être et je ne peux pas le faire à sa place. Soudain, il semble bien jeune.

— Les infirmières font toujours une dernière ronde pour vérifier qu'on est bien endormis. Il faudra faire semblant de l'être, ne pas échanger le moindre murmure. Après, on devra agir vite, en silence. Je ne sais pas si Matrone restera éveillée jusqu'à l'arrivée du bateau. Mets tes tennis et des vêtements chauds. D'accord ?

Il hoche la tête tout en continuant à sangloter.

— Et ne dis rien à personne. S'il te plaît.

Il esquisse un triste sourire.

— À qui tu crois que je pourrais le répéter ?

Sur ces mots, je sors de la salle de bains. Je sens mon sang courir à toute allure dans mes veines, tandis que je me dirige vers le dortoir pour prendre ma trousse de toilette. Nous allons partir. *Nous allons vraiment partir.*

Tom a ouvert une fenêtre et il fait froid, mais l'odeur s'est immiscée dans le moindre recoin du dortoir ; même quand j'enfouis mon visage dans les draps, elle demeure puissante, comme si un organisme vivant s'était décomposé dans le tissu. L'infirmière fronce légèrement les sourcils quand elle nous distribue les comprimés ; le malheur d'Ashley nous porte chance, à Louis et moi, puisqu'elle ne vérifie pas si nous les avalons bien. Elle essaie visiblement de trouver qui est la source de cet effluve, et ses recherches ne tardent pas à aboutir.

Personne ne se plaint quand Ashley prie, ce soir-là, à voix basse à côté de son lit. Je ne crois pas en son dieu, mais je lui envoie tout de même en silence mes meilleurs vœux ; ça ne peut pas faire de mal, même si ça ne va rien arranger. Quand les lumières s'éteignent, je pense à Clara dans son lit, qui attend, comme Louis et moi. Je frémis d'excitation et de nervosité. *S'il vous plaît, faites en sorte que tout se passe bien.*

J'en appelle au destin, à la nature ou à la simple chance.

S'il vous plaît, faites en sorte que ça marche.

Nous sommes donc éveillés et silencieux quand Tom et Ashley sombrent dans le sommeil, mais nous fermons les yeux au moment où les infirmières effectuent leur dernière ronde. Je reste immobile jusqu'à ce que je perçoive le basculement presque imperceptible de toute la maison dans le calme de la nuit. Les infirmières ont regagné leurs quartiers, les enfants sont endormis. J'attends encore un peu, par mesure de précaution. Clara est déjà probablement assise sur son lit, prête à partir, un pied déjà sur le sol.

Nul ne bougeait, pas même une souris.

Je ne sais d'où surgit ce vers, mais il résonne fortement dans ma tête, tandis que je repousse les couvertures.

Les souris sont en train de s'échapper. À moins que nous ne soyons des rats en train de fuir un bateau qui sombre. Peu importe. Nous allons enfin échapper à la demeure. Mon cœur bat à tout rompre quand je donne une petite tape à Louis sur l'épaule. Il se redresse aussitôt, et nous nous habillons dans le plus grand silence. Il ne me regarde pas, mais il a les traits tendus et déterminés. J'imagine que moi aussi.

— Prêt ? dis-je en murmurant alors qu'il lace ses chaussures.

Il hoche la tête. Je jette un dernier coup d'œil à Tom et à Ashley, puis je sors pour la dernière fois du dortoir 4. Je ressens un curieux élan de tristesse au fond de moi, mais je ne me retourne pas, laissant tout de suite l'excitation prendre le pas sur le reste. Je ne veux plus regarder le passé, le futur m'attend. Mon pouls cogne à toute vitesse, d'une part parce que je suis nerveux, mais surtout en raison de l'exaltation que j'éprouve.

Le couloir est froid et sombre ; cependant, le parquet nous est favorable et ne craque pas quand nous nous dirigeons vers le dortoir de Clara. Le bois a toujours été notre meilleur allié dans la nuit, et c'est sans doute stupide, mais je prends congé de lui en silence. Il n'y a aucune lumière nulle part, tout est calme. Le bureau de Matrone est la seule pièce dont nous devons nous méfier. Je redoute de voir la porte s'ouvrir quand nous passerons devant. Mais il n'est pas non plus exclu que nous la trouvions dans la cuisine… Allons, pourquoi jouer à me faire peur ? Il faut que nous allions chercher Clara. Sa présence m'insufflera du courage. Comme toujours.

Nous avançons sans bruit vers le dortoir des filles, Louis me collant comme un petit enfant ses parents. J'ouvre doucement la porte, un sourire d'anticipation aux lèvres, impatient de revoir son visage radieux, sa joie de s'apprêter à partir. Je suis si excité qu'il me faut un bon moment pour assimiler la terrible réalité qui se présente à moi…

Clara n'est pas dans la chambre ! Mon sourire s'évanouit et je fronce les sourcils. Est-elle déjà en bas ? N'aurais-je pas compris ce qu'elle m'a dit, tout à l'heure ? Alors que je reste immobile à regarder fixement son lit, Louis s'en approche.

— Toby, murmure-t-il. Regarde.

Et il se saisit d'une feuille de papier pliée en deux, qui se trouve sur le matelas. Il me la tend.

— Il y a ton nom écrit dessus.

Je l'ouvre, et quoi que j'aie pu attendre, cela ne correspond absolument pas à ce que je lis.

Cher Toby,

J'ai essayé de trouver mille façons meilleures de te le dire, mais je me suis toujours heurtée à un blanc. D'ailleurs, je n'ai même pas envie de l'écrire, mais je dois le faire. Je n'arrive pas à l'exprimer à voix haute et encore moins à le formuler devant toi.

Je ne peux pas venir avec toi.

J'aurais aimé de tout mon cœur que ce soit possible, mais ça ne l'est pas. Ce ne serait pas juste, ni pour toi, ni pour tous ceux qui vivent dans ce vaste et magnifique univers.

Je suis malade, Toby, et je ne peux plus faire comme si de rien n'était.

Je suis désolée de ne pas t'avoir dit au revoir, mais ça aurait été trop douloureux. Je ne peux d'ailleurs pas écrire ces mots sans pleurer, alors j'espère que tu me comprendras. J'aurais tant de choses à te dire, mais il me faudrait toute une vie (ah, parfois, il faut bien plaisanter un peu !), et encore ça ne suffirait pas.

Alors je me contente de te dire que je t'aime très, très fort, de tout mon cœur. Merci de m'avoir rendue heureuse. Si c'était à refaire, je ne changerais rien. Va retrouver le soleil, roi des sirènes. Je serai toujours avec toi. Je serai dans les vagues de l'océan, dans le vent marin.

Je t'aime.
Clara

Je regarde la lettre un long moment, incapable d'absorber le choc qu'elle me cause. Comment peut-elle ne pas venir ? Où est-elle allée ? Je repense à la curieuse humeur qui était la sienne, ces deux derniers jours. Elle a beaucoup dormi, et elle était vraiment bouleversée que je ne l'aie pas réveillée pour notre dernière nuit. D'ailleurs, le fait qu'elle n'ait émis aucune objection quand je lui ai annoncé que j'emmènerai Louis aurait dû me mettre la puce à l'oreille. Maintenant, je comprends : elle savait qu'elle ne viendrait pas. Elle avait elle aussi son secret. « *Je suis malade, Toby, et je ne peux plus faire comme si de rien n'était.* »

Je relis ces mots, mais je n'arrive toujours pas à les assimiler. Elle se trompe. Forcément. Je repense à l'hématome sur sa hanche. À la façon dont elle a tressauté quand je l'ai touché, à son refus de faire l'amour, préférant attendre qu'on soit partis d'ici. Je la revois aussi dans ses vêtements épais, au lieu de sa chemise de nuit toute fine. Je sens le monde vaciller sous mes pieds, et mon sang se glace dans mes veines…

— Est-ce qu'elle est malade ? demande Louis.

Il s'humecte les lèvres avec la langue, c'est un tic nerveux chez lui.

— Non, dis-je automatiquement.

Et je froisse la feuille que je fourre dans ma poche. Elle contrebalance celle qui se trouve de l'autre côté. Le yin et le yang. J'ai soudain la nausée.

— Viens, dis-je dans un murmure. Nous allons la retrouver.

Nous ne pouvons pas partir sans elle, c'est impossible. C'est elle qui est à l'origine de notre projet. Je ne veux pas penser à la question de Louis. Ashley est malade, mais pas Clara. Elle s'est trompée, c'est tout. Sans perdre un instant, nous commençons à la chercher dans les dortoirs vides. Elle ne se trouve dans aucun. Elle n'est pas non plus dans la salle de jeux. Je ne sais pas où elle s'est réfugiée.

Finalement, nous passons dans la plus grande discrétion devant le bureau de Matrone, et cette fois, le filet de lumière orange qui filtre sous sa porte ne m'effraie même pas. Je me fiche qu'elle soit réveillée, plus rien ne compte, à part retrouver Clara. Elle n'est pas non plus dans la cuisine. Elle est partie.

J'ai mal au cœur. Mon pouls bat à tout rompre. Le bateau va bientôt arriver, et je ne sais pas quoi faire.

— On s'en va ou pas, Toby ?

Louis paraît inquiet. Je lui ai donné des espoirs, et maintenant, je pourrais les anéantir. Comment s'en irait-il sans moi ? Il ne sait pas où se situe la petite maison, ni la jetée.

Mais est-ce que je peux vraiment quitter l'île sans Clara ? Et sans même lui dire au revoir ? Est-il possible que je rende malgré tout Louis au soleil lointain ? Il est la personne la plus intelligente que j'aie jamais rencontrée. Si quelqu'un peut trouver de l'argent et franchir les frontières, c'est bien lui. Je regarde fixement la porte arrière, dans l'obscurité, tout en pesant le pour et le contre…

— Oui, dis-je tout à coup. Nous allons partir.

Une fois ma décision prise, je me sens immédiatement mieux. En quelques minutes, nous escaladons le mur. Il fait sombre, et même si le ciel est clair, la lune se déverse par flaques sur l'asphalte. Nous marquons une pause, et je me retourne pour regarder le manoir, mu par des émotions contradictoires. Je ne le reverrai jamais, pas plus que ses pensionnaires. Les fenêtres renvoient des reflets noirs qui me rappellent des yeux d'oiseau ; je suis certain que la demeure est en train de me dire au revoir. Une maison, c'est un foyer, et si elle possède une âme ou des atomes ou que sais-je encore, alors elle est destinée à protéger ses occupants. Elle nous souhaite d'être libres, j'en suis sûr. Je pense aux initiales gravées sur le tronc de l'arbre, dont les branches bruissent doucement dans la brise de la nuit. J'espère qu'il vivra encore très longtemps.

— Toby ? murmure Louis.

Il m'arrache à mes réflexions et je serre sa main dans la mienne, comme je le faisais avec Clara, mais cette fois, c'est moi qui dirige, c'est moi qui suis confiant. Nous sommes complètement essoufflés quand nous tournons à l'angle et prenons la direction de la mer.

Il y a de la lumière à l'étage de la maison, et je fais signe à Louis d'être silencieux quand nous passons devant. Le bateau n'est pas encore en vue, donc nous disposons d'encore un peu de temps. J'en ressens un vif soulagement. Je le conduis au bord de la jetée.

— Qu'est-ce qu'on fait, maintenant, Toby ?

Il a l'air d'un gamin, avec son anorak fermé jusqu'au menton et son expression légèrement abasourdie. Tout cela représente beaucoup de changements pour lui, et d'autres viendront encore. Il devra grandir vite, mais il en est capable, j'ai confiance en lui. Il est temps qu'il s'émancipe.

— Le petit canot, dis-je.

Nous le regagnons dos courbés, pour ne pas être repérés par la personne qui occupe la maison, au cas où elle regarderait par la fenêtre à ce moment-là. L'embarcation se balance toujours sur les flots, amarrée à son poteau. La mer a l'air glacée. J'essaie de ne pas penser à ça.

— Monte, Louis !

Il obtempère et je m'allonge sur la jetée, le surplombant.

— Quand le bateau arrivera, rame jusqu'à la poupe et grimpe dedans. Cache-toi ensuite dans le canot de sauvetage, s'il y en a un. Sinon, reste dans un coin à l'abri des regards et ne bouge plus.

— Je ne comprends pas, dit-il en fronçant les sourcils. Pourquoi est-ce que tu me dis ce que je dois faire ?

— Pour quelqu'un d'aussi intelligent, tu es parfois dur à la détente.

Je lui souris et fourre la main dans ma poche pour en retirer la lettre sur laquelle figurent les résultats de nos tests. Je la lui donne.

— Utilise-la au mieux. Photocopie-la et envoie-la à tous les journaux. Tu es la personne la plus intelligente que j'aie jamais connue. Tu trouveras une solution.

— Mais toi aussi, Toby, tu viens ?

— Non, Louis, dis-je en secouant la tête, je ne viens pas.

— Mais Toby…

On dirait qu'il va pleurer et je sens ma gorge se serrer, mon nez me démanger… Allez, du cran !

— Ne rentre pas tout de suite chez toi. N'écris pas non plus à ta famille. Du moins, pas dans un premier temps. Ce ne serait pas prudent.

— Mais…

— Est-ce que tu as compris ? Dis-moi que oui !

Il me regarde droit dans les yeux.

— Oui, j'ai compris, affirme-t-il alors avec douceur.

— Tu dois réussir, Louis, pour nous tous. C'est une question de vie ou de mort. Tu t'en sortiras ?

Je retiens mes larmes, à présent. Il hoche la tête.

— Je suis désolé, Louis. Je suis désolé pour Will. Pour tout.

— Et moi, je suis désolé de m'être mis en colère.

Il me saisit alors les mains et les serre si fort dans les siennes que j'ai l'impression qu'il ne me laissera jamais partir.

— S'il te plaît, viens avec moi ! implore-t-il encore.

Je me dégage gentiment de son étreinte, par peur de changer d'avis et de le rejoindre dans le bateau.

— Je ne peux pas. C'est impossible…

Je lui adresse un sourire dépourvu de tout pathos, et je suis surpris de me rendre compte qu'il m'est venu naturellement aux lèvres. Les dernières braises de la boule de peur qui était logée dans mon estomac s'envolent dans la brise. Je me sens soudain aussi libre qu'un oiseau, maître de ma destinée.

— Sois heureux, Louis ! Et évite de devenir un ringard !

Il me rend mon sourire et, l'espace d'une seconde, tout est parfait.

— Au revoir, Louis.

— Au revoir, Toby.

Après quoi, je cours aussi vite que je peux, laissant la jetée et la bâtisse derrière moi pour regagner la route. Je sais où je dois me rendre à présent : chez moi.

24

J'aperçois la petite flamme de la bougie alors même que je cours sur la plage, le sable mouillé et les galets crissant sous mes pieds. La mer bruit quand elle vient lécher la terre, et j'ai la sensation qu'elle m'applaudit. Je suis tout essoufflé lorsque j'arrive à l'entrée de la grotte.

— Tu ne m'as pas réveillé, dis-je, un grand sourire aux lèvres. C'est notre dernière nuit et tu ne m'as pas réveillé ?

— Toby ? s'écrie-t-elle en levant les yeux vers moi.

Elle était perdue dans ses pensées, et maintenant, elle braque sur moi un regard atterré.

— Qu'est-ce que tu fais ici ? Tu devrais être en train d'attendre le bateau. Retourne là-bas ! (Elle se lève, furieuse et bouleversée.) Tu ne peux pas rester là !

— Louis est là-bas. Et je *peux* tout à fait être ici. Ma place est ici.

— Non, tu ne peux pas, répète-t-elle. Je ne veux pas que…

Je l'enlace et je l'embrasse, la forçant à se tenir tranquille, et je me fiche qu'elle ait un goût étrange, celui de la maladie. Elle est Clara et je l'aime. Elle est moi et je suis elle. Rien ne peut désormais nous séparer.

— Mon désir est d'être près de toi.

— Je suis désolée, marmonne-t-elle.

Sa colère est passée, mais elle semble triste.

— Pourquoi ?

Alors elle recule de quelques pas et soulève son haut. Tout son corps est recouvert de taches brunes. L'hématome que j'avais vu sur sa hanche devait être le début. Sa belle peau blanche a disparu.

Je me penche vers elle et lui embrasse doucement le nombril. Je ne lui en veux pas de ne m'avoir rien dit pour sa maladie. Moi non plus je ne lui ai pas révélé mon secret. Et maintenant, la lettre est dans la poche de Louis. Le dernier paragraphe. La dernière phrase :

En conclusion, les tests indiquent qu'aucun de ces deux patients n'est porteur du gène Déficient et que les résultats originaux ont dû être contaminés par d'autres échantillons. Ce sont deux sujets normaux et en parfaite santé.

Il est préférable de ne pas partager certains secrets. De toute façon, ça n'a plus d'importance. J'ai fait mon choix. J'ai choisi Clara.

— Je ne retournerai pas au manoir, dit-elle simplement. Je ne veux pas aller au sanatorium.

— Je m'en doute.

Je m'assieds sur les galets et elle prend place près de moi.

— Moi non plus je n'y retournerai pas.

— Écoute, si tu te dépêches, tu peux attraper le bateau, affirme-t-elle. T'as encore le temps.

Je lui souris et secoue la tête. Je ne partirai pas avec Louis. Et je ne reviendrai pas non plus au manoir. Ma place est ici.

— Je préfère rester avec toi.

Je contrôle désormais ma propre destinée, et elle consiste à demeurer auprès d'elle. Il en a toujours été ainsi.

— Mais tu ne comprends pas que…, commence-t-elle.

— Si, je comprends, dis-je en repoussant une mèche de sa belle chevelure qui est tombée sur ses yeux. Ensemble pour toujours.

Ces mots devraient peser très lourds, mais en réalité, ils sont aussi légers que des flocons de neige sur ma langue. C'est peut-être le cas quand on prononce les paroles qu'il faut.

Ses yeux s'écarquillent légèrement, et je vois une série d'émotions scintiller en eux. De la surprise, de la peur, et finalement, quand elle saisit le fond de mes intentions, de la joie pure liée au soulagement. Du bonheur. Elle me rend mon sourire.

— Alors tu vas rester avec moi ?

— Ensemble pour toujours, redis-je.

Et je lui fais un clin d'œil. Mon cœur est gonflé de tant d'amour qu'il n'y a plus de place en moi pour la boule noire au creux de mon estomac.

— Ensemble pour toujours, répète-t-elle en inclinant la tête sur mon épaule.

Au loin, j'entends les premiers vrombissements d'un moteur, un bruit presque fantomatique, mais pourtant bien réel. Parfait. Nous ne nous sommes pas trompés de date.

— Je pense que Louis y arrivera, dis-je en inspirant la brise marine, les yeux rivés sur l'eau. Il est intelligent. Il ne reculera pas au dernier moment. Il va s'en sortir.

— J'espère, approuve Clara d'une voix sincère.

Je n'entends aucune trace d'amertume ou d'envie dans sa voix.

Elle tient dans la main quelque chose qu'elle ne cesse de tripoter, et quand je baisse les yeux, je me rends compte que c'est une mince bande de cuir noir avec de petites dents, aux angles. De nouveau, je souris. Les sourires naissent facilement sur mes lèvres à présent que j'ai surmonté ma peur.

— Où est-ce que tu as trouvé ça ?

— Juste à côté de la grotte. C'est étrange, non ?

— Ma mère m'en a montré une, sur une plage, un jour. Ça s'appelle une bourse de sirène. (Je l'embrasse sur le front.) Une bourse de sirène pour la reine des sirènes.

— Pas possible ? dit-elle avec un grand sourire.

Puis elle éclate de rire, un rire cristallin qui résonne dans la grotte, et dont l'écho donne l'impression que les murs en pierre se joignent à son hilarité.

— Si, possible !

Nous contemplons la mer pendant un bon moment, étroitement enlacés, sa tête sur mon épaule. Ce soir, il n'y a pas de lueur dans le ciel, mais le spectacle est tout de même magnifique. Je pense que l'eau sera froide quand elle arrivera jusqu'à nous.

— C'était génial, non ? murmure-t-elle.

— Ouais, t'as raison.

Elle renifle et nous nous embrassons de nouveau, tout simplement heureux d'être ensemble, tranquilles. Nous parlons peu. Nous n'avons plus grand-chose à dire. La demeure n'est plus. L'*avant* n'est plus. L'*après* n'est plus. Il n'y a plus que nous, la grotte, et le présent. Nous nous sommes consumés en beauté, Clara et moi, et c'est tout ce qui compte. Assis, nous attendons que l'aube arrive et que les vagues s'enhardissent jusqu'à la grotte. Je me demande combien de temps la grotte nous retiendra avant que la marée ne réclame son dû et que nous ne glissions vers les profondeurs marines, comme des sirènes. Mais au fond, ça m'est égal, dès l'instant que nous sommes ensemble.

Au bout d'un moment, la bougie tremblote, sur le point de s'éteindre.

— Ma mère n'était pas une salope, dis-je tout à trac quand j'ai les jambes paralysées par le froid.

Il n'y a plus de plage devant l'entrée de la grotte, et bientôt, il ne sera plus possible de regagner le sentier. Si je souhaitais changer d'avis, c'est maintenant ou jamais, mais je ne bouge pas d'un pouce. Je n'ai jamais envisagé cette ultime solution. Ce que je veux en revanche, c'est désavouer ce mensonge, à propos de ma mère. Soudain, c'est très important pour moi. Aussi, j'ajoute :

— Je ne sais pas pourquoi j'ai dit ça.

— C'est une bonne chose que tu te libères de ce poids, dit Clara.

Elle noue ses bras autour de mon cou et m'embrasse de nouveau. Nous ne détachons plus nos bouches l'une de l'autre jusqu'à ce que l'eau froide lèche nos jeans et nous fasse haleter et trembler. Nous mêlons nos souffles aussi longtemps que nous le pouvons. Je prends dans mes mains sa longue chevelure chaude et sauvage, j'en tâte la texture épaisse avec délectation. Ses lèvres sont douces, et je sens tout son amour se mêler au mien. Elle rit, nos visages se touchent. Ses dents sont blanches et éclatantes. Les taches de rousseur sur son visage me rappellent les étoiles.

— Je t'aime, Toby, murmure-t-elle entre ses dents qui claquent alors que le niveau de la mer monte autour de nous.

— Je t'aime, Clara.

Et je lui souris, même si mes yeux me piquent. Je l'étreins très fort contre moi et redouble mes baisers. Je vais continuer à l'embrasser aussi longtemps que je le pourrai. Je ne pense pas à l'obscurité éternelle de l'eau. Je me concentre sur les sirènes, sur le bateau. J'espère que Louis s'est enfui. J'espère qu'une longue vie extraordinaire l'attend. J'espère qu'il trouvera une personne avec qui il connaîtra un bonheur égal à celui que Clara et moi avons partagé. Je pense à tous les atomes qui parcourent le monde, à tous les gens qui ont vécu sur cette terre et qui sont maintenant dispersés dans les arbres, les vagues, le vent. Je revois nos initiales gravées sur le tronc du vieux chêne qui vivra encore de nombreux siècles. Et puis, au fur et à mesure que l'eau nous entraîne, que les battements de mon cœur s'accélèrent et que nous nous accrochons l'un à l'autre, je songe à Clara et à moi : comme nous avons été chanceux de nous trouver ; combien la vie passée ensemble a été magnifique ! Et combien elle l'est encore. Tout comme l'est notre amour.

Nous nous cramponnons toujours l'un à l'autre, alors que les vagues ont presque recouvert nos têtes. Quand mon dernier souffle brûle mes poumons, je maintiens ma bouche pressée contre la sienne pendant que sa chevelure de sirène ruisselle telles des algues tout autour de nous.

Je n'ai pas peur.

Remerciements

Je tiens à remercier de nouveau Gillian Redfearn et toute l'équipe de Gollancz pour le soutien qu'ils m'ont apporté lors de l'écriture de ce roman ainsi que, naturellement, Veronique Baxter, mon adorable agent. Remerciement spécial aussi à Lee Thompson qui a dû supporter toutes mes humeurs d'écrivain et qui sait que maugréer, savourer un verre de vin ou grignoter un carré de chocolat permet de surmonter la plupart des blocages. Il est irremplaçable.

Achevé d'imprimer en mai 2022
Par CPI Brodard & Taupin à La Flèche
N° d'impression : 3046559
Dépôt légal : juin 2022
Imprimé en France
36231625-1